中国现代小品文文体研究

陈艳丽 著

天津出版传媒集团
天津人民出版社

图书在版编目(CIP)数据

中国现代小品文文体研究 / 陈艳丽著. -- 天津：天津人民出版社, 2022.8

ISBN 978-7-201-18675-7

Ⅰ. ①中… Ⅱ. ①陈… Ⅲ. ①小品文—文体—研究—中国—现代 Ⅳ. ①I207.6

中国版本图书馆CIP数据核字(2022)第141092号

中国现代小品文文体研究

ZHONGGUO XIANDAI XIAOPINWEN WENTI YANJIU

出　　版　天津人民出版社
出 版 人　刘　庆
地　　址　天津市和平区西康路35号康岳大厦
邮政编码　300051
电子信箱　reader@tjrmcbs.com

责任编辑　陈　烨
装帧设计　明轩文化 TEL:23674746 · 王　烨

印　　刷　天津新华印务有限公司
经　　销　新华书店
开　　本　710毫米×1000毫米　1/16
印　　张　13.75
字　　数　200千字
插　　页　2
版次印次　2022年8月第1版　　2022年8月第1次印刷
定　　价　95.00元

前 言

中国现代小品文是中国现代文学的一个重要成就，这是从其诞生就被承认的事实。20世纪文学从五四新文学运动诞生到三四十年代走向繁荣，中国现代小品文成为中国现代文学转型中最成功的文学文体。本书从文体学、发生学、语言学、符号学、解释学和美学的角度探究和分析中国现代小品文成功的原因，打破仅从文学内容和思想性方面进行外部研究的局限，回到文学研究的本体和内部对其进行研究，把握其的内在构造方式和相对稳定的文体范型，分析其形成的原因和独特的审美机制，发现其独特的文学特质和美学魅力，从而探索其的文体特征，使小品文与其他散文文体分离。同时，进一步追寻中国现代小品文生存和发展的条件，以及这一文体在新时代的发展可能。本文以发生论、本体论、流变论作为逻辑思路进行论证。

中国现代小品文文体理论建构与中国现代散文的文体建构混杂在一起，虽然这一文体从一开始就表现出明显的文体自觉意识，但后来的研究者往往将其与中国现代散文的其他文体相混合，出现“杂文”“美文”“抒情散文”“随感录”“中国现代散文”等概念，小品文的独立文体特征没有得到明确的探讨和研究。从中国现代小品文文体理论建构的必要性切入，回到文学本体，从小品文的形成契机、语言选择和语言特征、文学体裁的界定过程、文体策略的运用以及审美风格追求等文学内部因素去探讨、研究小品文文体特征。概述课题研究现状和存在的不足，并从中西方文体内涵对中国现代小品文文体进行界定，确定课题的研究方向和研究内容。追溯小品文概念的源流，并论述中国现代小品文文体特征界定的缺陷以及存在的问题，概述本书对这一问题的分析研究。

首先，从发生学和社会学的角度分析中国现代小品文作为一种时代文体产生的精神文化准备，论述小品文形成的文学生态环境。分析“文界革命”与小品文现代性观念的发生的联系，研究西学东渐——近代翻译的冲击，主要是新名词、外国语法、新的文学创作观念的进入对小品文文体产生潜在的观念和思维方面的影响，其中文学观念的影响主要是非功利纯文学观的影响。另外，知识分子身份与读者角色的新定位为中国现代小品文准备了创作主体和接受主体；而“觉世之文”的文本策略使新的读者审美需求成为小品文发展方向的决定因素之一。出版业的兴起，为小品文寄生与繁荣准备了载体。其中传播模式的转变和梁启超等先驱的尝试都为小品文文体的产生奠定了时代物质基础。白话文运动、国语运动与文学革命酝酿了小品文以白话为语体的时代语体。而五四新文化运动对“人”的发现和“人”的文学的提倡，使小品文主体性理论的生成成为可能。王国维的非功利文学观也在很大程度上影响了后来周作人的小品文的“言志”观。

其次，从文体学和美学的角度论述小品文文类文体的选择。其中主要是由“载道”到“言志”的转化。研究小品文的文类文体的构成、继承和借鉴因素。其文类文体观念，首先是取自西方现代随笔体散文的自由畅达意识；而创作心态和审美意境则更多源于对中国明代性灵散文小品的继承。梳理小品文概念的发展过程，分析小品文、美文、纯文学散文、絮语散文、幽默散文等概念的关系以及演变。小品文的美学追求是审美理想主义，中国文学的抒情传统对小品文的体裁影响是使小品文选择了抒情的表达方式。分析小品文与西方Essay的关系，研究小品文如何对西方Essay进行有意味的剥离，取“情调”远“思想”的取舍，使小品文具有了浪漫主义的色彩和娓语式的笔调。这与小品文娓语体形成有很大关系。而与晚明小品的关系是继承“独抒性灵”中对“性灵”的强调和表现，虽然“性灵”的内涵发生了时代的变化。但对“性灵”的没有局限的抒发和对情感的重视是其自由文体形成的重要因素之一，也是小品文对传统审美因素继承的表现，是影响小品文文类文体的重要原因。最后论述小品文体裁的独立，特别是与杂文的对话与分离过程。

再次，从语言学、符号学角度分析小品文的语体建构及其特点。周作人的文学语言建构观对小品文语体的产生具有决定性的作用，使白话由口语转化为具有审美意蕴的文学语言。解决了白话文语言转向的工具性缺陷，使白话成为审美化的书面文学语言。而小品文语体独具的诗性特点，来源于文言的运用与小品文对传统审美趣味的继承，文言的运用使小品文具有了诗一样的意境和意象，而意境和意象的诗性特征使小品文具有表象和表现功能，从而形成小品文含蓄、雅致、言近旨远的审美风格。而口语、俗语方言的运用又使小品文语体亲切、生动，将民间视角纳入文学写作，对小品文“娓语体”的形成起决定性的作用。此外，欧化语的运用完成了小品文文体的现代性，欧化语法使中国现代小品文的语言句式灵活多样，使表达趋向精密、细腻，给汉语环境中的读者带来新的审美体验，赋予小品文新的审美特质，使小品文文体具有了与时代和世界同步的特质。

最后，从文体学角度论述小品文文体策略的选择与流变。分析20世纪30年代京派诗化散文中对个性和个人情感的重视，以及注重意境的营造，对精致、典雅的诗一样的“白描式语言”的选择和追求，这些因素都在很大程度上继承了小品文文体特征。小品文营造意境和语言锤炼的文体策略选择既有传统因素又有现代因素，而新的文体策略因素的运用使这一诗化小品带给读者崭新的审美体验。周作人的乡土小品以及对民间文学的重视，将朴素的民风与传统的抒情结合起来，孕育了乡土散文的某些特质。其中最主要的文体策略就是叙述视角的变化，选取周作人的远观他者视角和汪曾祺的在场口语亲在视角进行具象说明。周作人远观视角的选择使他的乡土小品具有距离感，一种来源于文体策略选择而形成的距离美是乡土小品的别样美感之一。文化小品对理性和情趣的追求以及“贵族思想”、“绅士的洗礼”的思想强调，很明显来源于小品文的“理趣之美”和“知识之美”的文体追求，具有将思想、情感与学识结合的文化之美的美学特色。这一文体风格的形成，与文化小品选择亲切化的话语方式，以及自由表达个人情感的文体策略是分不开的。

时代审美心理的变化以及大众传媒文化的影响，可能会使小品文成为一种边缘化的文体。同时，语言的变化尤其是汉语的时代变化也影响着小品文的创作和生存。重新界定“人性”、使“人性”具有时代内涵，是小品文在现时代生存的内容要求。小品文是一道立于时代边缘的传统风景。

目 录

导论 回到文学本体

中国现代小品文文体研究在中国现代散文研究中属于一个比较偏僻的领域。小品文概念内涵和外延界定的模糊使研究者很难对其独有的文体特征进行梳理限定,因此,即使偶有涉及往往也是以散文的名义来论述。另外,文体概念内涵和外延的不确定性,使这一课题成了大家不愿触及的领域,但中国现代小品文确实存在并繁荣过,所以研究这一课题是无法回避的。

一、中国现代小品文文体理论建构的必要性

中国现代小品文研究的理论建构,是与中国现代散文研究的理论建构混杂在一起的。因为创作者和批评者对中国现代小品文这一文体界定的模糊,导致了理论研究建构的模糊;当时的新文学建设者在为找到一种能够用白话作为新思想载体的新文学体式而高兴的同时,对这一文体特质持一种宽容态度,他们无暇也无力对刚刚出现的这样一种能够用白话表达自己刚刚被解放出来的个性和新的思想的文体进行细致而自觉地分析,所以中国现代散文的建构开始就具有超越边界的开放性姿态。因此,中国现代小品文是裹挟在形态各异的散文中诞生的,是新文化运动的一个初生儿。大家怀着欣喜的心情迎接它艰难的诞生,因其诞生的艰难,而忽略了其面目、性别的要求。于是,它被后来的研究者一律称为中国现代散文,尽管中国现代小品文在诞生之时就有了文体上的自觉追求。

中国现代小品文文体研究理论,首先是五四时期周作人提出"美文"

这一概念，奠定了小品文这一文体的基础。林语堂在此基础上提出“笔调说”，提出“幽默”“闲适”和“性灵”的小品文理论。此后还有很多学者提出其他各种观点，如王统照的“纯散文”理论、胡梦华的“絮语散文”理论以及梁遇春的小品理论等。在理论建构的过程中，小品文文体与西方的Essay和晚明小品文文体有着纠缠不清的关系。小品文与散文、随感录、杂文、美文等概念纠结混合，在分分合合中走向独立，因此，小品文文体的建构过程是一个与其他文体对话的过程。

另一面，中国现代小品文在进行文体建构的同时，也与不符合自己文体特征的其他文体因素一步步分离。也就是说，中国现代小品文文体的建构过程同时也是一个解构过程。周作人的“人的文学”和“言志”说消解了传统散文的“载道”功利观，从根本上改变了小品文的功能，同时也改变了小品文在文学中的中心地位，使小品文从根本上完成了现代转型。其后鲁迅认为，散文的体裁是大可以随便的，甚至允许有少许的破绽；以及后来梁实秋认为，散文是最自由的，没有一定的格式。这些理论一起解构了传统散文的文有定体的文体观。其后王统照和胡梦华的“纯散文”观以及“絮语散文”观的提出，明确了小品文的文学性和审美性文体特征，使小品文与严肃而单纯的论说文有了明确区分；而后与杂文的论争，使小品文的审美特性、题材范围、语体特点、叙述方式进一步明确，促进了小品文文体的独立。随着“小品文热”的消失，小品文的概念似乎也消失了。随后，小品文的概念就消失在现代散文的大概念之中，小品文这种文体似乎定格在那个历史时代。后来的理论研究者把散文研究作为一个整体概念，对散文文体不断进行解构。在刘烨园、南帆和陈剑晖看来，没有规矩的“散”的自由正是散文的特点和魅力所在。随着散文的“破体”，小品文的“破体”甚至消失也是势在必然的；但既然成为一种文体，那么就必须有自己的特性，因此把中国现代小品文这一确实存在的散文文体从笼统的散文概念中独立出来，研究和明确其文体构成要素和文体特征，是中国现代散文研究的一个重要组成部分；以“破体”为理由拒绝建构属于中国现代小品文的文体理论就是一个伪命题。

现代小品文作为现代散文的一种重要文体，最初其界定就与其他散文文体纠结在一起。周作人在《中国新文学大系·散文一集》中，有时提到白话散文，有时提到美文。其实他论述的，是被称为“美文”的小品文文体特点。西方文体论把文体分为广义文体和狭义文体，认为广义文体是在不同阶级、阶层、职业、年龄、身份、场合、语境中运用不同的语言习惯和语言体式；而狭义文体则指的是文学文体，主要指不同作家笔下的不同语言体式所形成的文体风格，主要体现在文学语言的独特运用中。童庆炳认为文体是一个系统，而非专指语言形式，具有体裁、语体和风格三个层面。这种观点相对于把文体偏重于语言体式的研究更客观和科学一些。每一种文学作品都有相应的形式特征，小品文作为一种独立的文体也不例外。郁达夫在《中国新文学大系·散文二集》的“导言”中也有类似的界定：“近来有许多人说，中国的现代散文，就是指法国蒙田的Essais，英国培根的Essays之类的文体说，是新文学发达之后才兴起来的一种文体，于是乎一译再译，反转来又把像英国essays之类的文字，称作了小品。有时候含糊一点的人，更把小品散文或散文小品的四个字连接在一起，以祈这个名字的颠扑不破，左右逢源；有几个喜欢分析、自立门户的人，就把长一点的文字称作了散文，而把短一点的叫做了小品。”[①]在这里我们看到几个概念的纠结：现代散文、小品散文、散文、白话散文、抒情文、小品文，概念的纠结实际上来源于文体特征的模糊。正是因为散文文体具有某种程度的不确定性，致使以后就散文发展方向发生争论和产生歧义，而作为散文的重要文体之一的小品文文体的存在和发展也是模糊和困惑的。而且在新时期文学文体的一系列变化之中，很难再看到小品文的影子，似乎这一文体已

① 王景科编著：《中国现代散文小品理论研究十六讲》，山东文艺出版社2009年版，第114页。

经消失。从小品文的源头追寻其文体特点，对小品文的时代生存和发展方向应该有所启示。

二、中国现代小品文文体的界定

目前对中国现代小品文文体进行系统研究的成果较少，对文体这一概念的理解更是歧义颇多，难以统一，因此，有必要首先对“文体”这一概念进行梳理和界定。

中国古典文论中的文体研究有相当严密的体系，是古代文论的一个重要组成部分。文体起源于对文学的分类。这里的“体”与现代汉语的“体裁”相当，相当于现在的“体裁”概念，以此来对文章进行分类。最早涉及文体的是《尚书》根据无韵之文的特征和功用，将其分为典、谟、誓辞、诰言、诏令、训辞等类型。魏晋南北朝时期，文体的范围有了扩展，最著名的就是曹丕在《典论·论文》的观点：

> 夫文本同而末异，盖奏议宜雅，书论宜理，铭诔尚实，诗赋欲丽。此四科不同，故能之者偏也：唯通才能备其体。

可以明确的是，这时“体”已经用来表述个性风格，表现对象和流派、时代风格等现代文体学所涵盖的一些因素问题。曹丕在此基础上提出了“文非一体，鲜能备善”的观点，指出文体的多样性以及文体和作家的才能等因素的联系。其后晋初的陆机《文赋》将文体分为诗、赋、碑、诔、铭、箴、颂、论、奏、说，稍后挚虞的《文章流别论》论述各类文体的性质、起源和演变。梁代萧统的《昭明文选》是第一部按体区分，从类编排的文学总集；首次在文论史上分清了文学和非文学的区别，第一次完成了文体的分类工作。另外，皎然的《诗式》、司空图的《二十四诗品》等也涉及文体的理论。对文体进行系统详尽分析的是刘勰的《文心雕龙》。可以把它视为文体论的专著;以当时流行的“文”与“笔”的区别为分类基础,开创了一个纵深地阐明文体特点的方法,要求分类要遵循“原始以表末,释名以章义,选文以定篇,敷理以举统”的步骤和原则,并对相近的文体进行了分类。宋代姚铉的《唐文粹》、明代吴讷的《文章辨体》、徐师曾的《文体明辨》、清代姚鼐的《古文辞类纂》等在前人的基础上对文体进行更精微细致论述分析,形成了各种不同的看法,如“诗笔对举”“诗文之辨”等。直到清朝末年,梁启超在《中学以上作文教学法》一文中认为世间之文不外记叙之文和论辩之文两种,带有现代思维的特点。

西方文体学的概念和内涵与中国传统的文体学有很大的区别。虽然文体学这个术语在19世纪就已经出现过,现代西方文体学的发展主要在“二战”以后,在西方语言学突飞猛进的背景之下产生的,而且形成了一些流派,如心理文体学、功能文体学、理论文体学等,但真正作为一门独立的学科则是在1908年塞偕哀所著的《文体学与理论语言学》出版以后。文学研究从“文学”转向“文本”本身,偏重于研究文本的话语方式,也就是偏向于语言学角度,主要研究“文本”的语言表达方式,将文体界定为一种话语编码方式。其中对语言体式的研究涉及心理学方法,提出了“风格即人”说。这和中国传统的“文如其人说”是相同的。而文学文体学是狭义的文体学,是介于语言和文学之间的学科。究其根本,文学文体学的建立是基于对文学的全面客观的认识:文学既是一种有审美目的语言创造活动,又是一种社会文化现象;它构成了人类的一种文化存在方式。因此,文体和美学、社会学、文化学、语言学、心理学、符号学都有着深层次的关系。中外的学者也对此进行了多角度的研究。

理解文体必须突破美学对文学作品形式与内容的机械分割,将中西方的文体观结合起来。文学文体学应该主要研究如何对作品文本进行有审美目的、有步骤的读解。文体不仅仅是形式,也不仅仅是内容。它具有形式的一面,同时也具有内容性的一面。两者以胶着的状态统一于文本的话语流程中，是思想与语言的审美合一。总之，文体就是文学作品中由主体的审美心理和精神结构所物化产生的话语体式。

这里所指的文体，是指狭义的"文学文体"学中的文体。文学文体在近几年的研究中，被界定为文学作品语言的存在体。这种界定来源于19世纪西方的语言学转向，受形式主义、结构主义等哲学思想的影响。当研究者把文学批评的眼光纷纷转向文学文本的时候，文本的外在形式尤其是语言形式、结构形式成为西方文学研究的重心，但这一转向在合理性的背后潜存着把内容和形式对立的趋向，容易陷入形式主义。因此，近几年来中国文体学研究者结合中国传统的文体学理论，将文学文体与文化结合起来，将文学的外在形式与形成这一文体的时代因素、个人因素结合起来，使文体成为一个系统。本书采取童庆炳先生的观点，将文体界定为一个系统："文体是指一定的话语秩序所形成的文本方式，它折射出作家独特的个性特征、感觉方式、体验方式、思维方式、精神结构，和其他社会历史、文化精神。文体是一个系统，从呈现层面看，文体是指文体独特的话语秩序、话语规范、话语特征等，从形成文体深隐原因看，文体的背后存在着创作主体的一切条件和特点，同时也包括与文本相关丰富的社会和人文内容。"[①]研究文体形成的深隐原因，包括时代、社会、文化因素以及文体外在呈现层面的体裁、语体、风格；不是只将文体归属于语言学的势力范围，即将文体研究视为对文本语言的形、音、义等方面的语言组合方式的研究。尽管将文体研究等同于"文学体裁"或"语言学"研究（事实上西方的文体研究主要就是语言学研究）有其合理之处，但其片面性也显而易见。

文体在此作为一个系统。本书借鉴陶东风先生的《文体演变及其文化意味》中的观点，将文体分为四个层面，从四个层面对中国现代小品文文体进行研究。首先是文类文体，也就是各种文学体裁的文体，是对某一

① 童庆炳：《文体与文体的创造》，云南人民出版社1994年版，第103页。

文学类型区别于其他文学类型的文体特征的概括，是文体的最为外显的层次。其功效在于明确各种文学门类的外在形式和内在肌理的不同，如小说、诗歌、散文和戏剧的区别等，是文学文体的具体化形态。其次是个体文体，又分单个作品的文体特征和作家个体文体特征，而本书倾向于后者。它是特定的作家艺术地把握生活的方式，也是一个作家作为创作主体的艺术思维的总和。别林斯基从个性、人格和精神，即从“整个的人”来分析文体。这与中国传统文论中的“气”“才”“性”的理论是一致的。个体文体体现了作家的主体意识，而且包含了作家潜在的美学的、情感的、个性的审美心理结构。因此，个体文体应该是一种“深层结构”的文体形式。再次是语体文体，作为语言存在现象的文体，也可称为文学作品的话语体式，是作家对语符的选择和编码方式，以及建立在个体文体的内在因素基础上形成的作家特有的表述方式、用词的习惯以及语气、调子和标点符号的使用等。这是文体最基本的要素。它实际上是个体文体最主要的外显方式，构成了“风格”的主要因素。语体文体是识别一个作家风格的最可靠标志。最后是时代民族文体，是指在语体文体和主体文体的基础上扩展起来的文体，指在一个时代占主导地位，并最能反映该民族和该时代的艺术精神结构的文体，是在某一历史时期，作家们的个体文体意识得以觉醒，并采用相近或相似的语体文体进行创作；而这些创作反映了相似的民族思维和时代思想。这就产生了带有民族特色的时代文体。

由于文体研究论述的源远流长和理论内涵的复杂性，上面对文体层次的划分只能是相对的；而且不能肯定这四个层次就穷尽了文体的外延和内涵。在此只作为本研究的切入点。有了这四个层次的划分，就可以从不同的层次或不同的角度来把握中国现代小品文的文学本体特征和价值。另外，童庆炳先生认为，文学形象有三个：典型、意境、意象。这和人的认知、表情、达意三种需要相联系。因此，他以这三种形态作为文学体裁的分类标准，把文学的“类”分为再现类、表情类、表意类。在这种分类标准之下,散文被分为三个亚类:一是属于典型再现类的散文,主要是传记文学和报告文学;二是属于意境表情类的散文,主要是抒情散文;三是意象表意类的散文,包括杂文、童话(部分)、寓言、神话。可见,在童庆炳先生的文学分类概念中,杂文和抒情散文属于不同的两个大类中的亚类。其根本的区别在于写作目的的不同:一个是表情,一个是达意。而与报告文学和传记文学的区别也是如此,不仅仅是表现形式的不同,最终原因在于写作目的不同。也就是说,“表情”成为抒情散文最重要的特征。小品文很明显属于抒情类文学体裁;也就是说,实际上,小品文有自己独特的文体特征。

中国现代小品文文体的界定,首先要从小品文的界定开始。在中国现代文学研究中,小品文是一个历史性概念,带有开放性和不确定性;小品文概念本身具有一个不断发展的过程。对小品文概念的界定有多种,概括起来大致从三个方面界定:一是梳理小品文与西方Essay的异同以及与中国传统文学中晚明小品的关系,作为小品文定义的主要依据,主要以现代小品理论倡导者周作人为代表;二是“笔调说”,认为小品文实际上是一种笔调,以林语堂为代表;三是现代研究者从小品文的功能和价值出发,认为小品文和传统的“载道”“大品”文学不同,属于“言志”的“小品”文字,以王统照、胡梦华为代表。

而“小品”的内涵与“小品文”的命名有很大关系。“小品”最早的意思是佛家用语,指的是佛经,是与“大品”相对而言。小品佛经指的是篇幅短小、容易理解、便于传诵的佛经。“小品”一词被用于文学,则到了明代中期。嘉靖三十三年,田艺衡编选了《煮泉小品》,其中主要收录了历朝历代有关茶与水的诗文。该书虽然以“小品”命名,但其中汇集了不少的诗歌;名为“小品”,实际上是“品鉴、回味”的意思,“小品”并未具备文学意义。明代中后期,由李贽评选苏东坡“小文小说”而催生了一大批以小品命名的文集,在作品集中大量出现“小品”一词,但含义极为丰富,如陈天定的

《古今小品》、王思任的《文饭小品》、陈继儒的《晚香堂小品》、朱国桢《涌幢小品》等。这些以“小品”命名的集子，并不全是小品文集，而是文体杂陈，诗、词、赋、散文、小品、韵文等都在内，但在一定程度上这一时期“小品”已经具有了文体学上的意义。这对研究中国古代小品文是一个极大的突破。明人所谓“小品”概念的提出，主要是为了区别于以往的载道文学，也就是关乎国家政典、理学精义之类的“高文大册”，而提倡一种抒发性灵、真情流露的新格调的散文，与性灵说有密切关系，并不专指某一特定的文体，尺牍、游记、传记、日记、序跋等均可包容在内。袁中道用“小文小说”“小札戏墨”与“高文大册”相对立，并论及关于这一类文章的特点的解说，基本上已点明了小品概念的内涵。纵观晚明人所说的“小品”，已经有比较鲜明的共同特征：比较短小，文字喜好轻灵、隽永，多表现活泼新鲜的生活感受；偏于抒发个人情感，也有属于议论的文章，但避免从正面论说严肃的道理，偏重于思想的机智，讲究情绪、韵致，有一些带有诙谐的特点。

最早在现代汉语中使用“小品文”这个名称是民国初期，用来定义那些篇幅较短的抒情散文。起初是周作人提出的美文说，后有鲁迅的Essay、胡梦华的Familiar essay说、梁遇春的小品文说、周作人的性灵小品文说、林语堂的幽默小品文说等。这些名称都承认中国现代小品文的源流是晚明小品文与英国小品文的合成。林语堂创办的《论语》半月刊，是最早专门刊登小品文的杂志。20世纪30年代，小品文盛极一时，于是引发了给“小品文”下定义的热潮，但在当时，人们对于小品文的研究，就存在较大的分歧。研究这些分歧，可以得出以下结论。

（一）体裁的混乱

体裁就是文学类型的体式规范，是由某种类型作品的基本要素的特殊结合构成。刘勰的《文心雕龙》有“有韵为文，无韵为笔”的“文笔”体裁之分。后来主张骈体文者确定文学性的为“文”，无文学性的则为“笔”。“文章以体制为先”成为自古文学创作的先例，但在现代小品文文体独立开端这一问题似乎被忽视。周作人在《美文》中试图去界定小品文，但是并没有明确小品文的文体特征是什么。因此在选编《散文一集》之时，周作人就把废名的诗化小说当作小品散文选编进去。研究周作人的小品文概念的内涵和外延，可以看到小品文与诗、小说的边缘的模糊。我们在朱自清、梁遇春等人的论述中都可以看到这种体裁的不确定性界定。在这些理论中，我们看到的是小品与散文、杂文、美文、随笔、游记，甚至后来的通讯、报告文学、日记等体裁的混杂。这些不同的文学体裁全部被稀里糊涂地扫入小品文的范围，造成了小品文体裁界定的混乱。

（二）语体的不确定

语体可分为规范语体和自由语体。语体就是语言的体式。广义的语体是指人们在不同场合、不同情境中所讲的话语在选词、语法、语调等方面的不同所形成的特征；狭义语体指的是用以体现文学体裁并与特定体裁相匹配的文学语言。童庆炳认为，规范语体有抒情语体、叙述语体和对话语体三种基本语体。在此基础上还有变异的自由语体。小品文应该选用何种语体，属于规范语体还是自由语体，是抒情、叙事还是议论，是讲道理还是抒己情？我们看到的是当时理论家和实践者对小品文这一语体的不确定。鲁迅在《杂谈小品文》中、夏衍在《谈小品文》中都认为讲小道理、不是长篇的以及具有幽默才能和文艺素养的战斗性的社会论文是小品文。从他们的论述中，我们看到的是与议论为主的杂文语体相一致的论述，小品文语体与杂文语体混为一谈。

对于小品文的文体所属仍有很大的分歧，简单断言它是散文的一种，这样不妥。源头概念的不确定性，使小品文的文体特征没有一个明确的科学界定。20世纪二三十年代，作者和学者纷纷撰文总结归纳小品文文体的特点，但由于其概念的不确定性使他们对小品文文体特点的界定概括也不统一。其中在当时影响最大的是周作人和林语堂的抒发性灵、随意、悠闲，有着浓烈的个人色彩的个性化小品文文体观。周作人认为：这种称为美文语体应是叙述与抒情，或者二者夹杂。“不专说理叙事而以抒情为主的，有人称他为絮语过的那种散文上，我想必须有涩味与简单味，这才耐读，所以他的文词还得变化一点。以口语为基本，再加上欧化语，古文，方言等分子，杂糅调和，适宜地或吝啬地安排起来，有知识与趣味的两重的统制，才可以造出有雅致的俗语文来。”[①] 由此可以看出，周作人认为，小品文首先要与专说说理的文学分开；应该是除了说理叙述之外，有抒情的因素，而这种抒情的因素还要占主要的地位。必须具有审美趣味：涩味和简单味；语体以口语为基本，调和欧化语、古文、方言。林语堂在《论小品文笔调》中认为，小品文的艺术风格是闲适、下笔随意、加入遐想及常谈；钟敬文认为，小品文最主要的两个因素是情绪与智慧。在文体创新方面，林语堂较之周作人更为洒脱和自由：打破桎梏，排斥格套，善出机杼，不守成法。在语言方面，林语堂主张幽默亲切，如良朋故交对谈。持这种观点的另有李素伯等人，认为小品文的文体特点首先在于个性化和随意化，作者一挥可就，亲切自然，阅者一览即了，在消遣娱乐中感悟；二是不拘格式，排古、排他、排除格套。这一观点事实上侧重小品文的文学本体自觉，认为小品文具有超功利性。

另一种观点是以鲁迅为代表的认为小品文不仅仅独抒性灵，还应关注社会，关注民生；语调应具有讽刺性，含有抗争和批判的成分。鲁迅在《小品文的危机》一文中指出，“小品文的生存，也只仗着挣扎和战斗的”，“生存的小品文，必须是匕首，是投枪，能和读者一同杀出一条生存的血路的东西。但自然，它也能给人愉快和休息，然而这并不是‘小摆设’，更不是抚慰和麻痹，它给人的愉快和休息是休养，是劳作和战斗

① 张明高、范桥编：《周作人散文》第二集，中国广播电视出版社1992年版，第284页。

之前的准备"[①];他认为,这是一种柔性的浸染和抚慰,使人无视现实而沉迷于所谓的精神享受之中,是一种对现实的逃避和对自己的蒙蔽。

这两种态度决定了小品文的两个发展方向:走向人生,遁入艺术。小品文的文体发展有了向另一方向发展的可能性,那就是现在我们模糊称之为杂文的文体。

本书的小品文实际上是一个发展的概念,从一开始周作人提出的"美文"概念,"论说文的一种""记述的,是艺术性的""又可以分出艺术与抒情,或者二者夹杂的",到后来的"絮语散文""纯文学散文""幽默散文",一直到与"杂文"的分离。在不断变化和梳理中,中国现代小品文应该是指闲适、性灵、幽默、趣味小品。研究期限的界定是从五四白话文运动开始的白话散文创作到20世纪三四十年代的小品文创作旺盛时期,后来的流变涉及新时期散文。研究对象大体为"五四"到20世纪三四十年代创作的小品文。至于小品文文体,本书是从小品文的时代文体、主体文体(个体文体)、文类文体和语体文体四个层面切入,研究和探讨小品文文体的酝酿、产生、建构、成熟和发展,从而从文学本体内部探讨小品文的独特文学价值和文学魅力。

欧明俊在《现代小品理论研究》中给小品文下了一个宽泛的定义:小品主要是现代知识分子自由表达自己思想和感情的最自由的一种散文文体。现代小品是在学习借鉴西方Essay、日本随笔和中国古代小品、笔记基础上整合构建的新型散文文体。现当代研究者认为,作为真正的具有文学本体性的小品文的文体特征应该是从文体的各个层面进行界定。

首先,从文体的体裁层面来讲,如果按照现在一般的体裁分类法来分,小品文应该属于与诗歌、小说、戏剧并列的散文,但同时它又属于散文下的一个亚类型,属于散文中的一种,但这种笼统的说法不足以概括出其

① 王景科编著:《中国现代散文小品理论研究十六讲》,山东文艺出版社2009年版,第8页。

文体特征。如果以童庆炳的文学体裁分类新构想来划分更接近于其文体特征。童庆炳认为,如果按照文学形象来划分的话,文学体裁可以分为再现类、表情类、表意类,与之分别相对应的文学形象应该是:典型、意境、意象。按照这种分类方式,我们可以把小品文界定为表情类和表意性的结合类文学。其文学形象属于意境和意象的结合。在小品文中,除了抒发个人之情,我们还可以感觉到其文字背后的写意美感。小品文文字简短,但不直白,带有周作人所说的“简单味和涩味”。其实这就是小品文的审美范畴。文章的感情一般或含蓄或婉转,就是看似不经意间流露出的讽刺也是一种不那么辛辣的反讽或幽默。简单含蓄的意象和写意的言近旨远的意境在字里行间或隐或现,构成了小品文独特的文学形象塑造。“言外之意,象外之象”传统美学手法在小品文中运用得非常到位;另外它又借鉴了西方的随笔手法,抒发自己之情。所以小品文是把中国传统的意境、意象和西方的抒情结合起来的一种独特文体。这也同时决定了其文体的交叉性和独特性。

其次我们从文体系统的语体层面来对小品文进行界定。前面已经说过,文学语体分为规范语体和自由语体,而规范语体又分为抒情语体、叙述语体和对话语体。抒情语体一般指的是诗歌语言体式,指的是语言体式的抒情性。自由语体指在采用了适当的语体之后,对语体的一种个性化的自由活用和创造。小品文的语体,基于周作人的“以口语为基本,再加上欧化语,古文,方言等分子,杂糅调和,适宜地或吝啬地安排起来,有知识与趣味的两重的统制,才可以造出有雅致的俗语文来”,是一种文学转型期的语言的创新和创造。这种创造的价值在于把白话和文学结合起来,把日常语言转化为文学语言,从而形成真正意义上的白话文学。口语的运用,证明了小品文中叙述语体的运用;而对知识和趣味性的强调,以及对雅致的要求,则是抒情语体和自由语体的运用。在这些语体的结合中,抒情语体实际上占了主要的地位。研究小品文语体,可以看到其语体毫无疑问具有抒情语体的深层特征：讲究语音的协调，讲究选词和构造上的偏离，运用多种修辞手法。在讲究句子语音的协调方面，注意把传统汉语的音韵之美和节奏之美运用到语句之中，造成小品文特有的语言音调之美，如周作人的："我们看夕阳，看秋河，看花，听雨，闻香，喝不求解渴的酒，吃不求饱的点心——都是生活上必要的"[①]一连串的传统意象：夕阳、秋河、花、雨、香、酒、点心使我们置身于传统的美学意境之中。同时，这种长短结合的语句和语句节奏的舒缓结合，给人一种语义之外的韵律美感。在讲究选词和构造上的偏离、运用多种修辞方面就不必详细举例解读了，因为正是这两个特征构成了小品文语体不同于散文中的其他文体的特征。小品文的语言是文学性和审美性的，对语言的文学性和审美性追求脱离了白话的启蒙功利性，是一种脱离了实用工具性，强调体验、象征等文学手法的审美性的语言。小品文创作者将欧化语的精密和西方抒发性情的创作手法结合起来，把抒情语体的两个特征运用到自己的创作之中，构成了小品文语体的独特魅力。在此基础上，这些小品文大家又运用各自的素养和学识，调和自己的个性气质，形成了让自己的小品定格的自由语体，从而形成了自己的文体最高形式——风格，如周作人的冲淡平和、林语堂的幽默风趣、朱自清的清新精致、冰心的诗情画意等，各自灿烂在文坛圣殿之上。

最后是从文体系统的最高层面——风格层面的界定。风格与语体密切相关。只有当作家将语体品格稳定地发挥到一种极致，并与作品的其他因素有机地整合在一起，才形成风格。风格的分类古今中外都有详细的又各自不同的分类方法。在这里我们借用陈望道的客观分类法，小品文应该属于由内容和形式的比例中的简约体"简约的辞体，辞少而意多，可以使人感觉峻洁，而富有言外之意"，由气象的刚柔来分。小品文属于

---

① 张明高、范桥编：《周作人散文》第一集，中国广播电视出版社 1992 年版，第 58 页。

柔婉体,“柔婉是柔和、优美的文体”。除此两种明确分类之外,按话里辞藻的多少分类,大多数应该属于平淡文体,但后来随着小品文抒情性的加强,一部分小品文发展到语言成熟优美甚至到华丽绚烂了,如朱自清和徐志摩的部分小品就是如此。到最后以检点功夫的多少来分,小品文的风格又一次出现了风格的交叉。我们看到一部分小品文是属于谨严体的“从头到尾,严严谨谨,细心检点而成的辞体”,其中朱自清的小品应该属于典型的谨严体;而疏放体纯循自然、不加雕琢、随意写说,周作人和林语堂等人的小品应该属于此种风格。小品文如果按照文体学的这些概念来界定,我们不难发现其文体的交叉性。正是因为这些交叉的特点,使小品文从产生到现在没有一个研究者或者创作者给它下一个明确的定义。而这些交叉特点正是小品文不同于其他散文文体之处。但小品文的纯文学性主张和对传统审美品格的继承和化用是独一无二的,因此我们说小品文其取材视角应该是偏离社会功利性。“宇宙之大,苍蝇之微”中其实是倾向于后者的。叙述视角由外在的客观世界转向内在的情感感悟,是日常生活的艺术化感悟与品味,是生命的内在参与,一种自我的人生感悟和体验。所以其外在形式就表现为小题大做,体制短小灵活,表现在内在审美趋向上就是言近旨远,雅致含蓄,讲究格调与情趣。其语体风格应该是偏于叙述、抒情。即使偶有议论的成分也应该是远离感情激烈化的,以幽默或反讽为主,而不属于震撼,所以其风格偏于或优雅、或闲适、或缜密、或绮丽、或含蓄。可以说,小品文是一种偏于审美的纯文学文体。

那么,作为一种独立的文体,其产生的时代和社会原因是什么,其文体的内在因素是怎样建构起来的,以后又发生了怎样的变化,对整个文学的发展又起了怎样的作用?这些都是这一文体存在的意义和价值。

第一章 中国现代小品文时代文体产生的社会文化关联域

作为文学的主要存在形式，文体是对文本结构方式的概括。根据其概括范围的大小变化，有“个体文体”“时代文体”“民族文体”“文类文体”等概念。文学文体作为一种语言存在体，处在一定的文化系统和文化环境中，有着民族的印记。文学文本作为社会文化的一个重要组成部分，“其编码活动的最后操纵者是文学活动所处的总体文化背景”[①]。时代文体是指在某一时代占主导地位，最能反映该时代的艺术精神结构的文体。艺术史学家伍尔夫林(H.Wolffin)曾经说过，一部艺术史不应当将艺术发展的历程归结为一系列互不相关的点——不同艺术家个体的风格，必须在个人风格之外加上民族风格和时期风格。他认为，艺术风格的变化总是能够成功地表现其时代的生活理想、感觉方式以及人与世界之关系的变化。苏联学者卡冈也在《文化系统中的艺术》中指出：风格的结构直接取决于时代的处世态度，时代社会意识的深刻需求，从而成为该文化精神内容的符号。也就是说，文体的演变有一个广阔而深厚的社会历史与精神文化关联域。离开这些，文体就成为无源之水，无本之木。这一观点在传统的文论中早已得到阐发和肯定，刘勰在《文心雕龙·时序》篇中就有：“时运交移，质文代变”“文变演乎世情，兴废系乎时序”之说；姚华在《弗堂类稿》的《曲海一勺》中也提出：“夫文章体制，与时因革，时也既殊，物象既

① 陶东风：《文体演变及其文化意味》，云南人民出版社1999年版，第131页。

变，心随物转，新裁斯出……故事际一变，则文成一体，一治一乱，文运攸关，说似诡谲，理实寻常。”这就说明了文体变化和时代、文化、精神等因素联系在一起，文体的兴衰和社会时代的变迁息息相关。最近几年的学术研究，已经承认中国文学由传统向现代的转型，是伴随着“20世纪中国文学”观念的提出而发生的。从海外学者李欧梵、王德威到国内学者章培恒、范伯群、陈平原等都把现代文学史的研究上限提到“清末民初”。他们把民族主义引进文学的研究，认为国家的危机激化了士人阶层的民族情感，进而引起文学的变化。单正平认为，民族主义刺激了文学的表达和转型，而文学既表达了民族主义诉求，同时又参与了民族主义话语的建构。[①]对这一转型的研究通常都从文化意识、文学观念、语言艺术等几个方面进行。文学现代化主要是人的现代文学观念的建立和表现方式。王一川在《中国现代性体验的发生》中认为，文学现代性的发生说到底取决于人的现代性体验的发生。在中国文学由传统向现代转化的过程中，文学背后的文学制度因素也是不容忽视的力量：科举的废除与新式教育的建立，大众媒介的兴起与传播方式的改变，作家、作品以及读者的存在方式的变动，都是中国现代文学发生转变的原因。丁晓原在《论晚清散文与“五四”散文的结构性逻辑》中认为，晚清与“五四”两个时段（这里主要是指晚清和“五四”前期）的散文之间存在着结构性的逻辑联系：首先是创作主体的跨代关联——“文界革命”与“文学革命”指涉散文的部分相通；主流散文，作为报刊散文的型态，话语空间建构、异质因素导入、写作价值诉求等多有可链接之处。其次是“体”的承接——“新民体”与“随感录”都是以议论为主的思想表达的“快捷方式”。“五四”散文在应和晚清散文的过程中，实现了语言工具、精神品格、审美形态等的超越；“五四”散文家不仅受到晚清文学的影响，而且也在承接中实现了超越，经他们的创造，在晚

① 参见单正平：《晚清民族主义与文学转型》，人民出版社2006年版，第26页。

清散文中孕育的现代性元素，蔚然而成一道整体的、有深度的“五四”散文的现代性风景。

“小品文”在20世纪30年代盛极一时，并不是空穴来风，而是在五四新文化运动这个特定的时代文化背景下逐渐孕育而成。其文学观念与写作方式的形成，也就是文体的产生，甚至可以上溯到“文界革命”。虽然“文界革命”与后世的“纯文学”概念有很大的距离，但“文界革命”找到了一种具有现代传媒基础的启蒙言说形式，对“纯文学”的重要作用表现在汉语书面体系的新变和活力部分，也就是言说方式的改变，而且已开欧化风气于中国一般书面体系的先河。这是后来小品文语体建构的重要基础。

第一节　“文界革命”与小品文现代性观念的发生

晚清维新文学运动的主旨是思想启蒙，是希望通过文学的更新达到开通民智的目的，通过文学文体和内容的更新来创造反封建反专制的自由文学。其中的“文界革命”是梁启超在《夏威夷游记》中提出的。作为“文界革命”的主将，他将“俗语文体”和“欧西文思”结合在一起，主张“欧西思入文”和思想开放，以新思维感人，在“文界革命”中改变人们的文学观念，倡导自由书写的书写态度，使文学由雅古文学向俗文学转化，要求用近代人的语言表达近代人的思想。其实践文体“新文体”创一代文风，对后来五四新文学的影响也是有迹可寻的。

“文界革命”实际上是指散文的革命，因为在此之外，与其并列的概念有“诗界革命”“小说界革命”和“戏剧改良论”。“文学革命”虽然没有直接言说散文的革命，但其论证及理论都关系到散文。其中一些观点，如主张“欧西思入文”的借鉴和思想开放、倡导自由书写的书写态度，使文学由雅古文学向俗文学转化，实际上直接影响了五四散文的创作。其言文一致的理论主张和将俗语、民间文学引入文学的观点导致了散文现代性的发生。“虽然由于历史条件尚未成熟，这些由社会变革的热情所煽起的文学革新的尝试，只开出炫目的花，未结出实在的果，然而其文学因时而变的信念和关注社会变革的使命感，其向传统文学观念与手法挑战的激进精神，都为后起的文学革命所直接承袭。”[①]分析“五四”时期周作人在《平民的文学》《人的文学》中提倡抒情的、真诚的文学，可以联想到陈独秀的“平易的、抒情的国民文学”“新鲜的、立诚的写实文学”，二者实际上是相同的。而这一文体主张很明显有着“文界革命”中“新文体”的因素：“倡导自由的书写态度 ”“俗语语体入文”。旷新年认为：“我们不能将白话文运动视为一场语言内部的自足的变革，白话文运动不能孤立地和单纯地从语言的内部来理解，它是和中国整个现代的社会和生活的变化紧密地联系在一起的。白话文运动作为中国语言的现代变革，是和国家的现代化运动联系在一起。无论是‘五四’还是晚清的白话文运动，都伴随着现代化运动的高潮。”[②]这里虽然说的是白话文运动，但纵观白话文运动发生的历史时期，研究其内涵，可以得出一个很明显的结论：“文界革命”是晚清白话文运动的一个组成部分，如果说“新文体”是一种文体的未完成态，而“五四”散文包括小品文文体就是在这一具有试验性质的文体之上完成的。所以中国现代小品文文体的产生和发展方向在“文学革命“的开端已经有了方向的痕迹。

伴随着“文界革命”而繁盛的是对西方思想、文化的学习和借鉴。因此，一些学者纷纷将西方的学术以及文学作品译介到中国来，一场文化与文化的碰撞与融合就在这种背景下发生。

---

① 钱理群、温儒敏、吴福辉：《中国现代文学三十年》(修订本)，北京大学出版社1998年版，第3页。

② 旷新年：《胡适与白话文运动》，《中国现代文学研究丛刊》1999年第1期。

一、近代翻译的冲击：新名词、外国语法、新的文学创作观念的进入

中国从19世纪中叶开始对西方科技文化译介，到19世纪末兴起对西方文学、社会科学著作的译介，翻译逐渐达到高潮，并延续到"五四"时期，对社会各方面都产生了深远的影响。中国文学的现代性很大一部分是建立在世界性的基础之上的。西方文学对中国文学的影响是巨大的。这种影响是通过一些学者的翻译而产生作用的。这些学者通过翻译把国外的先进思想文化介绍进来，包括国外的文学创作思想和观念，从而对中国现代文学的变革产生了巨大的影响；与新的事物、思想、观念相对应的新名词、新概念以及与其叙述方式相一致的新语法也随之进入中国现代文学的范畴。因此可以说，近代翻译从语言到深层文学观念都对中国现代文学产生了巨大的影响。郑振铎在《清末翻译小说对新文学的影响》中对清末文学的翻译作了这样的评价："是尽了它的不小的任务的，不仅是启迪和介绍，并且是改变了中国向来的写作技巧，使中国的文学，可以说是学术界，起了很大的变化"；鲁迅也曾经反复提到翻译有用、有益，可以从中得到"正确的师范"。胡适也有类似的论述。翻译文学对中国现代文学影响最为明显的是文体，不管是小说、诗歌还是戏剧、散文都是在学习和借鉴西方文学的基础上发生了巨大的变化。实际上，由于翻译有助于本土文学话语的建构，就不可避免地参与了思想革命和文化建设的任务，特别是本土语言与文化的发展。在这里不探讨其他文体的影响和变化，单就散文这一文体来说，就可以看到西方散文理论对中国现代散文产生的巨大影响，从思想内容、语言形式、审美风格、到表现手法、艺术技巧、文体种类都与中国古代散文有着巨大的差别。鲁迅对这一点尤其承认，在《小品文的危机》中认为五四文学中散文的成功"几乎在小说戏曲和诗歌之上。这之中，自然含着挣扎和战斗，但因为常常取法于英国的

随笔(Essay),所以也带一点幽默的雍容;写法也有漂亮和缜密的”。而“美文”“小品文”概念则直接来自借鉴和翻译。因此,我们说,中国现代小品文的概念以及文体都与翻译文学有着密不可分的关系。另外,近代翻译对中国现代小品文的重要影响还表现在对文学功能的选择方面。与梁启超的文学功利观一起随翻译进入中国的还有非功利纯文学观。在这方面做出重要论述的是王国维。而这一观点很明显影响了后来的小品文“言志”文学观。

翻译文学对中国现代文学的影响首先是对文学语言的影响。中国固有的语言已经不能够表达随翻译涌入中国的大量的西方新事物、新思想,固有的白话不够用,便只得采用些外国的句法。王国维早已认识到这一点。他在《论新学语之输入》中写道:言语者,思想之代表也。故新思想之输入,即新言语输入之意味也……夫普通之文字中,固无事于新奇之语也。至于讲一学治一艺,则非增新语不可。而日本之学者,既先我而运之矣,则沿而用之,何不可之有?故非不妥也,吾人固无以创造也。所以翻译文学增加了汉语的词汇,丰富了中国现代文学的语言。20世纪早期的二三十年间,汉语在发生欧化,主要表现在以下几个方面:复音词的创造;主语和系词的增加;句子的延长;可能式、被动式、记号的欧化;联结成分的欧化;新替代法和新称数法。其中在词汇和语法方面所受影响很大。这些新的词汇不仅仅是物质名词,更多的是一些新的概念、术语、范畴和话语方式。现代语言学理论认为,语言不仅仅是交流的工具,更重要的是思想和思维的方式,是人的一种文化存在方式。因此,这些新的名词改变的不仅仅是词汇,更重要的是思维方式。这种思维方式更多表现在西方语法的精密性和逻辑性。翻译不仅改变了中国现代文学的语言的数量,而且将西方的富于逻辑的清晰严密的表达方式也输入进来,二者共同影响和改变着中国现代文学的创作;近代翻译丰富了中国现代文学的语言,开阔了其表现视野,也改变了其叙述方式,是中国现代文学文体转变的重要因素之一。

梳理和研究中国现代小品文创作，我们可以看到它从概念的提出到文体特征的形成都与翻译文学有着密切的关系。虽然中国现代小品文在审美特质和语言方面与中国传统文学有着千丝万缕的联系，但其“主体性情”的抒发，“人的文学”“平民的文学”的文学主张，纯文学观的审美追求，以及将欧化语与文言、俗语适当调和在一起的白话文学语言观，都是建立在翻译文学的基础之上的。

翻译的参与者和接受者成为新思想的传播者。新思想的传播与社会变革结合在一起造就了新一代的知识群体，也造就了新的文学创作主体和接受主体。

二、知识分子身份与读者的新定位为中国现代小品文准备了创作主体和接受主体

中国传统社会的基本结构是由士、农、工、商构成的。其中士是一个知识和权力的拥有者阶层。但是随着科举制度被废除，由知识到权力的通道被改变，士阶层“学而优则仕”的传统道路被彻底改变，由此带来了知识类型和知识分子生存方式的变化。于是这些以“齐家、治国、平天下”为自己终生追求的知识分子的身份发生了巨大的变化。他们纷纷寻找新的出路。一部分知识分子在新的时代和变化面前纷纷投入到社会变革的洪流之中，积极接受新的思想和观念，以国家和民族变革者的身份发表自己的言论和思想，与之相适应的报刊成为他们实现自己价值的园地。他们有着深厚的国学基础，又接受了先进的外来文化和思想。因此，这一部分人就为五四现代散文的产生准备了最精良的学养深厚的作家队伍。而另一部分知识分子，在所学不能成为入仕的途径之时，就将目光转向了谋生园地。因此，在报刊上撰文赚取生存所需的稿费成为他们的写作动力。这一部分知识分子也成为五四文学的一部分创作者。另外，科举制度被

废除之后，兴办学堂等教育改革举措，又产生了不同于“士”的另一种知识分子，也就是没有深厚的国学基础而是以致用为目的的新学为学习内容的学堂学生。他们接受新的思想和观念，尤其是西方的先进思想，因此这一部分有一定知识的人被学者称为边缘化的知识分子。这一部分知识分子对白话文接受快，吸收迅速，因此他们中的大多数成为新文学的读者和拥护者，促进了新文学的繁荣。同时，其中的一部分也转化为新文学的创作者。因此，我们说，社会的变革和时代的变迁，使知识分子的身份发生了巨大的变化。而这种变化正是五四文学产生的条件之一，也是中国现代小品文产生的条件之一。

近代知识分子身份和命运的改变，经历了从士到知识分子转变，又到边缘知识分子出现两个阶段。首先是废除科举，使士这一阶层消失，这些人经过转化成为不与政权相结合的知识分子。废除科举最深远的影响是导致传统中国社会结构的解体。废科举、兴学堂的直接社会意义就是从根本上改变了人的上升性社会变动趋向，切断了士的社会来源，使士的存在成为一个历史范畴。士与知识分子的一个根本区别就是与政治的结合。传统的士是以“齐家、治国、平天下”为己任的，遵奉的是“学而优则仕”。因此，士实际上是统治者选拔政治人材的后备军，是官吏的基本社会来源。所以士的社会责任感是其主要的价值取向。随着科举制度被废除，读书治学已经与致仕隔绝。尤其是在新旧交替的变革时代，在西方思想的冲击之下，士之所学已经被时代和社会所淘汰，取而代之的是以实用为目的的新教育制度培养出的现代知识分子。这些所谓新的知识分子的学问结构和人生价值取向都与传统的士有着天壤之别。士的逐渐消失和知识分子社群的出现是中国近代社会区别于传统社会的最主要特征之一。于是这一部分封建制度遗留下来的“士”不得不转化为知识分子。当科举这条路被封堵后，他们经过痛苦的抉择和思考，有很大一部分人继续秉持着社会责任感投身到政治和社会改革的洪流中，并且积极学习、吸收新的思想和观念，成为社会变革的倡导者和推动者。他们虽然有意识地扮演新型的社会角色，却在无意识中传承了士以天下为己任的精神及其对国事的当下关怀。梁启超、蔡元培、章太炎、陈独秀、胡适、鲁迅、周作人等都是这种由士转化而成的知识分子。他们都参加过科举考试。这一部分人是新文化运动的倡导者和实践者。他们的倡导和实践，是中国现代文学产生的主要原因之一。他们纷纷把自己的社会责任感和危机感写成文章通过报刊发表出来，成为中国现代文学创作的中坚力量。还有一部分虽然跻身于知识分子的行列，大体上也认同于士这一社会角色，也力图继承士的社会责任，但他们相对要超然一些，试图将自己社会分开，将学术与政治分开，或者干脆钻进象牙塔，像胡适所说的“回到故纸堆中去”，不问世事，如后来的周作人回到自己的园地。他们越来越远离社会和时代，一步一步走向社会的边缘。但他们依然无法放下手中的笔，或为了生存，或抒发落世之感。因为与政治分离，他们的作品具有了某种独立性。其中最主要的就是小品文创作，在文坛上成为一道独特的景观，成为中国现代文学的一部分，出人意料地散发出文学本身的美来。

其次是新的知识分子的兴起。所谓新的知识分子是指近代中国特别是民国初年的各边缘人集团中，介于上层读书人和不识字者之间的边缘知识分子，是以实用为目的的新兴教育制度下产生的一部分学生。他们在传统文化修养方面远远比不上从科举制度中走出来的士。清朝末年的教育改革、科举制度的废除，是大量边缘知识分子出现的一个直接原因。由于新学堂收生有年龄限制，三十岁以上很少，因此，这一部分学生的知识结构比较狭窄，以学堂所开实用科目为主要内容。由于他们所受的教育中中学、西学、新学、旧学的训练都不够系统，因此不中不西，不新不旧；只是初通文墨，能读报纸。所以这一部分人要成为真正的知识分子还需要走很长的路程。其中一部分有识之士或出国，或继续求学，成为真正的近代知识分子。而其中一大部分就成为介于真正的知识分子和不识字者之间的边缘知识分子。不能居乡村走耕读仕进，在城市又缺乏谋生的本领，因而身处新兴的城市与衰落的乡村以及精英与大众之间。他们不论身心都徘徊在城与乡、精英与大众之间，行走在知识分子和大众的边缘。而正是这部分边缘化的知识分子却成为推动文学革命和新文化运动的重要力量。其中很多人将自己的这种边缘化体验通过文章表达出来，于是形成了一种所谓"非正统"的边缘化文学。其中的一部分小品文就是这种思想的表现。

白话文本身的简捷和易于教授是"文学革命"能很容易就取得成功的最重要的因素。胡适曾经指出，"文学革命"就是要把"大众所酷好的小说，升高到它们在中国活文学史上应有的地位"。提升这种通俗化的、边缘化的文体地位，实际上就是提高这种文体的社会地位，那些粗通文墨的看小说的"大众"的地位当然也跟着升高。因此为了推进"新文化运动"，扩大"文学革命"的影响，胡适有意识地引导新的知识阶层，说他们早已掌握了国语，这国语简单到不用教就可学会的程度，认为国语完全"可以无师自通"，简言之，就是告诉他们学习白话文就根本不需要什么进学校拜老师的；实际上，只要有勇气，就可以使用它了。这些边缘知识分子在穷愁潦倒之际忽然找到了自己的出路。他们纷纷拿起笔来，对"文学革命"做出自己的呼应。随着报刊业的兴起，他们找到了自己的生存之路，也找到了发挥自己社会价值的途径。于是，报刊成为他们就业的主要出路，在很大程度上促进了"文学革命"的成功。"文学革命"无疑给边缘知识分子提供了方向和出路。当他们由茫然走向自觉时，也必定要想发挥更大的主观能动性。作为西方知识精英的真正追随者，向往"上层"的边缘知识分子在知识精英面前取代大众而成为一种想象的听众；于是，这一部分边缘知识分子成为中国新文学最初的忠实的读者和拥护者。正是他们使那些摇旗呐喊"文学革命"的倡导者得到了呼应。他们在大众面前有时又代精英执行士的社会领导作用，并将其所接收的再传布给大众。于是，他们中的一部分将自己所学所读所感，用浅近的白话行之成文，其中的优秀者也成为中国现代文学的一部分，而且给新文学带来了新的气息和活力。

于是，一个重要的文学现象出现了。那就是以文学刊物为中心的中国职业作家的出现。职业作家的出现和报刊等新兴的大众传媒方式结合在一起，形成了前所未有的文学市场。而这种现象的产生为新文学的产生奠定了物质基础，成为文学变革和发展的坚实土壤。作家的职业化，使从事文学创作的翻译和编辑成为知识分子的一种人生选择和社会职业，文学的市场化日益成熟。报纸杂志不仅仅是文学传播手段，更重要的是以文学报刊为中心形成了众多的现代文学社团，显示了文学的整体力量。社团之间的争论和各自的文学主张，预示着新文学观念的诞生。在这些新文学产生的物质基础之下，其实潜藏着更深层的文学改革因素。那就是当传统的士阶层在摆脱了政治束缚之后，思想观念有了很大解放和改观。大众传媒所形成的公共话语空间促使传统社会的一体化走向了多元化，对传统儒家构成了强大的解构力量，改变了知识的传播渠道。它以社会大众读者为接受对象，创造公共的话语空间，打破了国家意识形态借助权力和利益配置方式对知识的绝对垄断。而职业作家的人生选择，以及文学的市场化和商业化，使他们的言论不必拘禁于传统的经史子集的范围之中，言论和思想有了很大的自由。这些变化为作家的人生选择乃至人格独立、精神自由提供了一定的物质支撑。因此，现代教育背景、职业化作家、现代媒介出版渠道以及都市社会共同生成了现代文学制度的生存空间，成为中国文学现代转型的文化生态环境，并成为参与现代文学内容和形式转型的体制性力量。

三、“觉世之文”的文本策略使读者审美需求成为影响小品文发展方向的重要因素

“文以代序”，一个时代有一个时代的文学。文学的发展变化，不仅

仅是单方面的、平面的变化;内容、文体、审美、读者和作者的变化构成了文学立体的、全方位的变化。随着近代中国报刊业的蓬勃发展,各种报章散文的涌现,普通民众渐渐成为散文的真正读者。他们的审美需求和文化素养在很大程度上决定了散文文体的发展方向。因此散文真正开始摆脱"义法""文以载道"等传统规范。其中,梁启超在《湖南时务学堂学约》第六章提出了"觉世之文"的观点,在理论上明确指出了民众是散文的真正读者:

> 《传》曰"言之无文,行而不远"。学者以觉天下为任,则文未能舍弃也。传世之文,或务渊懿古茂,或务沉博绝丽,或务瑰奇奥诡,无之不可;觉世之文,则辞达而已矣,当以条理细备、词笔锐达为上,不必求工也。温公曰:"一自命为文人,无足观矣。"苟学无心得,而欲以文传,亦足羞也。

他主张要积极投身于报刊事业,通过办报、写报章散文,向民众宣传自己的政治与改革主张。这种文本策略与传统的文本策略大有不同。所谓"传世之文"正是"文以载道"标准下的能传承道统的散文创作。所谓"渊懿古茂""沉博绝丽""瑰奇奥诡"等追求,目的是要符合官府、文士读者群的欣赏趣味。而"觉世之文"的读者对象是普通的民众,是以启蒙为目的的。它在散文"作家—作品—读者"的文学活动链条上触动了最具控制力量的"读者"环节,由此必将引起读者"期待视野"、作者创作宗旨、乃至作品本身面貌等一系列的变化。梁启超等人因为把民众设定为读者,自然会考虑到民众的审美需求,所以他们创作中的一系列变化就成为一种自觉的追求,如明确提倡"言文一致"并阐发了其重要意义,其散文创作"务为平易畅达,时杂以俚语韵语及外国语法"。虽然表面看,这些自觉追求并未能使梁启超的新文体从审美性、抒情性等方面,表现出比古代散文更多的纯文学的倾向，却在逐渐改变着古代散文的杂文学性。散文的杂文学性，受到“文以载道”的束缚。这导致古代散文成为不是主要供读者欣赏的文学作品，更多的是具有文学性的记述政治、思想的工具。梁启超等人的“新文体”散文的创作，以启蒙为目的，把普通读者凸现了出来，赋予了散文新的、可供普通人阅读、欣赏的性质。这与后来陈独秀的“平易的、抒情的国民文学”“新鲜的、立诚的文学”以及周作人的成熟的小品文“平民文学”“个人文学”理论有很深的渊源，从而为把散文导向纯文学的创作奠定了坚实的基础，对中国现代小品文发展有导向的作用。

正是这种“觉世之文”的文本策略使文学在很大程度上必须符合新的读者群体的阅读需求和审美需求。而其启蒙目的性也强烈要求文学要适合广大的普通民众阅读。于是，文学从小众化走向大众化，从一部分上层阶级的特权变为大众的共享，从只适合统治阶层审美观的“载道文学”走向民间的通俗文学。因此，作为文学载体的语言的通俗化首当其冲被提到改革的层面。所以说，“觉世之文”的文本策略是白话文学运动的前动力。而适合普通民众阅读的读者审美需求以及大众化、通俗化的发展方向，为中国现代小品文的诞生规约了方向。出版业的繁荣和兴盛，则为小品文这种短小精悍、亲切自然的文学体式滋生准备了土壤。

第二节　出版业兴起：中国现代小品文寄生与繁荣的园地

现代小品文的产生以及繁荣与出版业的兴起，尤其是定期出版的报刊的兴起有着极为密切的关系。可以说，出版业的兴起是小品文文体产生的物质基础之一。1920年新闻史家戈公振注意到：“清代文字，受桐城派与八股文之影响，重法度而轻意义。自魏源、梁启超等出，绍介新知，滋为恣肆开阖之致。留东学子所编书报，尤力求浅近，且喜用新名词，文体为之一变。”[①]报刊是小品文生存和传播的园地；同时，报刊也成为影响小品文文体特征的重要因素之一。报刊版面的有限性和小品文短小精悍、幽默活泼的文体特点相得益彰，共同创造了20世纪30年代小品文的繁荣。另外，报刊的版面设计以及栏目设计，如读者与编者的互动栏目、读者和作者的互动栏目，也在一定程度上影响了小品文的文体风格，使小品文的“谈话风”“娓语体”得到承认和定格。

一、传播模式转变对文学文体的影响

梁启超认为报刊的兴起，引起了我国文学文体的变化。散文的市场主要体现在报纸副刊及生活类杂志两大项。据文史专家郑逸梅先生统计，当时杂志有一百一十四种。大报副刊四种，小报四十五种。到处是那种一两千字的小小园地，种植着一些浅近而抒情的文字。没有报刊这种传播新思想的方式，中国现代文学不可能在那么短的时间内发生那么大的变化。20世纪中国的散文大多是首先在报刊发表，然后才整理成册。这种传播方式影响了散文文体形成，尤其是中国现代小品文的文体形成。梁遇春曾经说过：

> 小品文同定期出版物几乎可说是相依为命的。虽然小品文的开山老祖Montaigne是一个人住在圆塔里，静静地写出无数对于人生微妙的观察，去消遣他的宦海余生，积成一厚册才拿来发表，但是小品文的发达是同定期出版物的盛行做正比例的。这自然是因为定期出版物篇幅有限，最宜于刊登短隽的小品文字，而小品文的冲淡闲逸也最合于定期出版物读者口味，因为他们多半是看倦了长而无味的

① 曳公振：《中国报学史》，中国新闻出版社1985年版，第109–110页。

正经书，才来拿定期出版物松散一下。[1]

20世纪30年代的小品文热，也是与《论语》《人间世》两个刊物分不开的。文体的短小，“浅近而抒情”的手法，“冲淡闲逸”的口味，使小品文这种文体与当时的报刊紧密地结合在一起。这些报刊的出现和兴盛要求与之相适应的新的文体。因此，小品文文体的转变和成型在很大程度上是建立在传播模式的变化之上的，是与近代报刊的盛行密切相关的。所以我们可以说，近代报刊的出现促进了文学文体的变化，是中国现代小品文文体转变的重要因素之一。近代兴办的报刊，是一部分有志之士用来开启民智、介绍西方先进的文化和思想、传播自己的思想、评论国家社会的工具。其面向的读者群是国民的大多数，包括一直以来被文化排斥在外的下层无权接受文化教育的民众；其功利性目的要求所刊登的文字能够被大多数人所理解和接受，所以这种报刊文体就有了舆论性和普及性的特点。而舆论性是和时代、社会紧密联系在一起的，具有一定的新闻性。所以有了“新闻体”这个名词，又称“报章体”“时务文体”。其实这种文体始于19世纪70年代，是由龚自珍、冯桂芬、薛福成等经世致用的政论文发展而成的，大多数是一些具有自己鲜明立场的时评和政论。这种文体以实用性为文章创作目的，力求明白晓畅地表达，并且能够被大多数读者所接受。所以这种文体实际上是一种对古文的破坏和变革；打破古文的义法和成规，力求古文能够与时代生活结合在一起，具有文体解放和改革的作用。普及性的特点对文章的要求不仅仅是内容上的贴近生活，还包括篇幅、语言方面的标准变化。1872年4月30日，《申报》在上海创刊。《申报》一创刊，就明确提出了“新闻”二字，从而对其文体提出了要求，在《本馆告白》中写道：

---

① 梁遇春：《〈小品文选〉序》，《梁遇春散文》，中国广播电视出版社1993年版，第229-230页。

求其记述当今时事,文则质而俚,事则简而能详,上二学士大夫,下及农工商贾,皆能通晓者,则莫如新闻纸之善矣,新闻纸之制,创自西人,传之中土……凡国家之政治,风俗之变迁,中外交涉之要务,商贾贸易之利弊,与夫一切可惊、可愕、可喜之事,足以新人听闻者,靡不毕载,务求其真实无妄,使观者明白晓畅,不为浮夸之辞,不述荒唐之语,庶几留心时务者于此可以得其概,而出谋生理者于此亦不至受其欺,此新闻之作固大有益于天下也。

在此可以看到报刊对与之相适应的文章文体的要求,不但明确了读者范围,而且提出了语言和内容方面的要求:真实、明白易晓、文质而不俚、事简而能详,人人都能通晓。这就使文学文体有了一定之规。语言要明白通俗,内容要真实,篇幅要简短,是对古文的变革。文学开始向现代性转变。中国历史上第一个报刊政论作家王韬是最早自觉运用“报馆文章”来改造已有文体的。其在《韬园文录外编·自序》中认为:知文章所贵,在乎纪事抒情,自抒胸臆,俾人人知其命意之所在,而一如我怀之所欲吐,斯即佳文。这种观点后来得到了梁启超等人的继承和发扬。但不管如何变化,可以看到这种传播模式对文学文体的影响和制约作用,重实用而不求文采,因而语言只求辞达,要使人人能够明白易晓;表达情感和观点要直抒胸臆,以至于后来到了梁启超的“笔锋常带感情”。这里包含着语言的变革潜因:由过去的晦涩难懂到现在的“质而不俚”。1917年1月胡适在《新青年》上发表了《文学改良刍议》,提出文学改良的标准“八事”:须言之有物,不模仿古人,须讲求文法,不作无病之呻吟,务去滥调套语,不用典,不讲对仗,不避俗字俗语。这很大程度上能够从“新闻体”的要求中找到源头。报刊的兴起与盛行带来了传播模式的转变,对中国古文的变革和适应时代的新文体的兴起起了奠基作用。中国现代小品文的兴起与繁荣成熟也是建立在这一基础之上的。报刊成为小品文兴起和繁荣的寄生园地。

二、先驱的尝试：梁启超的新文体散文的影响

梁启超既是"文界革命"口号的提出者，又是新文体的成功实践者。他在戊戌政变后，流亡国外期间，创办《清议报》《新民丛报》等，宣传资产阶级文化思想，致力于开启民智的"新民"工作。这促使他立意使文学成为思想启蒙的工具。他所创造的"新文体"散文，以比较通俗而富有煽动力的文字运载新思想。他的被《〈清议报〉一百册祝辞》评价为"开文章之新体，激民气之暗潮"的文章也形成浩大的声势，震撼了当时的文坛。梁启超的新文体散文，以其思想之新颖、形式之通俗、艺术上之魅力，影响几乎整整一代人，也对五四文学革命产生巨大影响。郑振铎说新文体文章不再受已僵死的散文套式与格调的拘束，是"五四"时期文体改革的先导。这种略有变革的文体成为我国散文由文言向白话过渡的桥梁，在近代散文史上占有重要地位。

梁启超的"新文体"特点非常明显，首先是"平易畅达"，比传统的古文语言浅近通俗，条理明晰，不避俚语俗言；其次是"以欧西文思入文"吸收外国语法，不分骈散与有韵无韵，所以词汇丰富，句法灵活，艺术手段多种多样，大大提高了散文的表现力；最后，笔锋充满感情，往往用铺排的笔墨以加强文章的煽动力、感染力。自由大胆地抒写己见，"纵笔所至不检束"，思想新警动人；梁启超"新文体"在观念上突破了每一个环节，逐渐改变着散文的整体话语方式。

第一，"新文体""以欧思入文""不避俚语俗语"的特点开阔了文学视野，为中国文学的语言现代化找到了一个可以借鉴的方法和途径，是中国散文实现现代性转变的重要诱因。前面已经论证过，翻译文学不但把西方的词汇和概念带到中国现代文学中，而且将西方的思维方式也介绍和

借鉴过来。因此,梁启超赞同日本善于以欧西文思入日本文,并且希望中国“文界革命”也能够以此为起点。这表明西方文思观念已经影响了梁启超的创作。这一观念的接受和运用使他的文章具有了前所未有的变化。首先是内容方面的影响。文学视野开阔了,选材范围增加了。世界范围的新事物、新思想,成为书写和表达的重要内容。大量运用新的名词概念,将中国文学的一国之封闭视野扩大到世界视野之中。其次是结构和表达方式的影响。把西方的语法和文法的讲究逻辑性和严密性作为文章创作的一个原则,使文章有了逻辑性。梁启超的“新文体”散文很注重系统的说理,对某个问题往往要从不同的角度进行周密阐发;同时又运用西方的直抒胸臆的情感表达方式,使文章笔锋常带感情,有巨大的感染力和冲击力。后来“文学革命”在此基础上提出建设国语的文学、文学的国语,打破旧的传统旧文学,创造和时代结合的新文学。文学的创新和改造最早落脚于文学语言的改造;倡导者试验了各种方法,从激进的废除汉字、应用拼音文字开始,到自己创造新的文字,都没有成功。最终经周作人等人探索和研究,采取折中的也是最行之有效的方法,将欧化语与文言和俗语口语结合起来,形成了中国现代文学的新文学语言,不但完成了汉语的现代转型,也完成了中国现代文学文体转型,使中国现代文学的文学性得以保持。另外,“不避俚语俗语”入文,不但增加了文学语言的时代性和社会性,而且将文学与时代结合在一起,扩大了读者群体。由此触发了散文文学活动的整体变革。因为“新文体”把民众设定为读者,所以在创作中就会把民众的审美趣味和要求作为一种自觉的追求;其创作“务为平易畅达,时杂以俚语韵语及外国语法”,在逐渐改变着古代散文的杂文学性。梁启超等人的“新文体”散文的创作,在以启蒙为目的的基础上,把散文的读者群体扩大,赋予了散文民间的、鲜活的审美趣味,赋予了散文新的、可供普通人阅读和欣赏的特质,从而为把散文导向纯文学的创作奠定了坚实的基础。这在中国现代小品文中表现最为明确,也最为成功。周作人提倡“人的文学”“平民的文学”,不但在创作语言中化用民谣俗语,使文章生动活泼幽默,而且选材内容也趋于生活化和平民化,传统题材所摒弃的“苍蝇之微”的琐小题材“苍蝇、虱子”等在他的小品文中也是津津有味,形成了小品文独有的魅力。所以说,梁启超的“新文体”对中国现代小品文文体的产生和改造起了示范和试验的作用。

第二,梁启超“新文体”“纵笔所至不检束”“笔锋常带情感”的特点凸现了创作主体的独立品格,把情感的自由抒发当作创作原则,改变了中国传统散文的“乐而不淫,哀而不伤”的中庸抒情方式,为中国现代散文尤其是小品文的“独抒性灵”“以自我为中心”奠定了基础。中国传统散文创作群体把散文当作“载道”的工具,不但在创作中受到“文以载道”或“义法”的束缚,而且传统的“中庸”之美的审美趣味影响甚至禁锢着他们的思想,因此对情感的节制和自我的约束成为他们创作的标准之一。纵观传统文学的审美标准,看到的是创作主体的压抑和萎缩,个人的情感和观点匍匐在君主、宗族等集体概念之下,并不能完全自由抒发。明清时期“代圣贤立言”的八股文的盛行,使散文创作的个性越来越受到束缚。梁启超的“新文体”在这一方面有着巨大的改变。他受西方理论和日本作家的启发,引入了“烟士披里纯”:

> 彼寻常人刻画英雄之行状,下种种呆板之评论者,恰如冬烘学究之批评古文;以自家之胸臆,立一定之准绳,一若韩柳诸大家作文,皆有定规,若者为双关法,若者为单提法,若者为抑扬顿挫法,若者为波澜擒纵法,自识者视之,安有不喷饭者耶?彼古人岂尝执笔学为如此之文哉?其气充乎其中,而溢乎其貌,动乎其言,而见乎其文,而不自知也。曰惟“烟士披里纯”之故。[①]

---

① 梁启超:《烟士批里纯》,《饮冰室合集》第6集,中华书局1941年重印版,第127页。

梁启超所倡导的"烟士披里纯",肯定了创作主体的自主性和独立品格。其文体的"纵笔所至不检束""笔锋常带感情",突破了儒家"哀而不伤""温柔敦厚"规范的约束,独立、真实地表达了作者对中国现状的思考。其情感表达纵横恣肆,毫不掩饰,一泻千里,对普通民众具有强烈的感染力。创作主体突兀而立,其情感立于理智之上,打破了中国传统散文的主体审美品格,对中国现代散文的主体性确立有着巨大的影响。周作人说:"文学是情绪的作品,而著者所能最迫切的感到者又只有自己的情绪,那么文学以个人自己为本位,正是当然的事。"①他们比梁启超具有更强烈的主体意识,已经可以在散文中充分表达一己的思想情感。但在这里还要强调一点,尽管中国现代散文的"独抒性灵""以自我为中心"是受"新文体"强调主体性的影响,但受小品文创作群体的文化修养和生活经历以及人生观、价值观的影响,他们在一定程度上又将这种"主体性"加以改造和阐发,使主体走向个体的"个人"。这与梁启超强调的个人内涵不同。梁启超的个人是指从属于民族、国家的,是国家民族利益下的个人。另外,对于情感的抒发,小品文创作者一方面注重抒发自己的情感,另一方面对"新文体"的"纵笔所致,毫不检束"的态度进行了合乎他们审美观的取舍,主张抒发情感,认为文学是抒发情感的途径,但同时对情感的抒发方式又采取了一定的节制,把传统的含蓄和"中庸"之美又纳入自己的创作之中。创作的自主性和对独立品格的强调,正是现代小品文中注重表现自我的创作实践与理论的先导。

第三,梁启超"新文体"不但引入欧、俗语,而且对情感不加约束,使文言变得生动和充满活力。他的创作有文体改革和试验的意义,开了中国现代散文的文体解放的先河,对后来小品文的文体解放有着巨大的影响。

① 周作人:《文艺的统一》,《自己的园地》,岳麓书社1987年版,第25页。

胡适在《五十年来中国之文学》中指出,“文体的解放,打破了一切‘义法’、‘家法’,打破一切‘古文’、‘时文’、‘散文’、‘骈文’的界限”。古代散文主要是指与骈体文相对的散体文,与20世纪以来从西方引入的与诗歌等并列的文体的概念是不同的。梁启超处在“过渡时代”。他博闻强识,学识内容结构复杂,所以其为文的最大特征在于不守规矩,打破文体的界限。在梁启超的“新文体”散文中,既能自由表达又能引起读者共鸣、觉醒的“说”体占了很大部分,如《新民说》系列、《少年中国说》等。这些“说”体散文纵横骋辞,更自由地表达思想,自由地选择表现技巧和手法,对普通读者具有强烈的感染力;对改善古文的板滞,使其适应新的时代和社会要求起了很大作用。

梁启超“新文体”创作的渐变模式,为现代“散文”创作和观念的确立奠定了基础。梁启超的文章写作和文学主张始终注重的是实效性。他创作散文的目的是为了引进新的知识和思想,是为了开启民智。在这种救亡和启蒙目的指引下,其文体因为面对的群体的变化而发生了通俗化变化。因此,“俗语文体”的倡导使散文渐渐与传统散文的高雅和正统分离,推动了古代散文向现代散文的转变。“新文体”完全打破了传统古文“中庸调和”的审美规范和创作原则,把思想解放的精神和作者内心的热情结合在一起,造就了具有新文风的现代“散文”,不仅是对中国古代散文创作的继承与革新,也是引进西方观念和创作模式的影响。

周作人在后来的《中国新文学大系·散文一集》导言中指出:现今的散文小品实在是“古已有之”;中国古文里的序记与说等,也可以说是美文的一类;这不仅仅是中国现代小品文的追根溯源,也是整个中国现代文学的源头的探索和确认。从这些论述中大致可以看到现代散文的创作对外来因素和传统因素的选择取舍。作家选择了序记、书说或杂记等篇幅短小、更适宜表现自我、更适宜同普通读者交流的文体为基础来创作,由此也印证了以梁启超“新文体”为代表的创作模式所具有的开创性和转型意义。梁启超是新文体的实践者和创造者。虽然这种文体只是一种过渡性的存在,是一种中国现代散文文体形成的萌芽,但他创造的根源于古文又脱臼于古文的新文体,终于使划时代的中国现代文学的诞生成为可能。

中国现代小品文文体与梁启超的"新文体"之间的继承与变革,主要表现在以下几点:首先是继承了"新文体""惟意所之"的自由书写态度,其次是"以欧西思入文"和"以俗语入文"的创作和语言改造策略;最后是将自己情感的抒发由恣肆变为含蓄和节制。但其差异和距离还是非常大的。可以说,"新文体"是一种明确表达情感和态度的论说文。后来的杂文对这一点的继承更明显些。中国现代小品文在继承了抒情以及自由表达的创作因素之后慢慢地与之分离,从实用性走向文学性。而其中的语言改造策略在接下来的白话文运动、国语运动和文学革命中得到落实和深化,成为小品文语体选择和形成的直接基础。

第三节 中国现代小品文的语体酝酿:白话文运动、国语运动与文学革命

白话文运动经历了从晚清到五四比较长的历史时期,其中有代表性的是"国语运动"和"文学运动"。晚清白话文运动在理论上以裘廷梁的《论白话为维新之本》为代表。梁启超的言文一致观和黄遵宪的"我手写我口"的理论也是晚清白话文运动的一部分。在他们的倡导下,清末出现了创办白话报刊的潮流,陈独秀在安徽办《安徽俗话报》,胡适在上海主笔《竞业报》。有人统计,清末最后约十年时间,出现了约140份白话报纸和杂志。[①]可见这次白话文运动的规模之大。把白话作为开启民智的工具,

① 参见陈万雄:《五四新文学的源流》,三联书店1997年版,第134页。

从而号召人们将白话当作写作的工具,成为晚清白话文运动的纲领。正是基于晚清白话文运动言文一致的主张,"国语运动"产生了。晚清的"国语运动"起始于晚清王照、劳乃宣等人鼓吹的文字改革,主张"言文一致"和"国语统一"。1917年1月国语研究会成立,国语运动正式发端,提出"语言之必须统一,统一之必须近文,断然无疑矣"的主张,要求用书写语言规范口头语言。几乎同时,1917年元旦《新青年》发表了另一篇在文学史中具有分量的文章——胡适的《文学改良刍议》,与下一期陈独秀的《文学革命论》一起发起了"文学革命运动"。虽然两个运动在时间上非常接近,但二者当时并没有结合在一起。真正把二者联系在一起的,是胡适于1918年发表的《建设新文学论》。他的全部文学主张归结为"国语的文学,文学的国语":"我的《建设新文学论》的唯一宗旨只有十个大字:国语的文学,文学的国语。我们所提倡的文学革命,只是要替中国创造一种国语的文学,我们的国语才可算得真正国语。国语没有文学,便没有生命,便没有价值,便不能成立,便不能发达。这是我这一篇文字的大旨。"其把文学革命与国民语言(白话)变革统一起来。实质上突出语言革命本身就意谓着向文体革命的接近。胡适将新文学运动的步骤分为三步,第一步是"工具",第二步是"方法",第三步是"创造",并将前两步视为新文学创造的"预备"工作。应该说,这是认识到了语言符号作为文学思维媒介的发展规律。

由此看来,晚清白话文运动和国语运动、文学运动是紧密联系在一起的。后来胡适、周作人等意识到晚清白话文运动和五四白话文运动的差别,甚至消解二者之间的联系,认为晚清白话文运动主观上并不想根本性地改变文言文的状况,不是想用白话文取代文言文,而是用白话文作为文言文的有效补充,并提高白话文的作用和地位。因此,晚清白话文运动和五四白话文运动还有着巨大的差别。胡适在《五十年来中国之文学》中极力抬高"文学革命"、贬低晚清的白话文运动,认为晚清白话文运动"白话的采用,仍旧是无意的,随便的,并不是有意的”。相反,“文学革命”是一种有意的主张。这似乎在强调二者的无关联。但谭彼岸在《晚清的白话文运动》提出了相反的观点:“晚清白话文运动,是一个伟大的启蒙运动,它的范围广阔,提倡白话有一套完整的理论,而大量白话报纸、白话书籍、白话小说,流行新思潮随着白话狂潮汹涌澎湃,胡适、陈独秀都是早期受了这白话狂潮影响在清末写白话文办白话报纸,可知五四前夕的白话文运动是继承晚清白话文运动的。”[①]晚清白话文运动是五四白话文运动的基础,民间传统、启蒙工具性以及民族国家观念是二者的共同点。五四白话文运动的新语言文学观是建立在晚清白话文运动理论基础之上的。“文学革命”是白话文运动的历史延续和重要组成部分,是“散文革命”的直接动力。而“白话散文”和“文学散文”“小品文”就在此基础上产生并发展成熟。因此,白话文运动、国语运动、文学革命成为中国现代小品文语言文体产生的源头和前提。

一、“言文合一”——中国现代小品文语言产生的可能

无论是晚清白话文运动还是五四白话文运动,都是理论先行。他们主张将口语和俗语入文,以增加文学的通俗性和普适性,从而扩大读者群体;接近时代和社会,以达到启蒙民众的目的。晚清白话文运动主张言文合一,但在正式的书信等应用文体中他们依然运用文言,甚至裘廷梁的白话文提倡的理论也是用文言写成,白话则是民间语言、日常语言,不能成为文化和文学的载体。所以说实际上晚清时期言文依然是分离的。国语运动以及五四新文学运动也是如此。理论的倡导者意识到文言是“死文字”,白话是“活文字”,不能成为国语。为了探索研究标准的国语从何而来,他们经历了一个曲折艰难的过程,从拼音化到学习古代白话小说,一

① 谭彼岸:《晚清白话文运动》,湖北人民出版社1956年版,第156页。

直到学习俗语、口语到欧化语。在胡适、陈独秀等人的实践中，很长时间“文学之文”和“应用之文”是分开的。“文学之文”可以用白话，而“应用之文”却用文言。这种格局在《新青年》中存在了很长时间。所以说“言文合一”的观点实际上在很长时间没有得到落实。因此，中国现代文学的语言现代性没有完成。没有成熟的语言，就不可能有成熟的文体。在这种形势下，中国现代文学的成熟是不可能的，那么作为文学性和审美性更强的中国现代小品文更不可能产生。

于是，胡适、陈独秀、傅斯年、周作人等对“言文合一”的观点进行了不遗余力地探索研究，寻找将口语的白话变为书写的白话的可能性。这其中涉及口语、俗语与文言以及由翻译带来的欧化语。是将口语全盘照搬还是学习吸收传统白话文学中的语言，是将文言全部舍弃还是有所保留，以及怎样表达随着外国思潮进入的新思想和新事物，这一系列的问题成为“言文合一”观实行的关键。胡适和陈独秀从一开始主张全盘口语到后来转变为将一部分文言和口语、俗语结合起来。胡适在《国语的进化》中写道：“此外文言里的字，除了一些完全死了的文字之外，都可尽量收入。复音的文言字，如法律、方法、科学、教育……等字，自不消说了。”他又说：

> 吾于去年夏秋初作白话诗之时，实力屏文言，不杂一字……其后忽变易宗旨，以为文言中有许多字尽可输入白话诗中。故今年所作诗词，往往不避文言。曾做“白话解”释白话之义，约有三端：
>
> 白话的“白”，是戏台上“说白”的白。故白话即是俗语。
>
> 白话的“白”是“清白”的“白”，是“明白”的白。白话须要“明白如话”，不妨夹几个文言的字眼。
>
> 白话的“白”是：“黑白”的白。白话便是干干净净没有堆砌涂饰的话，也不妨夹入几个明白晓畅的文言字眼。

其中,对文言字眼的运用是最主要的主张。陈独秀也持类似的观点。他认为,俗语中常用的文言,更是应当尽量采用。而钱玄同就持决绝的态度。他认为应该尽量用白话。1918年初,傅斯年发表了《文言合一论》,指出“取白话为素质,而以文词所特有者补其未有”,并提出了十条具体的标准。此后,他进一步论述了欧化语的运用。这和周作人的文学语言的建构观有多相同之处。直至周作人主张将口语、俗语、文言以及欧化语适当调和,形成一种有“气味”的文学语言,并将之用于创作实践,创作出成功的范例,“言文合一”才得到了落实。

纵观这一探索过程,基于语言学的视角来看实际是涉及文学语言和实用语言的不同。文学语言具有形象性、鲜明性、生动性和变异性。雷淑娟指出:

> 文学语言是以美为标准的对语言的特殊运用,是语言的变异形式,抑或说是语言中工具的多样性和使用语言工具方式的多样性的相互选择运作的一种“语言游戏”。
>
> 文学语言如果没有经过加工、扭曲、变形,就不可能获得它的文学性,即审美性,而实用语言确是规范的,讲究经济节约、普通的语言;文学语言正是有意背叛实用语言的自动化、程式化而建构艺术语言的过程,因而它是为产生艺术感觉而有意为之的语言,是一种艺术语言。
>
> 实用语言指为了实用目的而进行的一种语言活动,它广泛存在于人类生活工作之中。在日常生活和工作中,人们为了实际的而非审美的目的,通常把词语作为传递信息的手段和交流思想的工具。它的剧本功能就是尽可能准确地将人们的思想和感情传达给对方,为此就需要寻找最符合我们思想感情的词语。因此,实用语遵循简

约、明了、规范的原则。[1]

因此,简单地将作为实用语言的口语和日常用语全盘搬到书写体系中,是不可能产生文学语言所特有的美感的。只有将实用语言进行变形、陌生化的处理,用文言和口语俗语搭配,将文言、口语、俗语与欧化语调和才能产生一种陌生化的效果,从而引起人们的审美感受,唤醒生存本身的体验,达到文学所特有的文学性和审美性。所以,"言文合一"的努力是符合语言学发展规律的。虽然当时的人们并没有有意识到这一点,但在结果方面产生了很好的作用,是中国现代文学产生的可能,是中国现代小品文产生的可能。

二、文学的国语——中国现代小品文语言的诞生

胡适在《建设的文学革命论》中将"国语运动"和"文学运动"结合起来,要求建立"国语的文学,文学的国语"。这实际上是将白话提高到文学的高度。白话不但要成为"国语",而且要能够承载文学;也就是说白话不但能够成为应用之实用语言,而且能够成为有着审美标准的文学语言。这一理论的提出对汉语的现代化起了重要的导向作用。前面已经论述过,"文学语言指文学艺术作品的语言。文学语言是以美为标准的对语言的特殊运用,从符号学的意义上来说,文学语言的审美性就意味着,实用语言的那种能指、所指对应格局的打破和能指优势的凸显——信息功能和交际功能退居次要的第位,文学语言从自身的语音形式、词语的超常搭配带来的语境意义,句式的结构方式及各种修辞方式的个性化运用和处理获得它的第一位的价值"[2]。因此,这一理论主张将白话口语、俗语的浅陋和直白排除在文学之外,致力于建构一种除了能够作为交际工具还能

① 雷淑娟:《文学语言美学修辞》,学林出版社2004年版,第18页。

② 同上,第20-21页。

够蕴含审美因素的现代白话汉语体系。这一努力不但影响了汉语的现代性转化,更重要的是影响了中国文学的现代性转化方向。将白话和文学结合在一起,对作为实用语的白话提出了由通俗到雅致,由直白、浅陋到含蓄、蕴藉的要求。这不能不影响着中国现代文学的品质,使中国现代小品文的诞生有了语言的土壤。

为这一理论作出巨大贡献的,除了胡适的理论导向作用之外,陈独秀、钱玄同等人的探索和研究也是功不可没。但其中能够系统地论述和提出具体措施的,应该是傅斯年、鲁迅、周作人。继1918年的《文言合一论》之后,傅斯年于1919年在《新潮》上发表《怎样做白话文》,提出向口头语言学习和以历史的典范学习的主张。这其中就已经有口头语言和书写语言的不同的萌芽,只是还没有系统论证。但这一努力已经使口头语言有了书面化和文学化转变的倾向。另外,他提出:“欧化的国语”的思想,主张“直用西洋文的款式,文法,词法,句法,章法,词枝……一切修辞学上的方法,造成一种超于现在的国语,欧化的国语,因而成熟成一种欧化国语的文学。”[①] “欧化国语的文学”的提出,使文学语言直接和口语分道扬镳。这一主张对白话的文学转化起了重要的作用,使人们认识到所谓的“白话文学”绝不是“口语的文学”,作为文学语言载体的白话有了重要的转变方向。在傅斯年进行理论论证的同时,周作人和鲁迅已经在理论探讨和写作实践方面取得了很大的进展。周作人的文学语言观建构将白话文学从通俗提到了雅致的境界,不但将俗语口语和欧化语、文言调和起来,而且提出了“趣味”和“风致”的审美要求,于是中国现代小品文语言的诞生就顺理成章了。1920年1月,教育部颁布命令,凡国民学校低年级的国文课改为国语课,统一运用白话语体文。于是,文学的国语和书写的国语与白话结合起来,确立了白话的正宗地位。白话运动和文学运动就这

① 傅斯年:《怎样做白话文》,《新潮》第1卷第2号,1919年2月。

样结合起来，推动了中国文学的现代性转换，为新文学的语体变革拓展了巨大的空间。“文学的国语”使白话由通俗走向高雅，从民间走向文坛，产生了具有时代美感的文学体式。

这一貌似只是语言层面的变革，实际上在深层次上是思维和文化的变革。因为语言不仅仅是工具和思想的载体，同时也是思想本身。因此，语言解放的直接结果是思想的解放和变化。和现实紧密联系在一起的语言使人们开始审视当下自己的存在。从语言学的角度来说，人通过语言达到了诗意栖居的目的。“人”的观念发生了巨大的变化。

第四节　中国现代小品文主体性理论的生成：“人”的文学与“言志”文学

著名艺术史学家伍尔夫林（H.Wolfflin）曾经在《艺术史原理》中指出：艺术史首先必须把风格看作一种表现，是一个时代和一个民族的性情的表现，同时也是个人气质的表现。这一理论具体到文学方面，即为时代文体、民族文体最终都落实到个体文体之中。因此，作为个体文体的主要因素——创作者的主体性就成为文体中至关重要的部分。别林斯基曾指出文体是才能本身，思想本身。文体的思想的浮雕性、可感性，表现着整个的人。主体文体，是特定的作家艺术地把握生活的方式，也是一个作家作为创作主体的艺术思维的总和。主体文体不仅最鲜明地体现了作家的主体意识，而且包含了作家潜在的美学的、情感的、个性的审美心理结构。因此，主体文体可被视为一种“深层结构”的文体形式。主体文体作为作家的个性、人格、心理、感情和才华的整体显现，集中体现了人的主体意识的觉醒以及文体对于个体生命的体验，特别是对精神的追求和对人的“内宇宙”的开拓。

中国传统文学是以儒家思想为正统的文学。儒家思想是一种群体意识，强调集体压抑个体，以集体利益为服从对象。在高尚至国家、民族、民生，具象至君权、宗族、家族的层层概念之下，个人的独立性和个性被泯灭和钳箍。个人匍匐在层层有形和无形的制度、观念之下。所以中国传统文学是载道文学、集体文学。文学价值取向也是集体主义的，具象为国家利益、民族利益、宗族利益、家族利益，最终归结为封建君权利益。所以鲁迅把中国的历史尖锐地总结为“作稳了奴隶的时代”“做奴隶而不得的时代”。而通过晚清的从政治上的“戊戌变法”到文化上的“文界革命”，以及当时具有先进思想的进步人士的倡导和对外国民主、科学等思想观念的学习，这种建立在封建制度基础之上的文学价值取向在五四新文化运动中受到了挑战和否定，不但君权受到的挑战，桎梏个人的宗族制度和家族制度都受到了怀疑和否定，具有独立意识和个性的完全属于自然生命的个人价值开始被引进、发现、解放和提倡。胡适、陈独秀、傅斯年、刘半农、钱玄同等人纷纷撰文宣传推翻封建专制主义，提倡西方人道主义以及“民主”和“科学”等思想理念。其中胡适的“个性主义”、陈独秀的“民主”与后来重要的理论建设者周作人的以人道主义为基础的“人的文学”一起完成了五四文学对人的发现。郁达夫在《中国新文学大系·散文二集·导言》中写道：

> 五四运动的最大的成功，第一要算“个人”的发现。从前的人，是为君而存在，为道而存在，为父母而存在的，现在的人才晓得为自我而存在了。我若无何有乎君，道之不适于我者还算什么道，父母是我的父母；若没有我，则社会，国家，宗族等哪里会有？
>
> 现代的散文之最大特征，是每一个作家的每一篇散文里所表现的个性，比以前的任何散文都来得强。[①]

① 郁达夫：《中国新文学大系·散文二集·导言》，《中国新文学大系·散文二集》，良友图书印刷公司1935年版，第81页。

鲁迅在1907年就已经关注“人”这个命题。他在《文化偏至论》等文中提出“尊个性而张精神”等“立人”的思想主张。这一变化，为新文学的产生奠定了思想基础，为新文学的主体独立性获得奠定了基础。如果说，白话文运动的胜利指向了中国现代文学的形式变革，那么“人的发现”便是内容的变革了。二者结合在一起完成了中国文学的现代性。具体到中国现代小品文，首先就是人的发现和人的解放，从而有了“人的文学”和“平民的文学”的小品文创作主体观。因为有了作为独立于群体和制度之外的“人”的存在，所以也就相应地产生了“个人的文学”，也就是和传统的集体文学“载道文学”不同的“言志文学”。这其中最突出的便是周作人的“人的文学观”的确立。

一、周作人“人的文学”观

周作人在现代文学中最突出的贡献，是以“人的文学”来概括新文学的内容，建立五四新文学的思想体系，将新文学的理论倡导具体化；“人的文学”成为五四文学的中心概念，成为新文学和旧文学的本质区别。他所提倡的“人的文学”，是以人道主义为本的“为人生的文学 ”，强调文学是人性的，是人类的，也是个人的。这一切恰与“五四”时期个性解放的思潮相一致，对文学革命产生了巨大的推动作用。这也是他后来提出“个人”的“言志”文学的基础，是中国现代小品文文体的主体性理论准备。周作人的“人的文学”观念的提出分为三个阶段。

（一）“人的文学”观——健全的人

周作人于1918年发表的《人的文学》明确提出“人的文学”的观念：“我们现在应该提倡的新文学，简单的说一句，‘人的文学’。应该排斥的，便是反对的非人的文学。”更进一步对“人”作了解释：“我们所说的人，不是世间所谓‘天地之性最贵’，‘圆颅方趾’的人。乃是说，‘从动物进化的人类'。其中有两个要点,(一)'从动物'进化的,(二)从动物'进化的'。"由此看出,周作人的"人"的观念是建立在生物学基础上的,强调的是自然的人性和灵肉的结合。因此,他肯定封建思想所否定的"人欲",主张人是"兽性和神性"的结合。他研究妇女和儿童的生存和社会地位,肯定他们被压抑的生存的自然性,尤其是对恋爱和性欲问题进行了详细的讨论。这是一种"自然人性论"。"人的一切生活本能,都是美的善的,应该得到满足。凡有违人性不自然的习惯制度,都应该排斥改正。"这一主张在当时是振聋发聩的,是对反封建、反专制的具体化;是将"人"从制度、宗教、宗族下解放出来,还原人作为动物的自然本性。如果单单将人定格在从"动物"进化而来的动物性,那么这种人性就失之下流了。另一方面,周作人强调人是从动物"进化"来的。于是,人性获得了提升和文明化。人性又有了"神性"。周作人认为,健全的人格除了自然的物质生活之外,还必须有"以爱智信勇四事为基本道德,革除一切人道以下或人力以上的因袭的礼法,使人人能享自由真实的幸福生活"的道德。在此基础上,他提出了"人道主义"和"人类之爱"。"我所说的人道主义,并非世间所谓'悲天悯人'或'博施济众'的慈善主义,乃是一种个人主义的人间本位主义。""要讲人道,爱人类,便须先使自己有人的资格,占得人的位置"。因此,"人"的文学就是"用人道主义为本,对于人生诸问题,加以记录研究的文字,便谓之人的文学。其中又可以分作两项:(一)是正面的,写理想生活,或人间上达的可能性;(二)是侧面的,写人的平常生活,或非人的生活,都很可以供研究之用"。也就是说,周作人的"人的文学"观具有两个部分:一是理想的生活,表现人的进化性。从这一部分我们可以看到他后来所提倡的"生活艺术化"的端倪,以及后来所追求的"贵族的精神"和"绅士"精神。正是这一观点的萌芽,注定了在他的倡导下所产生的中国现代小品文会走向雅致、含蓄的传统审美特质。这是建立在"人的文学"中"理想的生活,人间上达的可能"的基础上的。二是“写人的平常生活,或非人的生活”。这实际上是指写人的自然生存现状,基于人是自然的人,是平等的,是向传统文学的阶级性的挑战,不但承认人的物质欲望的合理性,而且要揭露在制度压抑之下的人自然性的扭曲和迫害。这一观点的背后是五四新文化运动的启蒙性,承担着很大的社会拯救意识。这一部分实际上孕育了后来的“平民的文学”观,是最契合五四新文化运动的要求的。如果顺着这一思想发展,那么周作人就会走向另一条可能融入社会和时代大潮的路。但是,周作人一开始就将其定位为“侧面的”,在后来的创作中,只选取了“人的平常生活”中对物质的欲望和肯定,将平常的生活“艺术化”,并不厌其烦、毫不规避地摹写:喝茶、吃点心、听雨、忆故乡的野菜……而新文学必须以人道主义为本,观察、研究分析社会“人生诸问题”,关注描写底层人们的“非人的态度”,以此来积极地改造社会的方面被渐渐淡化了。这是一种“个人主义的人间本位主义”,将文学的本质界定为“重新发现人”的一种手段。其目的在于助成人性健全发展。可以说,周作人的“人的文学”观念的开端,是立足于文学的启蒙性之上的。

(二)“平民文学”观——消失了阶级的国民

1919年《每周评论》发表周作人的《平民文学》,指出:我们说的贵族的平民的,并非说这种文学是专做给贵族,或平民看,专讲贵族或平民的生活,或是贵族或贫民自己做的;不过说文学精神的区别,指他普遍与否,真挚与否的区别。从这一概念的厘定可以看出周作人思想中对社会现实认识的不足。可以说,他的这一观点是建立在中国已经是人人被解放了的现状下,已经实现了人人平等,取消了阶级。在今天看来这是一种和他的文学理论深度不相称的天真主义,或者说是幼稚主义。因此就不难理解周作人为什么后来脱离大众,躲到“自己的园地”。所以可以看出,他的“平民的文学”观是“人的文学”观中“人是人类的人”的观念的发展。他的初衷是,文学应该是全民的文学。对人民也就是全体国民的生存和生存诉求成为他的“平民文学”理想对象。也就是说，在“平民文学”的背后，是深深的启蒙和社会救赎意识。因此他进一步解释：平民文学应以普通的文体，写普遍的思想与事实……只应记载世间普通男女的悲欢成败……世上既然只有一律平等的人类，自然也有一种一律平等的人的道德；第二，平民文学应以真挚的文字，记真挚的思想与事实。这进一步确定了周作人“人的文学”中的范畴是他心目中的一律平等的国民。这些“国民”是已经在“人的文学”中获得了健全人格的人，既有兽性也有神性。因此他天真地认为就可以以真挚的文字，记真挚的思想与事实。这是一个正常而健全的理想社会的文学理想，也确定了他的文学追求方向：普通的文体、真挚的文字、真挚的思想与事实。这其中就蕴含着小品文文体特征。另外，周作人仍然不忘记他的思想追求和文学追求：将平民，也就是他认为的人类的思想趣味、生活提高，上升到一个适当的地位。这种理想主义和置身于真正的普通民众的意识潜在地支配着周作人的文学追求以及人生追求。所以他的“平民的文学”观在字面上是应以通俗的白话语体描写人民大众生活的真实情状，反映世间普通男女的悲欢成败，写大多数人的真挚的思想与事实。但研究者往往没有推敲或者注意到在周作人的概念中“平民”的具体内涵。这是建立在一个天真的、没有实现的“人人平等”“人人解放”的国民的基础上的，是一种理想主义的人道主义文学。所以他的“平民的文学”观后来走向“独抒性灵”，“个人主义”和“自由主义”是有着根基的。后来的中国现代小品文对精神的追求和对真情实感的倡导在“平民的文学”观中就已经萌芽。“人的文学”和“平民的文学”是以人道主义为本的“为人生的文学”，强调文学是人性的，是人类的，也是个人的。

（三）“自己的园地”——回到个人主义

1922年1月22日，周作人在《晨报副镌》上开辟了“自己的园地”专栏，提出了自己当时对“人的文学”的“人”的内涵修订：“依了自己的心的倾向去种蔷薇地丁,这是尊重个性的正当办法……倘若用了什么名义,强迫人牺牲了个性去侍奉白痴的社会,——美其名曰迎合社会心理,——那简直与借了伦常之名强人忠君,借了国家之名强人战争一样的不合理了”。他将自己的“人的文学”观念进一步校正和完善。在此我们已经看不到对社会和人类美好的理想,而是充满了梦醒后的无奈和厌恶:“白痴的社会,迎合社会心理”。所以这标志着周作人的“人的文学”观已经从“人类”和“国民”“民众”中退出,确立了他的个人主义、自由主义的立场,消解了“人”性的普遍性和社会性。可以说,周作人已经从一个启蒙主义者走向了审美主义者。他无奈地放弃了社会拯救意识走向“自我救赎”,艺术的现实性体验转化为精神主体的超越性体验。个体的存在感和生命意识成为他的艺术表现对象。因此,他在《贵族的与平民的》中发展了自己的观点:“当以平民的精神为基调,再加以贵族的洗礼,这才能够造成真正的文学”。他不再认为已经消解了阶级,贵族和平民都已经成为民国的国民。这里表露出一种对真正意义上的平民精神的失望和偏离。于是他不再主张“以个人为艺术工匠”的“为艺术派”和“以艺术为人生的仆役”的“为人生派”,而是提倡一种新的文学观:“现在却以个人为主人,表现情思而成艺术,即为其生活之一部,初不为福利他人而作,而他人接触这艺术,得到一种共鸣与感兴,使其精神生活充实而丰富,又即以为实生活的基本;这是人生的艺术的要点,有独立的艺术美与无形的功利。”[①]至此,“人的文学”从自然人性到人类人性,又到平等的国民性,走到了“个人主义”。他完全把文学作为个人个性的抒发地,切断了“人”与社会和大众的联系,从社会救赎走向自我救赎,从理想的启蒙主义者转化为审美主义者,明确地提出了文学的无功利性对人的“感染和陶冶”。至此,中国现代小品文的主体理论已经形成,对个性的尊重和

① 周作人:《自己的园地》,鲍风、林青选编:《周作人作品精选》,长江文艺出版社2003年版,第25页。

对性灵的抒发成为小品文的主体文体内容。

周作人把“人”作为文学的核心、出发点和落脚点，为现代文学观念注入“人”的精神。虽然他的“人”的内涵在不断地变化和萎缩，但对自然人性的肯定以及对个性的尊重是人性的重要组成部分。因而周作人的“人的文学”观的提出标志着文学的本质意义上的自觉与觉醒，标志着20世纪中国文学观念的真正成熟并形成较强大的潮流，使中国文学的现代性转化真正完成。

二、文学观念和创作态度的酝酿：王国维纯文学观与周作人人生艺术派文学观

中国文学向来是建立在“文以载道”基础之上的。文学沦为政治的附庸，实际上是一种文学工具论。王国维针对这一观点提出了与之相反的非功利的纯文学观，将文学的本质规定为探寻人生的价值和意义。王国维把人生的意义和价值定向为个人的自由和解脱，强调文学的独立价值和对人的心灵的蕴藉作用，认为文学应该是超越物质功利、精神至上的，反对把文学视为道德政治的工具。除了用理论语言表达他对文学本质的认识之外，还阐释了“文学是人学”的观点，认为写作总意味着某种方式的获救。王国维将文学的本质与人的生命本质相联系，将文学看成是人为解脱人的欲望和痛苦而设，超越了认识的层次，从具体而贴近人生的实践的层面触及了文学的本质。尽管同时代的启蒙思想家都有强调精神作用的倾向，但他们强调精神作用的最终目的是为了以之为“启人智”的手段，达到改良或变革社会的目的。这是一种“群治”的基石，也是一种政治工具观。而王国维的非功利纯文学观视精神为目的本身，把文学作为人的一种纯精神享受和满足。立足于“个人”本身，实际上是一种对个体意识的回归和肯定。他不遗余力地强调文学非功利性的纯粹性、文学独立位置，对中国文学的现代性转化有着巨大的影响，是文学自觉的先声。但同

时，进一步研究其“纯文学”观的产生及其对《红楼梦》的解读，能够很容易地得出一个结论：王国维的纯文学观同时又是一种对人生的解读。所谓的纯文学实际上成为其对人生欲望、痛苦解脱的一方净土，也是人生避难所。其文学观背后隐藏的是对个体生命意识的发现和对个体生命的悲苦承担，是一种对世俗和社会的逃避。这种思想让我们很自然地联想到周作人的《自己的园地》《苦雨》《苦茶》。其文学创作意识和价值取向的背后是对生命意识的共鸣。所以中国现代小品文的纯文学观中对个性的发现和表现，对个体生命体验的流露，在王国维的纯文学观中就有了萌动。文学成为灵魂的避难所，即从文学之中寻求安慰和解脱。正如鲁迅所说，他们躲到艺术的殿堂或者书斋之中。

非功利纯文学观强调“文学独立”的价值意识。真正独立自觉的现代“纯文学”意识，是王国维在现代美学的基础上建立起来的。王国维对梁启超的功利主义文学思想进行了反拨。梁启超是从政治的意图出发，强调文学作为改良社会的工具。而王国维将文学置于艺术的范畴，探讨文学本身的独立价值、内在规律以及文艺美学的各种问题；在全面把握中西方文学理论的基础上，提出了一套以“审美”为核心的文学美学解释体系，主张文学是非功利的、“无用”的，强调文学具有独立的价值。对于王国维来说，文学的职能是在感情上满足人的精神需要，其宗旨是既然表现真理，那就应当有自己的独立价值。文学和政治不能相互代替。文学不是物质功利或道德政治的附庸，更不是实现某种政治目的的手段和工具。这种唯艺术是尊的非功利文学观，实质上是在特定时期，针对文坛上的偏颇而发出的对新的文学自觉时代的呼唤。王国维的文学观念对加强文学本体及其规律的探讨无疑具有积极意义。这也为中国现代文学思想的发展开拓了一个新的领域。

王国维的非功利文学思想和审美批评对现代文学和批评都产生了深远的影响。它在很大程度上奠定了中国现代文学审美批评模式的雏形，确立了中国现代文学强调审美性的基本主题。从五四时期的“抒情小说”到周作人等的“美文”，到“创造社”的“为艺术而艺术”，以及“新月派”诗歌，“京派”小说，张爱玲、钱钟书等人的文学追求，都可以看到这种把文学的文学性和审美性作为文学创作追求的踪迹。强调文学的审美性和文学性从而使文学能够在不同的时代和社会背景下保持自己的非功利性目的而独立存在，一直是中国现代文学的一个追求和目标。王国维的这种思想和观点在当时没有产生巨大的影响，是因为其理论观点自身的偏颇和时代的原因。文学作为一种社会意识形态，总是要表现各种社会内容，包括道德政治内容的；要完全排除与道德政治的联系，事实上也是不可能的。所以，王国维一味强调文学的独立价值，其立论不免有偏颇，与当时的社会形势不合拍。同时，对于单纯功利主义的文学观念来说，无论是文学的认识功能、教育功能还是道德政治功能，都必须通过审美这个中介；离开了文学的审美功能，就无所谓文学。而这些则是功利主义文学观所忽视的。

王国维的非功利纯文学观对小品文的理论倡导者周作人的影响是显而易见的。作为在中国最早介绍纯文学观念的人之一，周作人一向是纯文学观念的拥护者。他尤其强调文学的独立性，认为文学应该与学术、政治等领域保持距离。在晚清民初时期，周作人的文学观就比较接近于王国维的观点。这一观点的变化始于他对梁启超文学观念的反思和纠正。周作人曾经说过，梁启超的《论小说与群治之关系》的确对他很有影响，但对小说的性质与种类后来意见渐渐有了改变，大抵由科学或政治的小说转到更纯粹的文艺作品上去了。后来他又于1908年发表《论文章之意义暨其使命因及中国近时论文之失》等文章，将梁启超加于文学之上的政治成分剔除，增添了文学中被忽视的因素。在这篇文章中周作人将西方“纯文学(literature)”的概念引进中国，“原泰西文章一语，系出拉体诺文litera及literature二字，其义至杂糅，即罗马当时亦鲜有确解。挞实图用称文字之形，阔迭廉以文谱lit—erature，而昔什洛则以总解学问之事。盖其来既久远，又本无精当之释义，故至今日，悬解益纷，殊莫能定”，并在此基础上提出划分文学与非文学的标准：“文章中有不可缺者三状：具神思Ideal、能感兴Impassioned、有美致Artistic也。”在这种理论构建中，文学有了明确的范围，“纯文学”与“杂文学”也有了区分的标准：“夫文章一语，虽总括文诗，而其间实分两部：一为纯文章，或名之日诗，而又分之为二，日吟式诗，中含诗、赋、词、曲、传奇、韵文也；日读式诗，为说部之类散文也。此他书，记论状诸属，自为一别，皆杂文章耳。”这是中国近代对文学概念最早、最完备的论述。同王国维一样，周作人不满梁启超的功利主义文学观，但他同时也不认同王国维过于强调文学的独立，认为文学家不必顾及人世的种种问题的观点不足取；以此为基础，后来形成了系统的“人生艺术派文学观”。“艺术派的主张，是说艺术有独立的价值，不必与实用有关，可以超越一切功利而存在。艺术家的全心只在制作纯粹的艺术品上，不必顾及人世的种种问题。”“但在文艺上，重技工而轻情思，妨碍自己表现的目的，甚至于以人生为艺术而存在，所以觉得不甚妥当。”[①]他认为文学应该是“人生的艺术”。“正当的解说，是仍以文艺为究极得目的；但这文艺应当通过了著者的情思，与人生有接触。换一句话说，便是著者应当用艺术的方法，表现他对于人生的情思，使读者能得艺术的享乐与人生的解释。这样说来，我们所要求的当然是人生的艺术派的文学。”[②]这就是他的“人生艺术派文学观”，既要注重文学本身的特殊规律，又要注意到文学干预人生的独特作用。这就是周作人和王国维的不同之处。他早在1914年发表的《小说与社会》中对这一文艺观点作了阐发和肯定：“或欲利用其力，以辅益群治，虑其效，亦未可期……若在方来，当别辟道涂，以雅正为归，易俗语而为文言，勿复执著社会，使艺术之境萧然独立。”他在《〈自己

①② 周作人：《自己的园地》，鲍风、林青选编：《周作人作品精选》，长江文艺出版社2003年版，第19页。

的园地〉·旧序》中也写道:“我们太要求不朽,想于社会有益,就太抹杀了自己;其实不朽决不是著作的目的,有益社会也并非著者的义务,只因他是这样想,要这样说,这才是一切文艺存在的根据。”他明确提出了文学的独立价值。后来的小品文的创作原则“以自我为中心,以闲适为格调”就是这种观点的确定。在以后的创作和理论探索中周作人对这一观点多次补充和完善。在吸收西方纯文学观的非功利性和抒情性、情感性、想象性的特点的同时,周作人以敏锐而科学的态度对这一文学观进行了本土化的补充和完善。将基于中国汉字诗性美学特征的传统审美特质纳入小品文的创作观中,使小品文不但具有了西方纯文学的抒情性、情感性、想象性,也具备基于汉字美感的中国传统审美的情趣、味道、意境等美学特质,使自己的纯文学观完成了本土化现代化的转换,并最终成为小品文创作的指导思想。他反复强调文学的非政治性。周作人在《燕知草·跋》中指出“文学即是不革命,能革命就不必需要文学及其他种种艺术或宗教,因为他有自己的世界了,接着吻的嘴不再要唱歌”,并在以后的论述中进一步阐发,把传统的“言志论”与“载道论”从具体的历史语境中分离析别,划分为表现个人情感的纯文学与表现集体思想的功利文学。这也使小品文与杂文有了本质的分离。至此,小品文的“性灵”与纯文学结合在一起,形成了小品文独特的文体特征和审美品格。

当一种文学文体形成的必要条件都已经具备的时候,这种文体的产生就是水到渠成的事情。在作为当下存在的白话和个体思想成为时代文体的主要构成和表达因素的时候,对文学的要求就会具体到各个细节。其中最主要的是作为文类的文学文体选择。选择什么形式的文学类型来适应时代和社会的要求,成为文学变革的主要任务。中国现代小品文文类文体选择就在这种背景下产生。

第二章　中国现代小品文文类文体的选择

中国现代小品文最终成为一种文学范式，对文类文体的选择是其成功的重要原因。文类文体，即各种文学体裁的文体，指作品的外在形状，是作家根据不同文学品类的特征、功能和表达方法，按特定的原则、规范组合文本的方式。以显在形态给读者以直观印象，是某一文体与别的文体区别开来的依据和标识。此一层次的文体的功效，在于明确各种文学门类的外在形式和内在肌理的不同，如小说、诗歌、散文和戏剧的区别等。这是文体的最为外显的层次，也是文学文体的具体化形态。要把握小品文的内在属性，首先要明确小品文与其他文学体裁的不同点，对文学作品的形式加以区分。文学作品的形式，是指作品的内部结构、表现手段和外部形态的有机组合。中国现代文学的诗歌、小说、戏剧都是按照西方文类观念先验地界定其内涵和外延，然后进行实践和改造。而文体特征是文学类型划分的主要依据。所谓的文学类型是对有相似文体特征的一类作品的概括，是指特定类型的文学作品的话语体式和结构规范。而话语体式和结构规范不仅是外在形式的表现，而是受内在的审美趋向影响，进而形成能够表达这种特定的审美观的话语体式和结构规范。中国现代小品文的文类文体的建构有着特殊的开放性姿态，是一个不断探索和争论、对话的过程，经历了与传统的晚明小品的继承和变革的争论，以及对西方Essay的借鉴和改革。中国现代小品文结合时代与传统形成了自己的文体特征，因此有了自己的文类属性。周作人个人话语的建立，使中国现代小品文有了文类文体的自觉性，有了自己的体裁特征和审美规范。

继承中国传统的抒情思维，偏于抒情和记叙，以个人体验为审美对象，以审美理想主义为美学追求，以含蓄、典雅、自然为审美风格，是中国现代小品文的文类特征。

第一节　中国现代小品文体裁内涵的延展

体裁就是文学的类型，是文学类型的体式规范，是由某种类型作品的基本要素的特殊结合而构成。童庆炳先生认为："体裁是文本基本要素在相互作用中所形成的和谐的、相对稳定的特殊关系，正是文本诸要素的完美结合，构成了某一体裁的独特的审美规范。一种文学体裁的形成是长期的创作实践的结果，也是一代人探索的结果，体裁犹如语言中的语法规则，不是某个人的规定，而是一种经过长期实践后的约定俗成。"[①]文本基本要素应该不仅是外在形式，因为仅依靠形式而忽略了内容的划分方法就陷入形式主义。韦勒克曾经说过："我们认为文学类型应视为一种对文学作品的分类编组。在理论上，这种编组是建立在两个根据之上的：一个是外在形式（如特殊的格律或结构），一个是内在形式（如态度、情调、目的等以及较为粗糙的体裁和读者观众的范围等）。"[②]外在形式和内在形式的结合应该是体裁分类的比较合理的标准。中国现代小品文体裁分类标准也应该不仅包括语言体式的选择，还应该包括题材范围、美学风格等内在因素。

① 童庆炳：《文体与文体的创造》，云南人民出版社1994年版，第105页。

② [美]韦勒克、沃伦著，刘象愚、邢培明、陈圣生、李哲明译：《文学理论》，北京：三联书店1984年版，第263页。

一、中国现代"小品文"概念的发展演变

中国现代小品文的概念的提出是新文学运动的产物。其是在打倒旧的传统文学典范寻找新的文学典范的过程中产生的。而其内涵也是一个不断变化的过程,是伴随着与"散文""杂文""美文""随感录"等概念的纠结而产生的。

1918年,林语堂在《新青年》上发表《论汉字索引制及西洋文字》,提到文学中的Familiar Style和Essay Style,首次将Essay Style作为新文学白话散文学习的典范。此处的Essay Style可以译为"随笔体",而Familiar Style可以译为"家常体"或者"闲谈体""娓语体"等。因此,我们看到了小品文概念内涵的萌芽,既有后来的以闲适为格调的小品,又包括议论和批评的随笔。在此之后《新青年》开辟了"随感录"专栏。但其后的"随感录"渐渐与小品文分离,以思想性作为文体风格追求,与小品文的抒情相背离。

1921年6月8日,周作人发表了著名的《美文》,完成了对中国现代小品文的初步定位,提出了"美文"的概念,并从文体方面对其进行限定:"外国文学里有一种所谓论文","记述的,艺术性的,又称作美文,这里边又可分出叙事与抒情,但也很多两者夹杂的","读好的论文,如读散文诗,因为他实在是诗与散文之间的桥梁","有许多思想,既不能作为小说,又不适于作诗,便可以用论文式来表他"。第一次确定了"美文"的内涵首先是一种类似于外国Essay的非正规论说文,而这种论说文的特殊之处在于是一种记述的、艺术性的,或叙事,或抒情,或者叙事和抒情结合。简而言之,实际上就是一种通过叙事或抒情来论说一个道理或者一件事情的文学性随笔。这与后来偏于议论的杂文是不同的。小品文的概念在此时还是以"美文"来称呼的。周作人淡化散文的政治意识,以抒情小品作为自己的实践园地,用冲淡的情致来充实和改造散文(包括传

统散文和杂感),创建了“美文”,巩固了现代散文的阵地,奠定了现代散文作为一种文学的文体基石。如果把《新青年》所倡导的杂感作为对古代传统散文的极端否定,那么周作人的散文则是否定之后的否定;前者是破坏,后者是建设。现代散文正是在这种破坏和建设中赢得了自己的独立地位,周作人在其中作出了特殊贡献。周作人个人话语观的建立,标志着小品文文体的自觉。

1922年3月,胡适在《五十年来中国之文学》中写道:“这几年来,散文方面最可注意的发展,乃是周作人等提倡的‘小品散文’,这一类的散文,用平淡的话语,包藏着深刻的意味;有时很像笨拙,其实却很滑稽。这一类作品的成功,就可彻底打破‘那美文不能用白话’的迷信了。”在这里胡适提出了“散文”“小品散文”“美文”三个概念,而且明确认为“小品散文”是“散文”的一类,而“小品散文”和“美文”是相同的概念,确定了这一类散文的风格:平淡的话语、深刻的意味。这在“小品文”文体的自觉和独立方面也起着重要的作用,使“小品文”与中国传统的“小品文”有了区别,因而具有现代性意义。因此,从“小品文”概念的诞生可以看出,小品文其实在开始就是倾向于文学性和艺术性的。正因如此,后来对小品文的界定就有了分歧:是一种“纯文学散文”体式或是包括具有强烈的情感的议论杂文,还是一种叙述、抒情、议论结合的以情感为重的散文体式。而要厘清这一争论不但要从概念的诞生界定来梳理,还要分析后来的小品文创作者的作品来寻找共同的因素。其实在“美文”的界定中,还有一句话是不能忽视的:“读好的论文,如读散文诗,因为他实在是诗和散文之间的桥梁”。这里的散文概念应该和我们现在的散文概念不同,含有传统的散文概念的内涵,含有“载道”的说理文在内。首先小品文是论文,但有诗性的情感和诗性的经验,以及诗的审美特质。因此,后来的纯粹的抒情散文和叙事散文只能成为小品文的变异,而不能称为小品文的正格。但周作人也把这一类诸如冰心、朱自清、徐志摩等人的偏于纯文学性的抒情散文称为“缜密漂亮”的小品文的一种，导致了小品文概念内涵和外延的变化，使小品文走向了“纯文学”化和“审美化”。这一倾向导致了小品文与杂文的分道扬镳。

王统照于1923年发表《纯散文》，提出“纯散文”概念以及“趣味”“美感”的要求。他于1924年又发表《散文的分类》，借用美国文艺学家韩德《文学概论》的分类法把纯散文分为：历史类的散文，又称叙述的散文；描写的散文，包括写景状物一类；演说的散文，又称激动的散文；教训的散文，又称说明的散文；时代的散文，又称杂散文，最主要的就是Essay体式。现在来看王统照的分类是不精确的。叙述和描写、说明属于表达方式，而演说、教训属于用途，时代又是时间标准，所以其分类方法是不可取的。但是从其潜在意识中可以看到，他认为“纯散文”必须有“文学成分”，是与诗歌、小说、戏剧不同的文体。

1926年胡梦华发表《絮语散文》，提出了“絮语散文”观：

> 这种散文不是长篇阔论的逻辑或理解的文章，乃如家常絮语，用清逸冷隽的笔法所写出来的零碎感想文章。这里面未尝没有逻辑的议论，甚至还有很激烈的争辩，但它不像批评文或理论论文带着很庄严的态度，令人看了好象纸上露着肝火很旺的样子，怒目咬牙的形状。它乃如家人絮语，和颜悦色的唠唠叨叨地说着。有时似乎在恭维你，但骨子里已经挖苦得你很难堪了。至于它的内容虽不限于个人经历、情感、家常掌故、社会琐事，然而这种经历、情感、掌故、琐事确是它最得意的题材。[①]

很明显，“絮语散文”已经对这一散文的形式和内容作了界定：清逸冷

① 胡梦华：《絮语散文》，《小说月报》1926-03-10(3)、(17)。

隽的笔法，也有议论和争辩，但和颜悦色；题材是个人经历、情感、社会琐事。这实际上就与“小品文”的内涵和外延是相同的。

后来林语堂把小品文当作一种娓语笔调，称为“闲谈体”或者“娓语体”。其特点是：“读来如至友对谈，推诚相与，易见衷曲；当其坐谈，亦无过瞎扯而已，及至谈得精彩，锋芒焕发，亦多入神入意之作。或剖析至理，参透妙谛，或评论人世，谈言微中，三句半话，把一人个性形容得惟妙惟肖，或把一时政局相容得恰到好处，大家相视莫逆，竟会神游，此种境界，又非说理文所能达到。”[①]在这里实际上已经用文学的手法写出小品文的审美特征和题材内容，是一种“入神入意”“谈言微中”“神游”的非说理文；给人的审美愉悦是感悟与神会体验，而不是论说文的板起面孔的说教。这在很大程度上界定了小品文的审美特质。

总之，梳理中国现代小品文的概念，可以得出小品文概念内涵和外延的变化。由此可以得出“小品文”与“随感录”“抒情散文”“美文”的联系与区别。其中“文学性”是这一文体的必要因素。此外，论说应该是小品文的基本因素之一，但后来又加入了记述和抒情的因素，小品文的内涵扩大为“文学化”“审美化”，短小、闲淡、含蓄的论说，或抒发个人情感，或记述社会琐事、个人经历的散文。而其中“文学化”“审美化”以及“情感化”要求构成了小品文文体的内在要求。这也成为中国现代小品文题材审美规范的构建要求。

二、中国现代小品文审美理想主义的美学追求

张毅在《文学文体概说》中指出：文学文体作为一种特殊的语言存在体，依循某种特定的美学目的，创造性地改变普通语言系统的程式化规则，建立起具有更大灵活性及审美自由度的文学语言规则，以此来对生存

① 林语堂：《人间世》1935-02-20(22)。

事实进行情意化的描摹与内含价值倾向的审美描述，使文学文体获得了特殊的“文学涵义”。文体的形成在语言层面之下是文化层面和思维层面，而审美趋向是文化层面和思维层面的重要内容。也就是说，每一种文体的背后都有一种审美追求，形成文体的审美风格层面，从而成为文体分类的一种外显的因素。中国现代小品文在选择了白话作为自己的语言的同时，也将自己的审美追求渗透到语体要求之中，以审美理想主义作为小品文的美学追求，从而影响了文体的特征，形成了小品文文类文体的抒情审美的美学特征。

审美主义是一种哲学思潮，是对现代性的反思、批判。在现代性发生以后，由于现代性的负面价值突显，理性对人的束缚的加重，于是就有在哲学上对现代性的反思、批判，就产生了审美主义。审美主义认为理性并不是最高的价值；只有审美领域才有自由，审美价值才是最高价值。在文学理论中，审美主义表现为强调文学的超现实性、超功利性的审美本质，认为文学体现了生存意义。审美主义主张非理性主义、反现代性，体现了精英意识和贵族精神。

中国的审美主义发端于20世纪初，重要代表人物是蔡元培和王国维。王国维接受了康德、叔本华的哲学思想和美学思想，又融合了中国传统的美学思想，提出了自己的审美主义的审美人生论。他认为：审美观照可以使人进入“纯粹之知识”的境界，使世界成为纯粹之形式，自我成为“纯粹无欲之我”，从而忘掉人生痛苦；文学是人类精神的发泄，既不同于传统的“文章经国之大业，不朽之盛事”的载道观，也不同于梁启超的启蒙国民，挽救民族的文学观。他认为文学是“游戏的事业”：“文学者，游戏的事业也……唯精神上之势力独优，而又不必以生事为急者，然后终身得保其游戏之性质。而成人之后，又不能以小儿之游戏为满足，于是对其自己之感情及所观察之事物而摹写之，咏叹之，以发泄所储蓄之势力。故民族文化之发达，非达一定程度则不能有文学；而个人之汲汲于争存者，决无文学家之资格也。”[1]这一游戏说很明显是吸收了西方的“游戏说”。席勒在《美育书简》中指出：人们总想摆脱自然，社会以及理性的压迫或约束，于是就出现了利用剩余的精力、为自身创造一个自由的天地的游戏，人的“感性冲动”和“理性冲动”通过“游戏冲动”有机地协调起来；而人的这种游戏本能就是艺术创作的动机。但这并不是说仅仅是轻松愉快，无所用心，而是寓教于乐，“直观”与抽象统一；“活动”中还包含着“平静”。他认为，审美活动的游戏是在人类摆脱维持生存的物质需要的束缚之后的事。“只有幸运的机缘才能打破肉体状态的枷锁，把野蛮状态引向美”。超越功利性而到达审美是“游戏说”的核心。王国维基于这一观点把文学定位为“游戏的事业”，而非“争取功利的”争存文学，将这种文学定位于“民族文化之发达”时的文学。周作人对文学的理解也有类似的言论。他在《〈杂拌儿〉序》中写道：“以前的人以为文是以载道的东西，但此外另有一种文章确是可以写了来消遣的，现在则又把他统一了，去写或读可以说本以消遣，但同时也就是传了道了，或是闻了道了。”“言志派的文学可以换一种名称，叫作即兴的文学”。这一观点和后来周作人对小品文定位——“小品文是文学发达的极致，他的兴盛必须在王纲解纽的时代”是相同的。王纲解纽，“皇帝祖师等等没有多大力量了，处士横议，百家争鸣”[2]，人才能够自由“游戏”，人性才能复苏和完整。文学观的背后是人性的回归和独立，同时也是文学的独立和自主。这一观点不但促成了小品文这种文体的产生，而且成为其创作原则和审美特色。

后来，王国维受尼采的影响，对自己的审美主义进行了补充，认为生活之欲不能自我否定，而只能通过“蕴藉之道”得以张扬、升华。这就是审

① 王国维：《文学小言》，《王国维文学美学论著集》，北岳文艺出版社1987年版，第24-25页。

②周作人：《近代散文抄》，王景科编著：《中国现代散文小品理论研究十六讲》，山东文艺出版社2009年版，第22页。

美的途径。他在《论哲学家与美术之天职》中有这样的论述:“美术文学非徒慰藉人生之具,而宣布人生最深之意义之艺术也。一切学问、一切思想,皆以此为极点。”这是审美主义人生观。他反对启蒙主义和新古典主义的功利主义文学观,认为:“观近数年之文学,亦不重文学自己之价值,而唯视为政治与教育之手段,与哲学无异 ,如此者其亵渎哲学与文学之神圣之罪,固不可逭,欲求学术之价值,安可得也?”[①]这一观点在周作人那里得到了继承和发展,成为他的小品文创作理论的主要指导思想。在五四新文化运动的开端,周作人从把“人”从封建专制之下解放出来的启蒙出发,认为文学是“人”的文学,是具有动物性和神性结合的健全的自然人的文学,后来进一步发展为文学是“平民的文学”,认为文学应该真挚地反映平民的生活。这时的观点是带有启蒙主义的,具有很深的社会救赎意识。随着运动的发展和思想的变化,周作人从理想的启蒙主义走向了审美主义,从社会时代中退回到自我生存体验,于是生活文化的文学观成为周作人创作源泉。他把这种观念称为“生活的艺术”。他对这一观点在《〈书房一角〉序》中进行了反复阐述:

> 佞读书甚杂,大抵以知道平凡的人道为中心……我喜欢知道动物生活,两性关系,原始文明,道德变迁这些闲事 ……有点功夫便来拉扯地说一点,关于我所感兴趣的学问方面都稍说及 。
>
> 我以为艺术当然是人生的,因为他本是我们感情生活的表现,“为人生”——于人生有实利,当然也是艺术本有的一种作用,但并非惟一的职务。总之艺术是独立的,却又原来是人性的,所以既不必使他隔离人生,又不必使他服侍人生,只任他成为浑然的人生艺术好了……现在却以个人为主人,表现情思而成为艺术,即为其生活

① 王国维:《 论近代之学术界》,《静庵文集》,《遗书》,商务印书馆1940年版第14册,第89页。

之一部，初不为福利他人而作，而他人接触这艺术，得到一种共鸣与感兴，使其精神生活充实而丰富，又即以为实生活的基本；这是人生的艺术的要点，有独立的艺术美与无形的功利。[①]

生活不是很容易的事。动物那样的，自然简易的生活，是其一法；把生活当作一种艺术，微妙地美好的生活，又是一法：二者之外别无道路，有之则是禽兽之下的乱调生活了。生活之艺术只在禁欲与纵欲的调和。[②]

那么我们凡人所可以用文字表现者只是某一种情意，固然不很粗浅但也不很深切的部分，换句话来说，实在是可有可无不管紧要的东西，表现出来聊以自宽慰消遣罢了。[③]

很显然，这些观点代表着周作人已经站在审美主义的立场对他的启蒙主义的"为人生而艺术"论的否定。这些周作人的观点是与审美主义相通的，是对审美主义的进一步阐释。

另外，王国维接受了叔本华的悲观意志论哲学，认为审美是对人的欲望的解脱，进而提出了"幽默"概念。他所阐释的《红楼梦》超越了中国传统的主情说。这种观点在其中得到具体论述。他认为《红楼梦》的意义在于揭示人生之痛苦，对欲望之解脱。他还对屈原进行了现代的阐释，认为屈原作品表现了其人生困境，即其内心的入世与遁世两种心态的冲突，于是以"幽默"排遣之。这一"幽默"说和小品文的"幽默"主张在本质上是相同的。林语堂的小品文"幽默说"就是这一观点的延伸和具体化："幽默

① 周作人：《自己的园地》，鲍风、林青选编：《周作人作品集》，长江文艺出版社2003年版，第25页。

② 同上，第45页。

③ 周作人：《〈中国新文学大系·散文一集〉导言》，王景科：《中国现代散文小品理论研究十六讲》，山东文艺出版社2009年版，第31页。

本是人生的一部分,所以一国的文化到了相当的程度,必有幽默的文学出现。人之智慧已启,对付各种问题之外,尚有余力,从容出之,遂有幽默,——或者一旦聪明起来,对人之智慧本身发生疑惑,处处发见人类的愚笨,矛盾,偏执,自大,幽默也跟着出现。”“然而幽默到底是一种人生观,一种对人生的批评”,“人生永远是幽默的,犹如人生是永远充满悲惨、性欲与想象的”。“愈是空泛的,笼统的社会讽刺及人生讽刺,其情调自然愈深远,而愈近于幽默本色。”[①]基于这一观点,林语堂对周作人的小品评论是:“周作人先生小品文之成功,即得力于会心之趣也。其话冲口而出,貌似平凡,实则充满人生甘苦味。”[②]周作人对自己作品的评论也是如此。苦茶、苦雨、自己的园地,外人看来是冲淡,自己内心是苦涩,是周作人人生困境的真实表现。郁达夫也有相似的论述:近来的散文中幽默分子的加多,是因为政治上的高压结果:中华民族要想在苦中作一点乐,但各处都无法可想,所以只能在幽默上找一条路……还有其次的原因,是不许你正说,所以只能使反说了,人掩住了你的口,不容你叹息一声的时候,末了自然只好泻下气以舒肠,作长歌当哭。[③]可见,小品文所提倡的“幽默 ”并不是我们所说的滑稽或者搞笑,而是一种基于人生困境的遁世之道,所以是含泪的苦笑。这一内涵与王国维的审美主义的“幽默”说是一致的。他在《人间词话》中又和“境界”联系在一起,对这两个概念作进一步的解释:“无我之境,人惟于静中得之。有我之境,于由动之静时得之。故一优美,一宏壮也”。这实际上就说明了审美主义的审美心理状态是一种静态的、超然的,“以物观物,故不知何者为我,何者为物”,是一种忘我的、超然物

① 林语堂:《论幽默》,王景科编著:《中国现代散文小品理论研究十六讲》,山东文艺出版社2009年版,第57-63页。

② 林语堂:《论文》,《论语》1933-11-1(28)。

③ 郁达夫:《〈中国新文学大系·散文二集〉导言》,王景科编著:《中国现代散文小品理论研究十六讲》,山东文艺出版社2009年版,第122页。

外的审美状态。我们研究小品文的抒情特点,分析其美学特色,可以得出结论:很显然小品文的抒情不属于无节制地直白表达,而是一种传统的“哀而不伤,乐而不淫”中庸之美,是一种有节制的、理性控制的表达方式。所以,中国现代小品文的美学特质属于优美的美学范畴。

审美主义的美学追求使中国现代小品文与“集团性”“载道”文学对立,是“个人性”的“言志”的文学;同时,小品文提倡“趣味性”,是“精神的贵族”。这表明小品文以抒发个人情感、体验为审美特质。形成这种审美特质的另一个重要原因就是对中国文学抒情传统的继承和变革。

三、中国文学抒情传统的继承与变革——中国现代小品文抒情手法的选择

如果说西方文学具有依赖于时间过程的叙事传统,那么中国文学则在民族思维和汉字的空间化特征基础上形成了以“共时性”为特征,具有空间化倾向的抒情传统。中华民族是一个感性的民族。从汉字的产生到文学的产生,都是先民感觉和感性的产物。因此,抒发感情,表情达意成为中国文学的传统。情感是抒情文体的结构形态。抒情文体一般不讲述一个有开端、有高潮、有结局的完整故事,也不一定叙述一个事件的全过程,而只挑选其中最重要的因素,由作家按自身的人生体验的零散的情节片段组合成篇。中国文学是以抒情文学为主导的,具有两个精神上的原型——《诗经》和《楚辞》。“前者以朴素率真的情怀描绘出一幅田园的景致,其中所蕴含的圆足与愉悦成为一种精神的向往与指标;后者则以激切奋昂的情绪揭露了个体的优先于时间的无限间的纠结、阻隔,其中所表露的孤绝与哀求赋予抒情传统以文化上的深度与力感。”[①]二者共同奠定了中国抒情文学的源头。厄尔·迈纳(E.Miner)在《比较诗学》中曾把“抒情

① 蔡英俊:《中国文化新论·文学篇(一)·抒情的境界》,三联书店1992年版,第98页。

诗视为具有极端共时呈现性(presence)文学,而把叙事文学视为具有极端历时延续性(continuance)文学”。叶维廉在《中国诗学》中对这一观点进行了进一步的阐发:“在一首lyric里,诗人往往把感情、或由景物引起的经验的激发点提升到某一高度与浓度。至于常见于叙事诗的有关行为动机的缕述和故事线性的发展的轮廓,在lyric中常常是模糊不清的,或只有部分枝节的提示,而没有前后事件因素的说明……一首lyric,往往是把包孕着、暗示着丰富内容的一瞬间时间抓住——这瞬间含孕着、暗示着在这一瞬间之前的许多线事件。它是一‘瞬’或一‘点’时间,而不是一‘段’时间……时间的次序不重要。虽然我们了解到,语言是序次的东西,事物仍旧序次的出现;但在我们的美感意识里,这不是时间的序次,而是一瞬间经验或情感内在空间的延展;我们仿佛是从经验的核心慢慢伸向圆周。”[①]中国文学具有以《诗经》和《楚辞》为源头的抒情传统,西方文学具有以荷马史诗和古希腊悲剧为源头的叙事传统。中国文学传统有着“共时性”或“空间化”的倾向,西方文学则更倾向于“历时性”或“时间化”特征。抒情传统就是一种强调“共时呈现”的空间化的文学传统。简短的篇幅,空灵的意境,视觉化的意向,“诗画交融”的审美标准,空间超越性的时间主题,以及同时并存性的形式结构,共同构成了这一抒情传统。[②]中国现代小品文虽然诞生于反对传统的新文化运动,但中国传统文学的影响是割舍不断的。传统文学的种种特质以一种潜在的形式对人们的创作形成种种影响。现代学者单正平认为,先有旧“型”,才有转而为新的可能。先有既存的中国明清文学,才有以此“型”向现代转化的条件和基础。周作人在《中国新文学大系·散文一集·导言》中写道:“我相信新散文的发达成功有两重的因素,一是外援,一是内应。外援即西洋的科学哲学与文学上的新思想之影响,内应是言志派文艺运动之复兴。”这种“文艺复兴

① 叶维廉:《中国诗学》三联书店1992年版,第154-155页。

② 赵奎英:《混沌的秩序》,花城出版社2003年版,第261页。

说”是指其创作态度和创作手法,以及建立在此基础上的审美特质。其中,中国文学的抒情传统在中国现代小品文的“独抒性灵”的创作原则中得到了继承。因此,中国现代小品文在语体的选择上偏于抒情语体。

在文学的源头《诗经》中就有大量的对生命和情感的纪录和吟咏,“诗言志”成为共识,有表达集体情感的“硕鼠硕鼠,毋食我黍”“岂曰无衣,与子同袍”的集体呼号悲誓,更有精彩绚丽的表现个人爱慕之情的“关关雎鸠,在河之洲,窈窕淑女,君子好逑”,有怨恨之情的“相鼠有体,人而无礼,人而无礼,胡不遄死”,也有思乡之情“昔我往矣,杨柳依依,今我来思,雨雪霏霏”。所有这些情感,穿越时间和空间,拨动着我们的心弦,是因为其情之真和情之切。《毛诗序》曰:“诗者,志之所之也”,“情动于中而形于言。言之不足,故嗟叹之;嗟叹之不足,故歌咏之;歌咏之不足,不知手之舞之,足之蹈之也”。其农事主题、讽刺主题、战争和劳役主题以及婚恋主题都是通过“诗六艺”表达出来,而“赋”“比”“兴”无一不是表达情感表现手法。所以说《诗经》的基本艺术特征是抒情,其他艺术手法和艺术技巧都是围绕着抒情这一基本特征展开的。

先秦时期的历史散文和朱子散文是这一时期的主要文学成就。在这里暂且忽略《战国策》《尚书》等的客观写史与主观写史的辩论,只看《论语》和《庄子》,就能够看到抒情传统的延续。《论语》多用“比德”“即物感兴”“比兴连类”的修辞手法,善于把深邃的哲理寄托在具体的想象中,创造出许多具有特定文化含义的意象,使枯燥的说理变得诗意盎然,给人以美的享受。“有朋自远方来,不亦乐乎?”“子在川上曰‘逝者如斯夫,不舍昼夜’”,“岁寒,然后知松柏之后凋也”。而《庄子》的浓郁的浪漫主义色彩使书写主体的形象卓然而立,其“汪洋恣肆”的语言和想象把中国文学的想象性审美特质发挥到了一个难以企及的高度。而其善于形容和譬喻的艺术技巧更是使情感的表达如行云流水,又如江河入海酣畅淋漓。

《楚辞》把抒情的浪漫主义传统又推到了一个高峰。屈原《离骚》“路漫漫其修远兮，吾将上下而求索”的深情激荡着民族灵魂，通过心灵的追寻以激烈、缠绵、深挚而浪漫的情感表现出了自己理想不能实现的痛苦。情感的激烈和真挚具有永恒的价值，是对生命情感的自由的表达，是冲破现时的理想生命之美。把深刻的生命体验所感而发出的上天入地的壮阔激越的情感，通过比、兴、象征、寓情于景等艺术手法不加任何限制地甚至夸张地表达出来，使诗人主体的人格透过作品卓然而立于中国文坛，成为中国文学抒发情感的又一高峰。其浪漫主义的想象和直指真情感的审美追求为后世文学提供了不竭的源泉。在激荡与融合中走向成熟的秦汉散文，尤其是作者用的心灵感受历史的《史记》，更是在历史的脚步中嵌入写作者的生命体验和想象。前期的汉赋主要是以抒情为主的骚赋体。汉赋的兴盛在一定意义上表现了人的理性的觉醒和意志的强大，使人感受到一种空前伟大的审美愉悦。《艺概·赋概》则有这样的论述："赋起于情事杂沓，诗不能驭，故为赋以铺陈之。斯于千态万状，层见迭出者，吐无不畅，畅无求竭"。"感于哀乐，缘事尔法"的汉乐府民歌以其对现实的深刻反映、强烈而急切的抒情、甚至细腻的情感、自由布局的形式成为中国诗歌史上的另一个抒情高峰。"上邪！我欲与君相知，长命无绝衰。山无陵，江水为竭，冬雷震震，夏雨雪，天地合，乃敢与君绝！"(《上邪》)这种情爱的表达惊天地而泣鬼神！而到了被鲁迅称为"文学自觉地时代"的魏晋南北朝时期，随着人的觉醒，人的个体感性从统一的社会理性中分离出来，文学作为最能发挥这种感性的符号形式，也走向独立。这就是文学的自觉。梁元帝萧绎的《金楼子》之《立言》篇对"文"的界定标准是："吟咏风谣，流连哀思着，谓之文……至如文者，惟须绮縠纷披，宫徵靡曼，唇吻遒会，情灵摇荡。"其从抒情、辞采、声律三方面界定了文学的概念，建立了新的感性审美的文学观。所以这一时期的文学具有强烈的个体抒情色彩。而"建安风骨""作为对创作主体丰沛生命力和郁勃志气所形成的作品风貌的指称，它要求作者内心先有一种激情萌动，这种激动可以得之于对自然的感悟，也可以得之于现实人事与自身遭际的激发，在此基础上，进而要求作品有劲气充周、刚正雄健的品格与之相应”。[①]另外“竹林七贤”的名士风度，陶渊明的隐士风范，谢灵运、谢眺的山水风致，《世说新语》的人的形式之美，都是强烈的个性和情感对社会、自然、生命的体验和感喟，为后世文学尤其是抒情文学留下了文体的范本。六朝骈文是中国文学的重要组成部分。尤其需要强调的是，它是中国汉字的形、声、义等形式因素和内容的感性特征所决定的一种特殊的文体，通过单个汉字的形、声等结构形式以及若干汉字在文本中的组合形式充分表现汉字本身所蕴含的文化意蕴，充分体现汉字的诗性特质和审美特质。它是一种艺术形式之美的强调，也是主体对文学形式的一种自觉追求。在其背后是创作主体对形式美的觉醒和自觉。骈文之美的本质就是对人的类的感性乐感的表现。而唐代的诗歌、宋代的词、元朝的曲之抒情特质已是不容置疑，在这里不再赘述。到了明代的散文以李贽的“童心说”为依傍的“公安派”提出了“性灵说”。所谓“性”就是指人的个性、性情；“灵”指人的心灵，即个人的意念和感受。袁宏道在《叙小修诗》中要求创作要“独抒性灵，不拘格套”，要“信心而出，信口而谈”（《与张幼于》），强调要不加雕饰地直接抒写内心情感。而后“竟陵派”的文学主张在“性灵”方面又更进了一步。钟惺的《诗归序》有“真诗者，精神所为也。察其幽情单绪，孤行静寄于喧杂之中；而乃以其虚怀定力，独往冥游于寥廓之外”。而无关功利的审美体验的明末小品是一种抒写真性灵、真精神的比较纯粹的审美性文体。清代袁枚在《随园诗话》中也提倡“性灵说”。他认为“诗之传者，都自性灵”。

综上所述，中国文学是以抒情作为自己的传统表达方式。中华民族是一个感性和诗性的民族。因此，中国的审美传统也是偏重于感觉和体悟。中国现代小品文继承了中国文学的抒情传统和审美品质，在定义上

① 成复旺主编：《中国美学范畴辞典》，中国人民大学出版社1995年版，第393页。

就偏重于抒情。厨川白村的观点是:"Essay是作者将自己底人格的色彩,浓厚地表现出来","是将作者的自我极端地夸大了而写出的东西,其兴味全在于人格的调子,Essay是自己告白的文学"。[①]周作人认为,小品文"在个人的文学之尖端,是言志的散文,他集合叙事说理抒情的分子,都浸在自己的性情里"。[②]"或者不如说小品文,不专说理叙事而以抒情分子为主的,有人称他为絮语过的那种散文上,我想必须有涩味与简单味,这才耐读"。[③]林语堂认为:"盖小品文,可以发挥议论,可以畅泄衷情,可以摹绘人情,可以形容世故,可以札记琐屑,可以谈天说地,本无范围,特以自我为中心,以闲适为格调,与个体别,西方文学所谓个人表调是也。故善冶感情与议论于一炉,而成现代散文之技巧。"[④]其中抒情的分子是重点。此外,小品文理论创作家朱自清、李素伯等人都有类似的见解。可以说,中国现代小品文之所以一出现就取得了比别的文体高出很多的成就,很大的原因在于它继承了中国文学的抒情传统。虽然其所抒之情有了很大的改变,所用语言有了巨大的变化,但汉字的诗性和感性特质以及抒情艺术手法的运用还是传承下来,其感性和体悟的审美特质依然是属于民族的。所以比较叙述模式和审美范式都有了巨大变化的白话小说、诗歌、戏剧,小品文更容易与国民的审美经验和审美心理相契合。

同时,我们应该看到,中国现代小品文的抒情手法较之传统的抒情手法有了很大的变革。这种变革首先是语言的变革。因为白话的运用,使小品文的语言接近生活和民众,由此引发了读者群体和写作群体的变化,使小品文从高雅的少数人的特权变为大部分人都能够写作和阅读的

---

① [日]厨川白村著,鲁迅译:《出了象牙之塔·Essay》,《鲁迅全集》第13卷,人民文学出版社1973年版,第165页。

② 周作人:《〈近代散文抄〉序》,《知堂序跋》,岳麓书社1987年版,第330页。

③ 周作人:《燕知草·跋》,王景科编著:《中国现代散文小品理论研究十六讲》,山东文艺出版社2009年版,第37页。

④ 林语堂:《论语》,1934-04-01(38)。

文体。语言的变化,引发抒情内容的变革。中国传统文学的取材范围相对狭窄和闭塞,因为文学价值取向的原因,超出“非礼勿视、非礼勿听”等礼教思想的题材不能进入文学正统的殿堂。即使是狂放不羁的魏晋风范、明代的三袁也不能够完全解脱传统儒家思想的束缚,在表现自己的性情之时也是有一股自命清高的潜意识,所抒与所叙无不出于自己生活的范围之内,对表达自己的怀才不遇、与世俗背离、自我恋赏的题材独有偏爱。而中国现代小品文在选材范围上突破了这一传统,我们不但可以看到苍蝇、虱子、蚯蚓、猫头鹰、萤火虫的影子,还可以读到中下层的《卖汽水的人》《一个乡民的死》,谈《故乡的野菜》《菱角》《乌蓬船》,说说古代士大夫极力掩饰的《关于失恋》《娼女礼赞》(周作人)、《妓女与妾》(林语堂)等。因此,中国现代小品文所抒之情有了内涵和外延上的变化,真正做到了“宇宙之大,苍蝇之微”都纳入了自己的情感体验范围;所抒之情不仅仅是一己之私与统治集团利益和统治制度不合的苦闷和感受,而是一个作为从封建礼教解脱出来的不为国、不为君、不为宗族而存在的独立个体的对社会、生活、生命的独立体验和感悟。所以中国现代小品文的抒情更加贴近生活和生命,有一股传统抒情所没有的当下存在的生活和生动的气息。

另外,因为语言和题材的变革,中国现代小品文的抒情技巧比较中国传统文学的抒情技巧有了变化。中国传统文学的抒情手法首先是赋、比、兴,对情感的表达大多是间接抒情,以情寓景、借景抒情是最主要的表达情感方式。因此,中国传统文学的抒情相对含蓄、婉约、优雅,是一种比兴式抒情。所谓比兴式抒情,指以相关的事物为先导,通过比兴、比喻等自觉的象征手法,来显露作者情感或情绪的抒情方式。“兴”,宋代朱熹的《诗集传》解释为:“兴者,先言他物以引起所咏之词也。”而刘勰的《文心雕龙·比兴》解释为:“兴者,起也……起情者,以微而拟议”,“观夫兴之托喻,婉而成章,称名也小,取类也大”。可见,“兴”是取事物之间的相关或相似性,不在乎其外在的形似;是指外物触动心灵,使内心情感发生共鸣的心理过程。如"孔雀东南飞,五里一徘徊",并不是说刘兰芝和孔雀外形上有相似之处,而是指心情的相似——徘徊不愿离去的相似。而"兴"的手法的运用不但使所抒之情委婉缠绵,而且使意境延展;使情感不但具象生动,而且蔓延幽远。所以其表现在文字上的审美品质就是"婉而成章""名小类大"。也就是委婉含蓄,言近旨远,使所抒之情有如水中月、镜中花,给人无限的想像空间,有了一种距离和朦胧的美感。所以这种感情是绵远悠长、婉转缠绵的。"比",刘勰在《文心雕龙·比兴》认为:"且何谓比?盖写物以附意,扬言以切事者也。""夫比之为义,取类不常:或喻于声,或方于貌,或拟于心,或譬于事。"另外,《墨子·小取》中有"譬也者,举物以明之也"。可见,"比"强调物象之间明显的相似性,"兴隐而比显"。不论是"比"还是"兴",都是把所抒之情通过间接的意象表达出来,而不是对情感进行直接直白地描摹和抒写。这就造成了一种渲染的、写意的审美效果。所以借景抒情和托物言志成为其主要的艺术手法。其情感不是直接呼告、表白,而是具有"哀而不伤,乐而不淫"的调和中庸之美。中国现代小品文的抒情方式在继承了中国文学的传统抒情方式的基础上有了进一步的开拓。首先表现手法汲取了西方文学和文艺理论的直接抒情方式,直抒胸臆的抒情方式增多。尤其是朱自清、徐志摩等人的小品文中对感情的表达要直接得多,往往是情不自禁地直接呼告,使人感到情感的浓郁和直白。"哎!我承认我是一个自私的人!""想不到自弩末的游踪里,还能领略到这样的清歌!"(朱自清《桨声灯影里的秦淮河》)"那醉人的绿呀!我若能裁你以为带,我将赠给那轻盈的舞女;她必能临风飘举了。我若能挹你以为眼,我将赠给那善歌的盲妹;她必能明眸善睐了。我舍不得你,我怎么舍得你呢?"(《温州踪迹·绿》)这种直白、浓烈的情感表达,成为一部分小品文作家的主要表现方式。所以我们看到了抒情效果的变化。再就是修辞技巧的改变。"兴"这种修辞手法渐渐减少,而"比"的手法渐渐丰富，有了明喻、暗喻、隐喻、通感、排比、拟人、拟物的分类和运用，使情感意象趋向具体、生动、细腻、精确。虽然汉字的传承和运用以及建立在汉字诗性特征基础上的意象和意境的存在，使中国现代小品文依然在很大程度上保留了中国传统抒情文学的言近旨远、言外之意、境外之象的审美特征，但不可否认，因为这些新的修辞手法的运用，现代小品文含蓄的美学特点有了很大程度的削弱。因此，情感的抒发趋向直白、精确、具体。这不仅是写作手法的变化，也是“人”的主体性的肯定，是人对自己情感的大胆表露和抒写。所以说，文学表现手法的变化不仅是文学内部的原因，而是有着时代、社会等外部因素参与的。

中国现代小品文既继承了了中国文学抒情传统，又将这一传统和时代相契合，进行现代化的转变。其变革不仅保留了中国文学的抒情传统，契合了民族传统的审美心理，也与时代的变化有了一致性，从而能够取得巨大的成就。而且在继承的同时，外援也成为小品文文体特征形成的重要原因。

第二节　西方Essay对中国现代小品文娓语式笔调的影响

中国小品文的现代化建构是同“西学东渐”联系在一起的，与“五四”新文化运动的动机一致。小品文的创导者和创作者是在“人的发现”和个性的肯定的启蒙背景下，萌发了自由抒发性情的思想意识。于是他们将视线投向能够自由谈论人生和性情的外国文学中的Essay，并认定这种外国文学的特殊文体就是中国现代小品文的理论来源。尽管后来他们又有了修订，认为除此之外，还有中国传统文学中的晚明小品的影响，但在当时大家已经承认这种与Essay的师承关系。首先是周作人在《美文》中的定义“外国文学里有一种所谓论文，其中大约可以分作两类。一批评的，是学术性的。二记述的，是艺术性的，又称作美文……这种美文似乎在英国国民里最为发达，如中国所熟知的爱迭声、阑姆、欧文、霍桑诸人都做有很好的美文”。在这里提到的美文实际上就是后来大家公认的Essay。在此影响下，王统照在《纯散文》和《散文的分类》中以及胡梦华在《絮语散文》中也提到了这一师承关系。鲁迅在1925年将厨川白村的《出了象牙之塔》翻译出版为国人认识Essay这种文体提供了重要的条件，使国人明确了这种可记叙和抒情的文体的一些特色："如果是冬天，便坐在暖炉旁边的安乐椅子上，倘在夏天，便披浴衣，啜苦茗，随随便便，和好友任心闲话，将这些话照样的移在纸上的东西，就是Essay。兴之所至也说些以不至于头疼为度的道理罢。也有冷嘲，也有警句。既有humor，也有pathos。所谈的题目，天下国家大事不待言，还有市井的琐事，书籍的批评，相识者的消息，以及自己过去的追怀，想到什么就纵谈什么，而托于即兴之笔者，是这一类的文章。"[①]厨川白村对Essay这一文体的写作态度和取材对象等文体特征的介绍说明对当时中国现代小品文的创作产生了重要的影响。1929年梁遇春开始系统地译介英国的小品，并写了一系列的序来发表自己对这一文体的见解。至此，中国文人已经完成了对这一理论的接受的自觉。但是，并不是说，中国的现代小品文就是照搬或者完全同西方的Essay一样。其实"五四"的小品大家在借用的时候已经根据自己的需要对这两种文体进行了研究和筛选。他们学习的是Essay这种文体的情调和写作态度，以及将思想、情感和个性结合在一起的思想美化手法，而对Essay的偏于思想论述的特点进行了有意识的剥离，形成了中国现代小品文特有的个人主观化的底子和闲适淡雅的情调。

① [日]厨川白村著，鲁迅译：《出了象牙之塔》，《苦闷的象征出了象牙之塔》，人民文学出版社1988年版，第113页。

一、选取“个人”的“情调”：中国现代小品文对Essay理论的本土化

郁达夫在《中国新文学大系·散文二集》中指出：“英国散文的影响，在我们知识阶级中间，是再过十年二十年也绝不会消灭的一种根深蒂固的潜势力。”曹聚仁的《言志派的兴起》有这样的观点：对中国文坛的影响是很大的，不独奠定了小品文的内容，也影响到小品文的风格。从小品文概念的提出之时，Essay便被拿来作为创作的榜样，但是在这一引介和学习过程中Essay的内涵和外延被不断去西方化，一步步被本土化。所以卜立德断然认为中国现代小品文并没有深入到Essay这种文体中去。其实Essay包含两种风格。对此在一开始周作人就做了介绍：一批评的，是学术性的；二记述的，是艺术性的，又称作美文。后来梁遇春把这一分类的风格更具体化，把小品文大概分作两种：一种是提物浏亮，偏于情调，多半是描写叙事的笔墨；另一种是精微朗畅，偏于思想，多半是高谈阔论的文字。通过分析不难发现，中国现代小品文实际上是选择了周作人所说的第二种和梁遇春的第一种。他们选择的是这种外国文学的情调和对性情的抒发，而对那种偏于学术的、批评的、思想性强的精微畅朗风格进行了舍弃。卜立德在《英国随笔与中国现代散文》中指出：19世纪中叶的作家Alxander Smith说“提供知识，打破玄学上的迷魂阵、打抱不平，这都不是随笔作家的本分。他可能偶然在这些方面有所贡献，但不是他的本分。他是用散文做媒介的诗人……心态不是激昂的，而是平静的，闲适的。他脑子里充满了典故，旁证也就层出不穷”。“随笔的魅力来源于作家老谈自己，而且谈得再诚实不过，他什么都不隐瞒”。“用散文诗作媒介的诗人”，是指语体的特征；要有诗一样的含蓄美，充满了诗意的色彩。这是审美要求。“心态不是激昂的，而是平静的，闲适的”是一种创作态度，更是一种情调的要求。这些特点在中国现代小品文中是很明显的特征。也就是说，在运用

和学习Essay这一理论的过程中，中国文人将适合于中国审美传统和习惯的因素拿过来，将之本土化，形成了自己的特色。郁达夫就概括过中国现代小品文与Essay的不同："英国的Essay气味原也和这些近似得很，但究因东西洋民族的气质人种不同，虽然是一样的小品文字，内容可终不免有点歧异。我总觉得西洋的Essay里，往往还脱不了讲理的倾向，不失之太腻，失之太幽默，没有东方人的小品那么的清丽。"[①]这种源于东西方民族气质实际上是因文化的不同而形成的两种文体的差异，是小品文的创作者选择将西方这种文体的情调借用过来并与中国的语言文化系统结合起来，形成了自己的闲适、恬淡、言有尽而意无穷的笔调。胡梦华对"絮语散文"定义是"絮语散文是什么？看了这'絮语'二字就不难想象而知了。这种散文不是长篇阔论的逻辑的或理解的文章，乃如家常絮语，用清逸冷峻的笔法所写出来的零碎感想的文章"。周作人也一再强调平淡的境界和趣味。梁遇春认为"国人因为厌恶策论文章，做小品文时常是偏于情调的"[②]。

另外，个人化色彩和真性情的抒发是中国现代小品文对Essay理论的借鉴和选择。厨川白村对"Essay"作了说明："在Essay，比什么都要紧的要件，就是作者将自己的个人底人格的色彩，浓厚的展现出来……是将诗歌的抒情，行以散文的东西。"卜立德引用方重对英国随笔的特色的总结："个人的，坦白的态度。闲适的，恳切的格调。内容以日常的形态、意想、或各自的情感与经历为宜。"梁遇春也有"英国的小品文的妙处也全在于我们能够从一个具有美好的性格的作者眼睛里去看一看人生"的论述。可见，"自我表现"是Essay这一文体的最重要的特征。抒发自我的感受和性情这一特征，被处于"人的发现"和"个人的解放"的五四新文学运动所

① 郁达夫：《清新小品文字》，《闲书》良友出版公司1936年版。

② 梁遇春：《〈小品文续选〉序》，王景科编著：《中国现代散文小品理论研究十六讲》，山东文艺出版社2009年版，第175页。

认同。于是,中国现代小品文也就被顺理成章地称为“个人文学的极致”,是一种表现自我的文体。中国现代小品文在借鉴Essay理论的同时对其进行了本土化的变革。

二、对思想的有意识的疏离:中国现代散文观的纯文学化与小品文娓语体的选择

中国现代小品文是一种纯文学文体。而这一文体自觉地完成是一个不断选择的过程。虽然Essay一开始就被称为小品文的理论导师,但在引进和实践的过程中,其中不合纯文学特点的偏于思想的一方面被有意识地疏离。在疏离的过程中,中国现代小品文的纯文学选择完成。卜立德为Essay所作解释是:

> 原来英国随笔是一种议论短文,它用道德的观点来讨论人生的大事或人性的题目。光看培根的篇名就会了解这点“关于死”“关于爱情”“父母儿女”“谈友谊”“谈狡猾”“谈迷信”等。但取的是个人的观点,不是看社会的利益。
>
> Ralph Johnson1665年给随笔下的定义是“有关随便什么德行与邪恶,或其他的普遍现象的短论”。尽管“普遍”,还是个体的,不是集体的。着眼点是个人的修养和品德。这短文经常引用古书上的格言、历史上的前例,语调坦白而严肃,颇有下判断的意思。
>
> 他们投资创办小报,因为销路的关系得关心读者、投合他们的心意,所以态度平易亲切,谈话的资料是共同的生活,偏向风土人情。同时他们还是继承了前辈的开导宗旨如他所说,他盼望能够“用机智把道德搞活,用道德约束机智”。在别的地方他不说道德,说哲学。下面是方重翻译的“曾有人说苏格拉底把哲学从天上取下来,使之居留人间,我却大胆地希冀有人说我把哲学从斗室、图书馆、学校里搬

出，而把它放在社会中，茶座上，咖啡室里居住。”①

可见，Essay首先是一种议论文体。道德和哲学是其中主要的内容，只不过是将之“从斗室、图书馆、学校里搬出，而把它放在社会中，茶座上，咖啡室里居住”。也就是说，换一种语调和方式来阐释哲学和道德。而这一特点和中国现代小品文要求的“言志”主张有所偏离，不符合小品文文体创建者的文学想象。于是，他们将Essay理论中的偏于议论和思想的部分作了本土化的改变。梁遇春认为偏于情调和偏于思想的两种文字是：

> 不能截然分开，而且小品文之所以成为小品文就靠两者混在一起。描状情调时必定含有默思的成分，才能蕴藉，才有回甘的好处，否则一览无余，岂不是伤之肤浅吗？刻划冥想时必得拿情绪来渲染，使思想带上作者性格的色彩，不单是普遍的抽象的东西，这样子才能沁人心脾，才能有永久存在的理由……其实Montaigne一直到当代思想在小品文里面一向是很占很重要的位置，未可忽视的。能够把容易的东西说的枯索的东西讲得津津有味，能够将我们所不可须臾离开的东西——思想——美化，因此使人也盎然有趣，这不是个值得一干的盛举吗？②

梁遇春提出了“思想美化”的手法，就是将议论和抒情结合在一起，把自己的感受写出。这实际上和周作人的主张一致。他在《〈中国新文学大

① [英]卜丽德：《英国随笔与中国现代散文》，《中国现代文学研究丛刊》1989年第3期。

② 梁遇春：《〈小品文序选〉序》，王景科编著：《中国现代散文小品理论研究十六讲》，山东文艺出版社2009年版，第175页。

系·散文一集〉导言》中写道：

> 小品文则又在个人的文学之尖端，是言志的散文，他集合叙事说理抒情的分子，都浸在自己的性情里，用了适意的手法调理起来，平伯纳本集子里所收的文章大旨仍旧是杂的，……有些事抒情说理的，如《中年》等，这里边兼有思想之美，……这是以科学常识为本，加上明净的感情与清澈的理智，调和成功的一种人生观，以此为志，言志固佳。以此为道，载道亦复何碍。①

林语堂也主张将“情感议论于一炉”，注重用个人絮语笔调来改造干枯的“学理文”。将思想和道德思想哲学用个人的情调抒写出来，成为一种纯粹个人的体验和感受，然后又借之以具有诗意的语体表达出来，完成了Essay这种文体中思想议论的文学化和审美化转换。也就是说，小品文之所以与后来的纯粹的记叙性的抒情散文有着很大的不同，在于其追求“思想美化”的“理趣之美”。这一文体特质是将西方理论本土化的结果，也是中国现代小品文的纯文学倾向的选择。正是这一变化和选择，使小品文的文类文体特征确定下来，成为中国现代小品文的独特文体魅力。

因此，对“Essay”中浓郁的个性色彩和充分自由的个性表现的特性的选择和喜爱，影响了中国现代小品文的文体风格；用抒情说理的方式来述说个体的性情和感悟，其平等亲切的娓语漫谈笔调被小品文创作者所接受和喜爱。这正是“娓语体”的特征。因此，中国现代小品文的娓语式笔调的形成与对“Essay”的借鉴和学习十分不开的。

另外，中国现代小品文偏于抒情体的选择，除了受外援“Essay”的影响，晚明小品“无视古文的正统，以抒情的态度作一切的文章”，不拘于形

① 周作人：《〈中国新文学大系·散文一集〉导言》，王景科编著：《中国现代散文小品理论研究十六讲》，山东文艺出版社2009年版第23页，第26页。

式地抒发个人“性灵”、情感的创作态度和创作手法对中国现代小品文抒情体的形成产生了重要的影响。

第三节 晚明小品与中国现代小品文抒情体的选择

任何一种文体的兴起,最终都要落实到本土化的源头的寻找之上,并以此作为此种文体存在的依据。文体对文学传统而言,不是一个被动的接受过程;二者之间有着更为复杂的互动关系。首先,文学传统对文体形式的影响是长期的浸染过程,不是有意而为的。其次,任何一种文体风格所接受的传统的影响,都不是单一的,而是综合的。杂取种种技巧,合成新的形式,可以说是文学的传统与创新的辨证运动的一个基本规律。最后,传统是一个不断生成的过程。文学传统作为一种社会文化现象,既具有历史继承性又具有创造性,渗透力极强。陶东风先生认为,在文体的生成和变异中,一种新文体的产生并不是凭空进行的,而一种旧文体的消失也不是完全彻底、干干净净的,新的文体必然产生于对原有文体的创造性转化中。王瑶先生曾经就新文学与传统文学的关系发表了这样的观点:现代文学中的外来影响是自觉追求的,而民族传统则是自然形成的。它的发展方向就是使外来的因素取得民族化的特点,并使民族传统与现代化的要求相适应。他指出,周作人散文所追求的“雅致的俗语文”,在内容和形式上同传统散文特别是明末小品有着深刻的联系。[①]洪焌荧在《文学想象与现代散文话语的建立》一文中指出:“‘五四’初期,小品散文已开始就通过吸取‘传统情调’并追求写法‘缜密漂亮’,已逐渐获得作为情绪的产物‘文学散文’的认可。”张宜雷在《它来自中华民族文化的长河——“五

① 参见王瑶:《中国现代文学与古典文学的历史联系》,《北京大学学报》〔哲学社会科学版〕1986年5月,第5期。

四"文学民族渊源初探》中认为:"从李蛰和公安派经龚自珍、黄遵宪、梁启超和胡适、周作人,与从顾炎武、王夫之经戴震、章太炎和鲁迅、钱玄同,这两股中国文学思想史上的进步思潮在'五四'这一历史时刻汇合,它们共同构成了'五四'的民族文化思想渊源。"[①]他们都承认中国现代小品文对中国文学传统的继承。

中国现代小品文的兴起也是如此。周作人在提出"美文"的概念不久,就开始了寻找和探讨小品文源头的工作。一方面他积极响应五四新文化运动的号召,对正统文学提出批评,另一方面对公安、竟陵等非正统文学进行挖掘研究,寻找其中新文学可以借鉴和继承的因子,并写成了有影响力的《中国新文学的源流》,提出了中国新文学的源流问题:

> 古今文艺的变迁分集团时期和个人时期,这两个时期分别对应着"载道"和"言志"文学,"载道"文学成为文学的正统和主流,而"言志"文学成为非主流文学,两者合成中国文学的源流,而五四新文学运动是"历史的言志派文艺运动之复兴"。

在周作人的倡导下,中国现代文学尤其是中国现代小品文与历史和传统就有了源流的关系。其中最密切和最肯定的就是晚明小品。在1945的《关于近代散文》中,周作人详细地论述了自己的研究追踪过程:

> 我最初的教案便是如此,从现代起手,先讲胡适之的《建设的文学革命论》,其次是俞平伯的《西湖六月十八夜》,底下就没有什么了……接下去是金冬心的《画竹题记》等,郑板桥的题记和家书数通,李笠翁的《闲情偶寄》抄,金圣叹的《水浒传序》。明朝的有张

① 张宜雷:《它来自中华民族文化的长河中——"五四"文学民族渊源初探》,《河南大学学报》(哲学社会科学版)1985年2月,第2期。

宗子、王季重、刘同人，以至李卓吾，不久随即加入了三袁，及倪元璐、谭友夏、李开先、屠隆、沈承、祁彪佳、陈继借诸人，这些改变的前后年月现今也不大记得清楚了。大概在这三数年内，资料逐渐收集，意见亦由假定而渐确实——新文学在中国的土里原有他的根，只要着力培养，自然会长出新芽来，大家的努力决不白费。[①]

这一观点，也得到了一些人的赞同。刘大杰在《中国文学发展史》中提出论断："晚明公安派的议论，精神是浪漫的，态度是革命的，一反传统的释古的思想，而建立起重个性、重自由、重内容、重情感的新理论……这与'五四'时代的文学运动精神完全相同。"[②]

在这一过程中，周作人对中国现代小品文的源流文体进行了分阶段的研究和论述。他在《近代散文钞·序》中论述：

小品文是文艺的少子，年纪顶小的老头儿子……正如中国要在晋文里才能看出小品文的色彩来一样。

晋文的色彩应该是人性的复苏，是一种对集团统治的抗争精神，而不是指的文章的外在形式。

我常常说现今的散文小品并非五四以后的新出产品，实在是"古已有之"，不过今重新发达起来罢了。由板桥冬心溯而上之这班明朝文人再上连东坡山谷等，似可编出一本文选，也即为散文小品的源流材料，此件事似大可以做，于教课者亦有便利。现在的小文与宋明诸人之作在文字上固然有点不同，但风致实是一致，或者又加上了一点

① 周作人、钟叔河：《中做人文类编·本色》，湖南文艺出版社1998年版，第690-694页。

② 刘大杰：《中国文学发展史》下卷，中华书局1949年版，第309页。

西洋影响,使他有一种新气息而已。[①]

他提出了“风致”概念,认为现代小品文与宋明诸人的风致一致。那么风致的含义是什么呢?

唐宋文人也作过些性灵流露的散文,只是大都自认为文章游戏……公安派的人能够无视古文的正统,以抒情的态度作一切的文章,虽然后代批评家贬斥他们的浅率空疏,实际上却是真实个性的表现……以前的人以为文是以载道的东西,但此外另有一种文章却是可以写了来消遣的,现在则又把他统一了,去写或读可以说本以消遣,但同时也就是传了道了,或是闻了道……现在的文学——现在只就散文说——与明代的有些相像,正是不足怪的,虽然并没有模仿,或者也很少有人去读明文,又因时代的关系在文字上很有欧化的地方,思想上自然要比四百年前有了明显的改变。现代的散文好像是一条湮没在沙土下的河水,多少年后又在下流被掘了出来,这是一条古河,却又是新的。

我常这样想,现代的散文在新文学中受外国的影响最少,这与其说是文学革命的,还不如说是文艺复兴的产物,虽然在文学发达的程途上复兴与革命是同一样的进展。在理学与古文没有全盛的时候,抒情的散文也已得到相当的长发,不过在学士大夫眼中自然也不很看得起,我们读明清有些名士派的文章,觉得与现代文的情趣几乎一致,思想上固然难免有若干距离,但如明人所表示的对于礼法的反动则又很有现代的气息了。

① 周作人:《永日集》,《〈杂拌儿〉跋》,王景科编著:《中国现代散文小品理论研究十六讲》,山东文艺出版社2009年版,第32-33页。

梳理以上观点,我们可以得出一个结论:周作人的所谓的“风致”“情趣”概念实际上指的是一种创作态度和文学观念。首先,小品文不是载道文学,而是言志文学,是一种即兴文学,心里怎么想就怎么写,属于一种“消遣”的文学,在消遣的同时传道或闻道。也就是说,小品文不是以说教来达到教化目的,而是一种感悟和陶冶的审美。小品文属于非功利性的纯文学,是一种纯文学。其次,小品文是一种抒发性灵的文学,是真实个性的表现和流露,是抒发一己之情,主要偏重于自己对于礼法的反叛和反抗,是表达自己对统治和钳箍的不满,是努力冲破各种礼法和统治的人性的真实表达。再次,小品文取抒情的态度进行创作。也就是说,小品文属于抒情文学。抒情文学是表现、传达作者以情感为核心的内在性文学。这里所说的“情”具有极大的包容性,不仅包含着情绪和情感,而且包含着人类主体性的一切方面,如感受、体验、认识、个性、欲望、志趣、审美评价等主体性的方方面面,是一种积淀着深刻意蕴的高级情感。[①]所以说,中国现代小品文与晚明小品的继承关系在于抒情的创作态度、对性情的抒发,以及对传统和正统的反抗精神,是一种个性的肯定,也就是对个体体验的内在表露和张扬,是一种文学主体性的强化。而对个体体验的进一步肯定是同个体性情的更加细腻地抒发联系在一起的。于是,叙述方式的转变是势在必然了。中国现代小品文的文体和晚明小品的文体因为强调性情抒发而有了紧密的联系,也因此而发生了不可避免的变化。

一、由“性灵”“个性”到“人性”——与晚明小品的关系

在追踪现代小品文的渊源的时候,周作人、林语堂、甚至胡适都不约而同地承认其与晚明小品的继承关系。其中被充分肯定的是对晚明小品和现代小品中“性灵”,或者说“性情”抒发特质的继承。二者在“独抒性

① 参见雷淑娟:《文学语言美学修辞》,学林出版社2004年版,第185页。

灵”方面是相通的。而性情是中国哲学与美学理论史上一个具有本体论意义的重要范畴。其理论内涵具有极大的丰富性与复杂性。由于性情内涵的历史性与多元性,性与情的关系在不同的思想境遇呈现出不同的面目。因其具有历史性而具有了不同历史时期的内涵。所以说,虽然都提倡“独抒性灵”的创作原则,但在“性灵”的具体内涵上又有了时代的变革。章培恒和骆玉明主编的《中国文学史》终篇在“向新文学的推进”一章中提出五四新文学:其基本的思想特征可以归结为肯定人的生活欲望和人性的自由发展,倡导个性解放。“个人主义”,就是后来所说的“个人的发现”的产物。而“人的发现”并不是空穴来风,而是传统中固已有之,在元明清文学的发展过程中,特别是晚明李蛰、袁中郎等人的理论都已经有了明确的论述和实践;把文学视为真实的个性与情感的自由表现,而排斥一切与之相妨的因素。胡适在《文学改良刍议》中主张“确是和性灵派的诸如‘独抒性灵,不拘格套’、‘信腕信口,皆成律度’等基本主张相通的”,因而认为“把五四新文学放在整个中国文学的历史来理解是很有必要的”①。中国现代小品文对性情的抒发和“个性”的肯定方面在很大程度上继承了晚明小品中的“性情”说和“性灵”说,并将“性灵”中的性情由个体性变为普遍性,将个体“个性”变为人类的“个性”,使“性情”由封闭的个人情感走向从封建桎梏中解脱出来的、在世界视野和新的科学视野下的开放的普遍人类情感,描写的是普遍固定的人性,以陶冶性情、弘扬人生为主旨,“性灵”内涵发生了“个性”到“人性”的变化。

(一)晚明小品的“性灵说”思想

“性灵说”是在明代以公安派袁宏道《序小修诗》提出的“独抒性灵,不拘格套”基础上提出的。清代袁枚进一步将之系统并明确化,使之成为一种文学创作和评价的理论。性灵的本意是指人的心灵,在中国传统的文

① 张培恒、骆玉明:《向新文学的推进》,《中国文学史》(下),复旦大学出版社1996年版,第625-650页。

论中早已有所涉及。刘勰的《〈文心雕龙〉·原道》中有“心生而言立,言立而文明”,就是说文章乃人的心灵的外在物质表现。人之所以是“有心之器”,而不同于自然界的“无识之”,即在于人是“性灵所钟”,有人的灵性。《〈文心雕龙〉·序志》中有“岁月飘忽,性灵不居”。其后钟嵘在《诗品》中突出诗歌“吟咏情性”的特点,强调“直寻”,抒写诗人“即目”“所见”,使之具有“自然英旨”之“真美”,赞扬阮籍诗可以“陶性灵,发幽思”等。这些观点与后来性灵说的主张是接近的。颜之推的《颜氏家训·文章》中有“标举兴会,发引性灵”;唐代皎然、司空图一派的诗歌理论,也论述到性情。皎然说:“但见情性,不睹文字,盖诣道之极也。”“真于情性,尚于作用,不顾词采,而风流自然。”(《诗式》)至李商隐:“人禀五行之秀,备七情之动,必有咏叹,以通性灵。”(《献相国京兆公启》)到了明朝中叶,在李贽的童心说的直接启发下以及反理学斗争的影响下,“性灵说”产生。李贽提倡“真”,在《童心说》中批判儒家的虚假,是一种“伪情”。他主张文学要写“童心”,即“真心”,也就是未受过虚伪理学浸染的“赤子之心”,认为凡天下之至文,莫不是“童心”的体现。文学要写“童心”,实质就是要表现“真情”。他反对描写受儒家礼义束缚的“伪情”。这就为性灵说的提出奠定了思想理论基础。袁宗道、袁宏道、袁中道所提倡的“性灵说”正是由此而来的。后来袁枚在一定程度上继承了前人的反理学传统,并使这一理论进一步系统化,反对儒家的温柔敦厚诗论。“性灵说”的核心思想是“独抒性灵,不拘格套”,就是要直接抒发诗人的心灵,表现真情实感,认为诗歌的本质即是表达感情的,是人的感情的自然流露。袁宏道认为“情真而语直”(《陶孝若枕中呓引》),“非从自己胸臆流出,不肯下笔”(《序小修诗》)。在这一思想的影响下,他们创作的作品被称为“性灵小品”。创作主体不但有以三袁为代表的公安派,还有竟陵派以及归有光、李贽、张岱、徐霞客等人。其文不求“庄严整栗”,而求“寄托神情”;不求“高文大册”,而是“小文小说”;讲究风韵,反对拟古,主张真实直率地表达感情,提倡自然清新、平易流畅之美,反对雕章琢句、堆砌典故,反对掉书袋。公安派强调诗歌的“真”“趣”“淡”,认为这是“真性灵”的体现。张岱还提出了“近”的原则。日常生活小事成为文学的审美对象,注重从市民文化和通俗文学中汲取营养,打破了传统的轻视民间文学的封建阶级偏见,大大提高了通俗文学的地位。

(二)中国现代小品文对晚明小品“性灵说”的继承

周作人特别推崇公安派“独抒性灵,不拘格套”的主张,并因此认定中国现代小品文的特质也是“独抒性灵”。他称赞张岱的文章:洒脱的文章大抵出于性情的流露,读去不会令人生厌。他特别肯定王肯堂《笔麈》中关于“趣与性灵”的说法:在一切都将正宗道统的时候,沽没性灵当然是最可崇尚的事。林语堂也推崇“性灵”。他在《说性灵》中认为:“古来文学有圣贤而无我,故死;性灵文学有我而无圣贤,故生。”他认为“文章即文人整个性灵之表现”,“性灵是整个的,其发为文章,名为笔调,Buffon曾谓‘笔调即性灵’”。[①]因此,中国现代小品文的倡导者明确提出:小品文是个人文学,是与“载道”文学不同的“言志”文学。他们认为小品文是政治专制和思想统制崩坏以后,个性的充分表现和纯真性灵的自然流露;在此基础上,提出“人”的文学,而对“人性”的见解也在很大程度上和晚明小品的见解相同。以周作人的“人”的理解为例,他在《人的文学》中提出:人一是“从动物”进化的,二是从动物“进化的”。这种“个人主义的人见本位主义”的理论肯定人具有动物性的,因此人的世俗性和物质欲就是人性的一部分。所以“五四”小品文也和晚明小品一样写人的感官享受和物质享受,享美食,游山水,品苦茶,也听鸟声雨声,诉说自己普通的生活欲求。如果说在开始的文字中这种人性还带着普遍性与社会意义,但随着社会和时局的变化,思想的波动,周作人渐渐地躲到“自己的园地”,从大时代

① 林语堂:《我的话(下编)·说文德》,上海时代书局1948年版,第43-44页。

中退出，从五四新文化阵营中游离出来，将自己“人的文学”中的普遍性和社会意义逐步消解，还原为晚明小品中的享乐主义。另外，周作人的“人性”在另一方面又是超越了动物性——从动物“进化的”。所以，在“平民的文学”之上又有着“贵族的洗礼”，提倡“生活的艺术”，人情世事无不可写。“思想博大，见是明达，趣味渊雅，懂得人情物理，对于人生与自然能巨细都谈，虫鱼之微小，谣俗之琐屑，与生死大事同样看待。”(《谈笔记》)这种人性的解读使中国现代小品文有了雅致的味道，从而与晚明小品能够进行跨越时代的应和。以说，中国现代小品文继承了晚明小品的“独抒性灵”的创作态度和创作原则，具体表现在以下几个方面。

1.尚“真”

晚明小品最重“真”。“性灵说”的理论源头——李贽的《童心说》就有：“夫童心者，绝假纯真，最切一念之本心也。若夫却童心，便失却真心；夫却真心，便失却真人……天下之至文，未有不出于童心焉者也。”袁宏道继承这一观点，在《识张幼于箴铭后》中指出：“各任其性”，“性之所要，殆不可强，率性而行，是谓真人”。他们的创作真实地、直率地表达感情。在艺术上他们提倡自然清新、平易流畅之美，以质朴为美，反对铅华。陈子展在《公安竟陵与晚明小品》中指出：“性灵说者以为自我表现，在一‘真’字，即是说在求自我‘真’，不怕漏出真面目来。公安、竟陵两派都主张一个‘真’字，这是他们的共通之点。”现代小品理论家肯定晚明小品的尚“真”理论，同样将抒真情当作自己创作的理论指导。周作人在《〈杂拌儿〉跋》中欣赏公安派“无视古文的正统，以抒情的态度作一切的文章”，“是真实的个性的表现”。他在《平民的文学》中认为，所谓的平民文学“应以真挚的文字，记真挚的思想与事实”。“只须以真为主，美在其中。”所以其创作以“自己的园地”命名来写自己的真情、真意、真感受。林语堂、朱自清等人都有相似的论述。所以现代小品文有一股真性情在，能在字里行间看到创作者的个性。

2.讲“风致”

晚明小品极重“风致”,并不因为尚“真”而丢掉文学的审美性。晚明文人的艺术修养都非常全面,不但文学成就了得,很多人的音乐和绘画成就也让人刮目相看。这使他们对自己的文学创作有了高雅的艺术韵味和文化气息,从而具有了一种别样的“风致”。在《明史·隐逸传》中就有对陈继儒的小品评价:“工善诗文,短翰小词,皆极风致。”周作人就认为现代小品与晚明小品的“风致实是一致”。他在《〈杂拌儿〉跋》中提出:“这风致是属于中国文学的,是那样的旧而又这样的新。”他认为“极致”小品应该“具有一种独特的风致”。“风致”的具体含义是什么?晚明小品大家也好,现代小品文大家也好,都没有给出一个确切的定义,但从他们的作品风格和叙述文字来看,应该是一种“个性”的流露和字里行间所隐藏的艺术气息和文化气息,是一种优雅和超然的创作态度。正是这种讲“风致”的追求,使晚明小品和中国现代小品文有了“闲适”“清丽”“冲淡”的共同特点。读晚明小品和中国现代小品文,这种相似的审美特质成为其共同的魅力所在。

3.重“趣”

周作人在小品文的创作中特别注重对“趣味”的推崇和追求。“趣味”实际上与“神韵”“境界”有着相似甚至相同的内涵。晚明小品特别重视这一点。对此有明确的论述。袁宏道在《叙陈正甫会心集》中有一段著名的言论:“世人所难者唯趣。趣如山上之色、水中之味、女中之态,虽善说者不能下一语,唯会心者知之。”“夫趣,得之自然者深,得之学问者浅。”陈继儒强调小品的“味外味,韵外韵”。这与“羚羊挂角,无迹可求”有着相同的解释。后来袁枚在《随园诗话》中强调:“音律风趣,能动人心目者,即为佳诗。”在整部《诗品》中,与趣有关的词汇相当多,如妙趣、天趣、风趣、生趣等。可见,晚明清小品对“趣”的重视和追求。周作人在开始对白话文学的语言建构的时候就非常肯定地提出了文学不能只“白”

不“美”。而能够使白话文学由“白”变“美”的一个要求，就是要有“趣味”。他推崇王思任的小品“殊有趣”，并将有“趣味”作为现代小品文创作的一个理论追求，从而使中国现代小品文有了含蓄的雅致美感，达到了“白而美”的境界，打破了“美文不能用白话来写的迷信”。重“趣”是晚明小品和现代小品的共同美学追求。其文字有了一种淡而远的意境，散发着中国传统的写意意蕴。

4.纳“俗”

阳明心学倡导人的主体精神，倡导保持自己的人格和精神境界。李贽宣扬“穿衣吃饭及人伦物理”。在这些思想的影响以及商业繁荣带来的物质利益的影响下，晚明文人对传统的“温良恭俭让”的儒家君子形象失去兴趣，自己的人生价值观也不再与传统的朝廷政治紧密联系在一起。他们开始关注有着人欲和个性的“人”。现实的个体有血有肉的感性世俗的男女成为他们可以接受并承认的存在。于是，他们对文学的评价标准也发生了变化。他们把能否抒发真情实感作为评价文学优劣的标准，大胆地打破了传统的轻视民间文学的封建阶级偏见，越出、疏离甚至鄙视“发乎情止乎礼仪”的儒家审美标准，而是从市民文化和通俗文艺中学习能够率真、大胆地表情达意的方式，大大提高了通俗文学的地位。袁宏道曾经说：“今闾阎妇人孺子所唱《擘破玉》《打草竿》之类，犹是无闻无识，真人所作，故多真声。”（《序小修诗》）袁枚亦赞扬《诗经》“半是劳人、思妇率意言情之事”，“妇人女子，村氓浅学，偶有一二句，虽李、杜复生，必为低首者”。[①]他们对戏曲、小说都很重视。他们喜欢这些市民文化和通俗文艺中的质朴和率性，喜欢没有束缚的真情至性来描绘五光十色的生活，喜欢生活化、口语化的语言，主张文学语言要接近口语：“信心而言，寄口于腕。”（袁宏道《叙梅子马王程稿》）“口舌代心者也，文章又代口舌者也。”

① 袁枚：《随园诗话》，哈尔滨出版社2004年版，第2页。

(袁宗道《论文》)他们将寻常俗语入文,语言亲切可爱,活泼生动。中国现代小品文也关注到了这一点。尤其是在语言的变革方面,在周作人的散文语言观建构过程中,对方言、俗语的重视是周作人的一个重要的理论。另外,周作人注意搜集和整理民俗民谣,从中学习其活泼率真的表达方式。他还特意发起了"整理民歌民谣"运动。在现代小品文的创作中,民歌、民谣、民俗的影响和运用处处可见。这使中国现代小品文具有了生活化和本土化特点。如在周作人的代表篇《故乡的野菜》中写故乡的一种野菜黄花麦果,就用了童谣:"黄花麦果韧结结,关得大门自要吃:半块拿弗出,一块自要吃。"读者读来仿佛耳边响起稚嫩而清脆的童声,民风民俗带着率真的生活气息扑面而来。所以说,中国现代小品文继承了晚明小品对民间文化学习和重视的创作追求。

5.反对"拟古"和模仿

公安派的文学理论实际是资本主义萌芽时期新的社会思潮在文学领域中的直接反映,是受追求个性解放思潮的影响的产物。李贽反对以儒家经典规范现实人生。袁宏道等反对用前代的文学典范约制当代的文学创作,提倡一种具有时代性、个人性、真实性,能够表现内在生活情感与欲望的文学,强调真情,反对宋人"以文为诗,流而为理学"。针对当时文艺上反对复古模拟的风气,他们提出"性灵说",实际上是反对明代前、后七子倡导"文必秦汉,诗必盛唐"的复古主义。李贽在《童心说》中就提出"诗何必古《选》,文何必先秦"的观点。公安派进一步发挥了李贽这个思想,提出了一个"变"字,指出:每个时代文学都有自己的特点,必须具有独创性,才是好作品。袁中郎否认正统文学观中诗文必须要载道明志、有益于教化的观点,否定儒家传统的"以乐节乐"的抒情要求,以自由地抒发"喜怒哀乐嗜好情欲"为"可喜"的"真声",打破对于文学所加的种种道德束缚,不求"庄严整栗""高文大册",甚至认为有"缺点""癖好"的人才是真实的人,强调伸张新鲜真实的生活情感与欲望在文学中的权利。中国现代小品文在一开始就反对拟古。它是在文学革命中诞生的。胡适的《文学改良刍议》"八事"中的"不模仿古人"、陈独秀的《文学革命论》中的"三大主义"也是针对封建旧文学的批判和改革。而作为贯彻和实践这一思想的中国现代小品文也理所当然负有这一使命。周作人在《人的文学》《平民的文学》中,就内容、形式提出了小品文的改革方向。林语堂在《说性灵》中提出:"古来文学有圣贤而无我,故死;性灵文学有我而无圣贤,故生。""言性灵之文必排古,因为学古不但可不必,实亦不可能。"[①]可见,中国现代小品文强调创新、反对拟古。这与晚明小品的创作态度是一致的。

现代中国小品文以"不拘格套,独抒性灵"作为创作追求,将"性灵"的含义赋予时代内容,使这一创作原则有了新的生命力。

(三)从个人的性情到人类的性情—中国现代小品文对晚明小品文"性灵说"的变革

晚明小品张扬主体精神,强调个性解放。人性复苏是晚明文学思潮的文学体现。所以其"性灵"局限于个体的作为自然人的性情欲望,肯定人的自然本性,把人从儒家礼教和政治中解脱出来,实际上是对后来周作人所界定的"从动物进化而来的人"人动物性一面的肯定和发掘。而五四新文学运动的成就,首先在于"人"的发现:"五四运动的最大成功,第一个要算'个人'的发见。""现代散文之最大特征,是每一个作家的每一篇散文里所表现的个性,比从前的任何散文都来得强。"[②]正因如此,研究者认为现代小品文和晚明小品在个性解放追求是一致的,二者的"性灵"有着相同的内涵。但仔细分析研究就会发现二者的不同:"性灵"在晚明小品中是一种局限于自我的个性,是封闭式的;而现代小品文的"性灵"是一种在

① 林语堂:《论文·上》,《论语》1933-04-16(15)。

② 郁达夫:《中国新文学大系·散文二集·导言》,王景科编著:《中国现代散文小品理论研究十六讲》,山东文艺出版社2009年版,第113页。

社会和内心中间挣扎的个性，这种个性大多走向了人类的普遍性，是一种开放式的解放。“一种是‘出于自我而终归于自我’，始终以自我为中心，以表现自己、娱乐自己而自足；另一种是出发于自我，却终归于社会’，‘由小我的泄露而进于大我的调和’。前者偏重于个人情趣的玩味和自我人格的修养，后者注重于个人与社会的联系，强调个人的社会责任。”[①]从李贽的反对以儒家经典对现实社会和人生的规范，到袁宏道等反对复古、拟古，提倡具有时代性、个人性、真实性，表现内在生活情感与欲望的文学，都可以看作是现代小品文倡导者们所认为的反抗精神。这一精神曾被周作人挖掘出来作为反驳小品文只是小摆设的论据。这实际上是一种对旧的传统精神的反叛和破坏。虽然他们从“温良恭俭让”的传统的士大夫形象中解脱出来，成为个性狷狂、风流的名士，但从人生态度来说，袁宏道等人并没有李贽那种公然以“异端”自居的精神。他们把自己的对守旧的政治和社会势力的强烈厌憎掩饰起来，躲到或者狷狂的外在行为或者内心封闭的一隅。公安派的文学理论虽以个性解放的精神为底蕴，但“独抒性灵”中的“性灵”是一个与社会、时代和群体脱离的个体的性情。袁宏道解释“性灵”文学所提及的实例，大多具有虽有违于传统文化精神却并不直接与社会激烈冲突的特点。晚明小品所带给读者的审美满足，并非有社会责任感的道德提升，而是个体的解怀醉心的精神放松。所以晚明小品的“性灵”是作为世俗生存者的个体的性情，是作为满足日常需求的人的存在和体验。

中国现代小品文的“性灵”是一种社会背景和时代背景下的自我性情，从自我出发，回归于社会。五四运动对“人”的发现不仅是将人从封建礼教的束缚下解放出来，而是用西方的先进思想启蒙和影响“人”；不仅摆脱了封建礼教的桎梏，而且具有了先进的“民主”“科学”意识，具有进化精

① 汪文顶：《无声的河流》，上海远东出版社2003年版，第113页。

神。更重要的是,这种“人”的发现是在寻求民族和国家的生存之路的背景下发生的。所以,这一解放的“人”背负着救亡图存的民族使命和民族情感,是一种“觉醒”的“人”,不仅仅是晚明小品中冲破禁欲思想的自然人,其个体意识、个体人生体验更多地蕴含着现代启蒙色彩。这一点超越了晚明士人狭隘、封闭的自我意识。又因为“五四”小品文创作大家的知识结构和思想视野都较晚明小品作家有很大的不同,西洋思想的陶冶和游学国外的经历使他们有了一种完全开放的视野。“公安派的文学大约只做到这里,现在的要算是近一程乐,为什么呢?这便因为现在所受的外来影响是唯物的科学思想,他能够使固有的儒道思想切实地淘炼一番,如上文所说,以科学常识为本,加上明净的感情与清澈得理智,调和成为一种人生观。”[①]所以在现代小品文中的“性灵”虽然是一种“个性”的真实流露,但这种个性却从狭小的个人的封闭的内心走向了社会、时代。周作人在《人的文学》《平民的文学》中所提倡的是将文学服务的对象扩大到社会的各个阶层,不仅是晚明小品所局限的士人文人这一小部分群体,而是包括文人以及平民的大部分社会各个阶层。所以他们在文章中所探讨和抒发的“性灵”“人性”实际上是自我对社会、人生、时代等大视野中的一切的真实感受。周作人提倡人道主义的文学观:“这文学是人生的,这文学是人类的”,“人道主义的文学,就是个人以人类之一的资格,用艺术的方法现个人的感情。代表人类的意志,有影响于人间生活幸福的文学。”[②]“这样的大人类主义,正是情感与理性的调和的出产物,也就是我们所要求的人道主义的文学的基调。”“这人道主义的文学,我们前面称他为人生的文学,又有人称为理想主义的文学;名称尽有异同,实质终是一样,就是个人

① 周作人:《〈中国新文学大系·散文二集〉导言》,王景科编著:《中国现代散文小品理论研究十六讲》,山东文艺出版社2009年版,第144页。

② 周作人:《新文学的要求》,郑振铎选编:《中国新文学大系·论争集》,上海文艺出版社2003年版,第144页。

以人类之一的资格,用艺术的方法表现个人的感情,代表人类的意志,有影响于人间生活幸福的文学。”[①]于是他既关心女人,也关心儿童;既关心卖汽水的小贩,也关心一个乡民的死。林语堂探讨中国国民性的种种,梁实秋写普遍的人性。所以说中国现代小品文的“性灵”从封闭的个体走向了开放的社会,是一种普遍固定的人性,以陶冶性情、弘扬人生为主旨。而晚明小品的封闭的个体的“个人”的性情缺少一种对社会对生活的真切关注。

二、退守内心与外忧内患的纠结——王纲解纽的时代特征与怀疑精神相似性背后的差异

周作人、俞平伯等人在论述中国现代小品文与晚明小品的关系时反复强调其时代特征和其中所蕴含的批判怀疑精神的相似,认为现代小品文的生成发展背景与晚明相似。周作人在《〈中国新文学大系·散文一集〉导言》中写道:“小品文是文学发达的极致,它的兴盛必须在王纲解纽的时代。”“到了颓废时代,皇帝祖师等等要人没有多大力量了,处士横议,百家争鸣,正统家大叹其人心不古,可是我们觉得有许多新思想好文章都在这个时代发生,这自然因为我们是赞成诗言志的缘故。小品文又在个人的文学之尖端,是言志的散文。”他在《〈燕知草〉跋》中说:“中国新散文的源流我看是公安派与英国的小品文两者所合成,而现在中国的情形又似乎正是明季的样子,手拿不动竹竿的文人只好避难到艺术世界里去,这原是无足怪的”。在为刘大杰点校的《袁中郎集》所作的序中也有这样的论述:“明季的乱世有许多情形与现代相似,这很使我们对于明季人有亲近之感。”

这一观点的研究可以在李泽厚的《美的历程》中得到确认。李泽厚认

① 周作人:《新文学的要求》,鲍林、林青选编:《周作人作品精选》,长江文艺出版社2003年版,第23页。

为,李贽的思想已经具有近代解放因素的民主意识,具有市民——资本主义的性质,是晚明浪漫思潮的中心人物;公安派之所以直到五四新文学运动中仍有影响,原因就在他们毕竟开始有了近代文人气息。这一观点和以后的晚明"资本主义萌芽论"不谋而合。

在承认中国现代文学对民族传统的继承的同时,我们更应该看到二者的变革和不同。同是王纲解纽的时代,"五四"和晚明的时代特征有着巨大的差别。"五四"时期首先是一种和世界被动交流碰撞的时期。余英时曾经在《重寻胡适历程》中有这样的论述:五四作为一种文化运动,首先必须清楚地理解为一种文化外借的运动。所以说,这样的时代背景下,外忧内患的忧患意识和"个性"的发现同时成为文学的主题。"文变染乎世情,兴废系乎时序。"在这种时代背景之下产生的文学一定有着鲜明的时代特色,所以,五四新文学尤其是中国现代小品文中外来思想意识的影响是巨大的。外来思想文化以及文艺思潮以巨大的力量影响和冲击着"五四"散文家,使他们内心既充满了特有的时代忧患意识和乱世的迷茫感,同时,传统士阶层的知识分子的身份又使他们有着一种晚明小品作家所没有的对民族和人民的使命感。"五四"时期面临的不仅仅是王纲解纽,更重要的是亡国灭种的外来威胁;不仅仅是封建专制的坍塌,更重要的是民族危机的到来。一种更加宏阔的视野——世界视野下的民族危机感使王纲解纽的迷惑显得渺小和轻微。所以我们读"五四"时期的小品,在独抒性灵的背后更多的是对国家和民族的关切和无奈,以及由此带来的挣扎和困惑,不仅是一种传统的士的忧国忧民的情结得以异化表现,更是一个手无缚鸡之力的知识分子面对时局但无能为力的苦涩和悲哀。"幽默"只不过是另一种形式的讽刺。林语堂说过,历史上任何时期,人类一旦能够认识到自己的无能和渺小、愚蠢和矛盾,就会有幽默者产生。所以周作人喝《苦茶》,听《苦雨》,种《自己的园地》,只不过是对民族和时局无能为力但不能彻底解脱的逃避;在《〈药味集〉序》中,周作人写道:"拙文貌似闲适，往往误人，惟一二旧友知其苦味，废名昔日文中曾约略说及，近见日本友人议论拙文，谓有时读之颇感苦闷，鄙人甚感其言。”在《自己的园地·旧序》中有：“因寂寞，在文学上寻求慰安，夹杂读书，胡乱作文。”其作品在貌似“闲适”“平和”的行文中常常有突如其来的，确切地说是一种抑制不住的对时局的讽刺和牢骚。所以周作人的“闲适”“平淡”的“性灵”背后潜藏的是一种对时局的无奈和迷茫，是一种人生的“涩味”道。林语堂谈民族性、国民性，归根结底是为了寻求民族的劣根性和生机所在，在本质上与鲁迅的嬉笑怒骂有着很多的相同点。而朱自清的《荷塘月色》在精雕细琢的诗意语言背后是对现实的深深的不满和失望，是一种对六朝时代自由的向往。所以“五四”小品文的个性是一种和时代紧密联系在一起的个人之性。其“人性”的内涵有着鲜明的世界视野。其中充满个人与传统，个人与国家，个人与社会，个人与宗族等关系的思考和分析。“民主”的观念、西方的进化论等先进思想使这时候的“个性”有了新的内涵，在某种程度上说，具有了一种世界视野的观照。以科学民主精神揭示民族心态，剖析国民性，直抵民族传统中的负面根性，于或“闲适”或“冲淡”或“幽默”或“苦涩”的肌理剖析中潜藏着积极问世的品格。钱理群等的《中国现代文学三十年》对此有精要的总结：“重新估定价值”的理性批判精神与由于“人的发现”“文学的发现”引起的理性探索精神，是贯穿第一个十年的几乎所有的作品中的。就是当时提倡的以抒情写景为主的“美文”，如冰心、许地山、朱自清和周作人的缜密、漂亮或冲淡的小品，许多也还是探讨人生社会究竟、不乏理性色彩的。郁达夫说：“作者处处不忘自我，也处处不忘自然与社会。就是最纯粹的诗人的抒情散文里，写到了风花雪月，也总要点出人与人的关系，或人与社会的关系，以抒怀抱；一粒沙里见世界，半瓣花上说人情，就是现代的散文特征之一。”[1]所以说，虽然都是王纲解纽

① 郁达夫：《中国新文学大系·散文二集·导言》，上海文艺出版社2003年版，第14页。

的时代背景,但时代的不同,导致了中国现代小品文与晚明小品文精神内容的不同。晚明小品是重感性和灵性的。英国人卜立德在《英国随笔与中国现代散文》中指出“袁宏道的性灵是高于理性,不受它的控制”,又引用吴文所说“把理视为情的派生物。这样,一切发乎情性、个体,而又不以理为指归,任情率性、放浪形骸、鄙薄功名,被视为狂猖不羁、长歌当哭,被视为美,并广泛地吸收到散文作品中来”。但中国现代小品文在“闲适”和“冲淡”的背后总是蕴含着一种时代感的理性。吕若涵说过:“五四时期并不缺少颓废,也有些闲适的美文,但退离人生解脱责任的文学却是少见的。在五四的散文中,‘问世’的意兴湍飞,即使是‘涕泪交零’也是对人生的激情。”[①] “五四”小品文将个人性和社会性、主观性与客观性结合在一起,探索自己对这些关系的思考;与晚明小品相比,表现出对日常琐屑繁复事物的一种超越。

在“收天下之权以归一人”的晚明,宦官弄权,文人自危,商业繁荣,世风日下,君主专制空前强化的背后是世风颓废、物欲横流、人心涣散,整个士阶层弥漫着对朝廷的失望和幻灭,是对整个封建专制制度的困惑和不满,甚而至于反抗。“万历以后,心学横流,儒风大坏,不复以稽古为事。”(《四库全书总目》卷一百二十三)虽有外患在伺,但成长于封闭的国土和制度的创作晚明小品传统士大夫、名士才子,缺少的是“五四”时期自由文人、现代知识分子们那种不仅仅在国内受到了传入国内的西方思想的浸染,甚至亲历国外留学的体验和见识。晚明小品的写作主体是另一种相对封闭的体系:传统士人与封建政权机构。社会道统、文统血脉相连,即便那些所谓的叛逆、异端,依然是这个系统内的一分子。他们只能在失去进取和投身政治的背景下,在失去兼济天下的条件时,只能或逃逸山林,或随俗浮沉,在自我解脱同时也消解了社会担当。因此,他们对这种外患

① 吕若涵:《“论语派”论》,上海三联书店2002年版,第262页。

既没有一种世界的视野也没有能力去关注和忧患。而“五四”散文家则是受西方人文主义思潮浸润的自由职业者。他们在很大程度上摆脱了对封建政权或政治的依附,具有了能够在各种环境中保持知识分子独立人格并以知识、思想与权力相抗衡的条件。关于这一点,周作人已经认识到:“以前公安派的思想是儒家思想加外来的佛教思想三者的混合物,而现在的思想则又于此三者之外,更加多一种新输入的科学思想罢了。”[①]他认为小品文的思想虽然基调仍然是儒、道二家的,但已经是经过西洋现代唯物科学哲学思想的陶熔浸润,是以科学常识为本的。虽然周作人等人一再强调中国现代小品文与晚明小品所处的时代背景相似,但这种相似背后是巨大的差异。这种不同表现在小品文写作上则体现为是以独立的立场纵论天下,外患和内忧纠结在一起,还是只能退守内心,逃逸并寄情山水,至多只是幽远曲折略示忧愤的深刻差别。

由这种时代差异所引发的士阶层思想意识的变化,是形成晚明小品和中国现代小品从内容到形式的巨大差异的根本原因。因为二者的忧患意识范畴的差异,导致了两个时代文学整个形态的差异。如果说,晚明小品也有外来影响,那么最多的不是西方思想和学说,而是早已传入中国的佛学。晚明的知识分子为了逃避纷乱无望的政治而将儒、释、道三教融通的思潮作为自己的信仰和安身立命之所在,并通过自己的文字表达出来。黄仁宇在《中国大历史》中认为,明代的文艺是一个注重内思的宇宙:这批优闲人物逃避了世俗间的繁忙,他们目光所及的世界,表现着他们自己心境上的灵感。晚明小品作家在时代的混乱中,感到自己作为传统的士所持有的“齐家、治国、平天下”“达则兼济天下”的使命再也不能够实现,于是退到“穷则独善其身”的境地。于是他们将当时的阳明心学与庄禅之学作为自己的解脱之道,用玄虚神秘、消极无为的色彩来麻痹自己,出入佛、

① 周作人:《中国新文学的源流》,华东大学出版社1995年版,第51页。

道来寻求一种对社会责任的消解和逃避。相比于“五四”小品文的与时代、社会纠结在一起，晚明小品专注于个人情感、追求感官和世俗的享乐，一反中国传统的形而上的审美形态，将尘世的享乐和世俗情趣纳入自己的审美范畴。如张岱的《自为墓志铭》自称“少为纨袴子弟，极爱繁华”，“好精舍，好美婢，好娈童，好鲜衣，好美食，好骏马，好华灯，好烟火，好梨园，好鼓吹，好古董，好花鸟，兼以茶淫桔虐，书蠹诗魔”，表现的多是“自我”的个性和人生，将前人不屑的物质欲望作为自己的审美对象。而明代中叶崛起的阳明心学影响着他们的价值趋向。以王艮为代表的泰州学派提出“百姓日用即道”，李贽宣扬“穿衣吃饭即人论物理”，推崇日常伦用的价值，重塑了文人判断人生价值的标准。在政治压迫的情况下，文人的人生价值标准转向了内心，与朝廷不再紧密地联系在一起。其所宣扬的“人”的存在，首先是满足基本日常需求的人的存在。同时，商业的繁荣影响着文人的价值观。文人身份与世俗生活者身份的融合，更强化了他们的世俗的物质欲望。因此晚明小品充满了凡俗人生的小情趣，表现生活化、个人化的多重生活需要，饮食美馔、庭林布，古玩衣饰、文人美女、花草美人、品茗饮酒比比皆是，而且笔触毫无避讳。不管是袁宏道的“五种真乐”，还是张岱津津乐道的少年时代的奢华生活，到处显示着浓浓的感官滋味和世俗欲望。这种文字在表面上大胆地肯定感官享受和对物质欲望的人世俗之性以外，更多是一种远离时代和社会的沉迷，虽然也偶有不平语，但给人感觉更多的是沉迷和享受。所以说，晚明小品在王纲解纽的时代走向了感官享受以及世俗化的个人对物质的欲望，是一种专注于个人情感的退守内心。公安派的文学理论虽以个性解放的精神为底蕴，但他们有意无意地避开了“独抒性灵”必然会遭到的个人与群体的正面抗争。袁宏道解释“性灵”文学所提及的实例，大多具有虽有违于传统文化精神却并不直接与社会激烈冲突的特点。所以说，晚明小品的反抗是在冲破了“载道”的文学要求以及理学的束缚后，强调抒写性灵的自由，将凡俗人生纳入笔端，从市民文化、通俗文化中汲取营养，描写人生和多种生活需要，似乎扩大了题材范围，但由于退离了人生，退守内心，与现实社会相距较远，又有把文学视为消闲手段的倾向，因而题材的境界又是非常狭窄的。因此这一反抗就不可避免地陷入了价值虚无的消极性与退离社会的逃逸性。文学的思想性无从体现，消泯了文学承载的社会引导与人文关怀，只是以文学作为宣泄各种各样浅层的人性欲望的载体或工具，一种游戏手段，一种茶余饭后的休闲，难免被讥为“浅率空疏”，被评为流俗、浅露、轻率。这一点与“五四”小品文的“宇宙之大，苍蝇之微，无不可谈”的取材范围不可同日而语。“五四”小品文既可畅论国家大事，天下兴亡，也可返视内心微妙变化，点滴感悟。同样是写“人”的“性情”，“五四”小品文写的是民族背景下与时代背景下的普遍人性，写的是自己对人性的反思，强调实写今日社会之情状，写普通人的悲哀、善良、愚昧，凡此种种。因此，五四散文的取材更加宽泛，广泛地反映了社会各阶层的生活，尤其是反映社会下层民众生活的作品。这些在周作人、朱自清、废名、林语堂等小品大家的作品中都是主要题材。中国现代小品的“个人”是世界视野中的个人，是民族历史中的个人，是时局动荡中的个人，而不是晚明小品中的拘于内心一隅的个人，表现出强烈的关注社会、人生为主流的突出特征。晚明小品与“五四”小品文在境界上有着本质的区别，所以清人批评晚明文学“无补时世，不裨实用”。

由此看来，小品文文类文体观念的建构，首先是取自西方现代随笔体散文的自由畅达意识，是将西方的随笔观念进行本土化的取舍；而创作心态和审美意境则更多源于中国晚明小品，将晚明小品的“性灵说”进行时代化的变革和取舍。小品文的开创者和实践者在借鉴和选择的过程中，确定了小品文文类文体的抒情特质，将议论与抒情和记叙结合在一起，形成了小品文的美学风格。而小品文的真正独立则是在与后来出现的另一种富于情感的论说文——杂文分离开来。

第四节 对话后的独立——与杂文的争论与分离

任何一种文体都是在其他文体的坐标系中存在的。也就是说,任何文体都是在与其他文体的比较和辨别之中存在的,都是与其他文体的对话和回应。洪焌荧在《文学想象与现代散文话语的建立》中指出:在现代书写观念里,某些书写实践如果要成为一种现代意义上的专业书写,首先要具备与其他书写所能区别的独立的自身逻辑和自我界限。巴赫金在《陀思妥耶夫斯基诗学问题》中提出:每一种风格里,都含着对前此的文学风格作出某种反应的因素;这个因素也就是内在的辩论,可以说是对他人风格的隐蔽的反叛。小品文作为一个有着悠久历史传统的文体,其文体的形成和独立不可避免的与其他文体产生对话和分化。这是在长时间里通过各种写作实践以及与文学话语的对话积累起来的。20世纪30年代,小品文与有关杂文的讨论,为以小品文、杂文为代表的现代散文两大品类获得人们普遍的认可提供了关键性的契机。而到了40年代,叶圣陶、朱自清等人就已经将散文视为散文、小品、杂文三位一体。周作人在为《近代散文钞》写"序"时提出:古今文艺的变迁曾有两个大时期,一是集团的,一是个人的。他认为,"集团"的总是和"载道"联系在一起,而"个人"的总是和"言志"结合在一起,使现代散文文体的转换论争与传统的文学批评接轨。范培松先生认为,现代散文是在布道中产生的。也就是说,中国现代散文与政治社会变革联系在一起的,是在政治功利性中与倡导者观念的变化和思想的倡导分不开的。经过晚清变革和五四运动,中国在思想观念方面发生了巨大的变化,"科学"和"民主"思想唤醒了国民的主体意识。而这种主体意识又可以分为两个趋向:一方面是认识到了国家和民族中"个人主体"的责任和力量,一部分热衷于国家和民族进步的知识分子大肆宣扬自己对国家和时局的观点和担忧，他们的文章承担着与传统的“集体”的利益相一致的“载道”责任——启蒙的责任。而另一方面，正是这种“主体”意识的觉醒，使另一部分知识分子认识到“主体”是从“集体”——“国家”“宗族”等中解脱出来的“精神的个人”，从而走向了“自我独立”。在这两种观念的指导下，产生了两种相应的散文文体：一类是以议论和批评时政为主，以鲜明的态度为特色，鼓动性、战斗性强，也就是所谓的“匕首”“投枪”式的杂文体；另一类就是蜷缩在“自己的园地”，以中庸为审美和创作原则，以抒写自己的情感为责任，讲究文学性和审美性的小品文文体。所以我们说中国现代散文这两种文体的生成实际上都是产生于“主体”的觉醒，只是这种“主体”意识使中国现代散文的现代化发生了两个转向：一类走向了社会，一类遁入了人生。周作人在1923年发表的《地方与文艺》中写道：“近来三百年的文艺界里可以看出有两种潮流……飘逸与深刻。第一种如名士清谈，庄谐杂出，或清丽，或幽玄，或奔放，不必定含妙理而自觉可喜。第二种如老吏断狱，下笔辛辣，其特色不在词华，在其着眼的透彻与措辞的犀利。”这种分析可以看作以周作人为代表的小品文的特点和以鲁迅为代表的杂文的特点。这形成了小品文和杂文在中国现代散文发展史上的双峰对峙的局面。在五四运动和20年代初这一段时间里，由于现代散文还在摇篮之中，现代散文作家的注意力主要在于既要遵循“新文化运动”的“人的发现”的宗旨，又要探寻用白话创作表现“人的发现”的文学的创作方式。因此，散文的创作暂时没有分流之争，大家一致认同这时的文学包括周作人等提出并走向成熟的小品文是表现“人的文学”。这时“人的文学”的内涵在周作人的“人的文学观”中已经论述过，在很大程度上是一个普遍的概念，是“人类的人”，甚至一段时间被周作人天真地消灭了阶级差别，所以小品文的宗旨是“抒个人之情，言自己之志”，以至于到后来周作人走向了个人主义和自由主义。但从1927年开始，随着政治形势的变化，社会意识形态发生了变化，于是“阶级意识"进入文学的殿堂。[①]整个文学观念随之发生了变化,包括散文的创作原则。以周作人、林语堂等人为代表的小品文作家依然坚持自己的"人生艺术派的"的创作理念,坚持自己的小品文创作,并在30年代达到高潮;而另一部分有着强烈的民族意识和政治意识的作家把"阶级"的概念引进散文创作,主张散文创作应该为人生、为社会、为时代、为政治,应该是匕首、是投枪,应该成为政治斗争的工具。于是,以鲁迅为代表的左翼作家开始了另一派散文的创作,将散文创作和社会、时代联系在一起,成为"革命文学"的一部分。这种散文被称为杂文。

实际上,小品文和杂文是属于散文这一大文体下的两个不相同的子文体。二者有着各自的文体特征。而在开始的界定和后来的研究中,小品文和杂文常常是纠结在一起的。开始时杂文是一个广义的概念。鲁迅曾经说过:"其'杂文'也不是现在的新货色,'古已有之'的,凡有文章,倘若分类,都有类可归,如果编年,那就只按作成的年月,不管文体,各种都夹在一起,于是成了'杂'。"[②]这里的杂文概念实际上是指内容驳杂的文章,文体特征没有独立性,只有内容和题材的驳杂性。而科学的杂文文体应该是狭义的杂文概念,是一种独立的文体,有其内在文体规定性。姚春树和袁勇麟先生的《二十世纪中国杂文史》对杂文的界定是:"杂文是以议论和批评为主的杂体文学散文;杂文以广泛的社会批评和文明批评为主要内容,一般以对假恶丑的揭露和批判来肯定和赞美真善美;杂文格式笔法丰富多样,短小灵活,艺术上要求议论和批评的理趣性、抒情性和形象性,有较鲜明的讽刺和幽默的戏剧色彩。"[③]杂文和小品文在文体特征上有着各自的不同内涵。二者在取材范围、语体特征和审美风格上都有着很

① 参见范培松:《中国散文史》,江苏教育出版社2008年版,第273页。

② 鲁迅:《〈且介亭杂文〉序言》,《鲁迅全集》第六卷,人民文学出版社1973年版,第13页。

③ 姚春树、袁勇麟:《二十世纪中国杂文史》,福建教育出版社1997年版,第5页。

大的不同。

首先，在表达方式的选择方面，杂文偏重于理性，以议论为主，虽然这种议论是一种带有情绪色彩的议论，但杂文的最终目的还是“社会批评和文明批评”。所以这一表达方式的选择决定了杂文的取材范围侧重于社会种种现象，政治性和时事性较强。鲁迅的杂文是这一方面的代表，其时代性、战斗性和批评性既是其主要特色也是其主要价值所在。所以他的杂文被冯雪峰称为“匕首”“投枪”，是“诗与政论的结合”，一般篇幅短小，议论中感情色彩浓厚饱满，因而使其议论有了形象性。这种议论方式使杂文这种文体与一般的注重说理、逻辑性的议论文又有了不同。在杂文的批评和议论中，社会中的种种现象往往有具体的代表形象。而在这些杂文的议论之中，常常把一些代表形象具象化，把各种修辞手法运用到自己的议论之中。因此，杂文的议论是一种文学化的议论，不但具有强烈的感情色彩，常常具有鲜明的形象性。这一点在鲁迅的杂文中表现得最充分，比如“痛打落水狗”的比喻形象性，国人的“奴隶”形象，“拿来主义”的“大宅子”“鸦片”，等等，个个鲜明生动，入骨三分。而小品文的表达方式偏于感性的抒情和记叙，在抒情和记叙中偶有议论，主要表达个人的感情和体验，题材往往离政治，和时代距离较远，选取一些山水风情、花鸟虫鱼等小感受、小情趣。所以小品文是以审美理想主义为自己的美学追求，希望远离“功利”和“政治”，是一种时代和政治边缘的散文文体；而杂文是立于时代和政治潮流尖端的一种文体，不计较“文学性”“功利性”，常常将文学性和功利性结合起来，形成自己独特的文体特征。这是小品文与杂文文体特征的最大的不同。

其次，从语体选择来说，虽然二者都选择了自由语体，但小品文的自由语体偏于抒情，杂文的自由语体偏于议论。杂文重思想、重观点，语言倾向鲜明、感情色彩浓烈，语言泼辣、犀利，毫不留情，幽默的背后更多的是严厉的讽刺，观点鲜明、坚决。鲁迅的杂文嬉笑怒骂、感情犀利、寸铁杀人,堪称这一方面的典范。而小品文因重感性,所以偏于抒发自己内心的感受,抒发的对象又因为是远离社会和时代、政治的个人的小话题,因此情感冲淡、含蓄,充满对生活情趣的抒发,徐缓自在,重感受,重意象的描述,充满诗性的思维和情趣。所以二者的语体风格是很不相同的。

最后,从构成文体风格层面的审美风格来说,二者的不同是显而易见的。因为取材范围和语体风格不同,二者的审美风格自然不同。杂文以能够把所议论的事情和现象批驳清楚明白而且能够打动或者引起社会的强烈关注为己任,其情感的强烈和浓烈带给读者的审美感受往往是较强的震撼感。精确地说,杂文的审美风格有悲壮的成分在。而小品文的审美风格很明显属于优美的美学风格,带给人的是一种平和、内心和谐的体验。前面已经说过,小品文的审美风格是一种静态的、超然的"以物观物,故不知何者为我,何者为物",忘我的、超然物外的审美状态。很显然小品文的抒情不属于无节制的直白表达,而是一种传统的"哀而不伤,乐而不淫"中庸之美,是一种有节制的、理性控制的表达方式。所以,中国现代小品文的美学特质属于优美的美学范畴。

总之,中国现代小品文和杂文属于中国现代散文的两个亚类型,各自有着自己的文体风格,虽然在选材的自由和表达方式的自由以及对情感的强调方面有共同的特征,但在文体的语体层面、风格层面、题材层面都有着很大的不同。可以说,在这两种散文形式诞生的时候,大家没有注意也没有刻意地区分,造成了杂文和小品文的混淆纠结,但在后来的创作实践中,在对各自的文学目的的追求中,二者发生了鲜明的变化,形成了二者鲜明的文体特色,成为中国现代散文两道美丽的风景。至此,中国现代小品文与杂文分离,成为一种独立的散文体裁。

小品文在开创者和后来的研究者、实践者的不断完善和辩论中,吸收学习西方的文学理论,并进行本土化的改革,将西方随笔的自由亲切的表达方式与"人的发现"的时代要求结合在一起,形成了小品文自由畅达的表达态度;而学习、继承中国文学的抒情传统以及对晚明小品的“独抒性灵”的继承、变革则是小品文抒情特质的重要构成因素;与杂文的对话与分离,使小品文的抒情式论说文体裁完成的重要一步。而文类文体最终要落实到语言风格的选择方面。文类文体的外在形式主要是语言编码方式,包括语言风格、修辞、词语组合、段落等语言层面文体,也就是语体的选择和建构。

第三章　中国现代小品文语体建构

如果要回到文学自身，对作品进行纯文学和审美的研究，就离不开对文学语言进行分析。韦勒克·沃伦指出："文学是与语言的各个方面相关联的。一件文学作品首先是一套声音的系统，因此，是一件特定语言声音系统中的选择……文体学研究一切能够获得某种特别表达力的语言手段，因此，比文学甚至修辞学的研究范围更广大……只有文体学的方法才能界定一件文学作品的特质。"[①]陈剑晖在《论现代散文的文体选择与创造》中认为："语体是对体裁的默认与确证，它是散文文体规范下的一种话语系统，是与文学体裁相匹配和对应的一套语言成规，并且连接着作家的艺术思维方式和风格特征……它还包括某一时期作家对于某一种语言形式的共同选择与创造……从文体学的意义来说，语体文体是文体的核心，也是它的基础。"中国现代小品文的语体建构是在国语运动、白话文运动和文学革命中倡导并酝酿而成。而国语运动、白话文运动对汉语的否定实际上走向了语言工具观，将汉语的诗性特质压抑。这一转向不符合文学语言的诗性和审美性的要求。将白话这一与时代和生活紧密联系在一起的实用语言转化为文学语言的构想真正地运用到文学实践中，是在周作人、胡适、鲁迅、傅斯年、陈独秀等人的探索和实践中完成的。其中贡献最大的应该首推周作人的中国现代散文语言建构观。他们对文言的继承，对方言、俗语的运用以及对欧化语的学习不但

① [美]韦勒克、沃伦著，刘象愚、邢培明、陈胜生、李哲明译：《文学理论》，北京：三联书店1984年版，第188、191、193页。

完成了文学革命的要求，使文学成为时代的活的文学，而且使这些白话具有了文学语言所要求的诗性和审美性特质，打破了“美文不能用白话的迷信”。

第一节 回到语言内部——白话文语体转向的实质

白话文语体的转向表现为文言渐去、方言渐进、欧语东渐、日常语言与文学语言的混淆。其实质是声音中心主义与文字中心主义；语言工具性的凸现以及汉语本体性、诗性的消退。韦勒克指出：“语言的研究只有在服务于文学的目的时，只有当它研究语言的审美效果时，简言之，只有当它成为文体学时，才算得上文学的研究。”[①]五四文学革命是以一场文学形式方面的革命——白话文运动为发端，最初只是体现在工具——语言的层面上，反映了新文学倡导者进行语言工具变革的自觉意识。

五四白话文运动对语言的要求在本质上是以启蒙的功利性为目的，是为了把先进的思想文化与大众结合起来，打破文化文字只是少数上层人的特权的局面；把文学由“彫琢的阿谀的贵族文学”变成“建设平易的抒情的国民文学”，由“陈腐的铺张的古典文学”变成“建设新鲜的立诚的写实文学”，由“推倒迂晦的艰涩的山林文学”变成“明了的通俗的社会文学”。因为文言和时代的隔离，造成了理解和运用的困难，所以以此为载体的文学就成为远离大众的少数人的特权。因此，启蒙运动的重要任务之一就是改变这种局面，将先进的思想用大众能够读懂的语言文字书写出来，再传达给大众。白话文运动最初是运用了矫枉过正的手段，只要是

① [美]韦勒克、沃伦著，刘象愚、邢培明、陈圣生、李哲明译：《文学理论》，北京：三联书店1984年版，第189页。

传统的，就要打倒，甚至到了废除汉字、运用拼音文字的地步。在很长一段时间里，大家讨论的是废除汉字之后新建立世界语还是改成拼音文字、并不遗余力地创造了几种拼音方案。1892年，福建人卢憨章出版了《一目了然初阶(中国切音新字夏腔)》。这是第一个由中国人自己创造的字母式汉语拼音方案。他认为“中国字或者是当今普天之下之字之至难者”，主张“切音字与汉字并列”，既可以用它来学习汉字，也为将来代替汉字做准备。1907年，一些以吴稚晖为代表的留学生以创办的《新世纪》杂志为阵地，大张旗鼓地批判汉字汉语，认为国民愚弱的罪魁祸首就是母语，主张“改用万国新语”，如果不能立即推广，可以先用英语、法语或德语来代替汉语。这一观点得到了钱玄同甚至鲁迅等人的赞同。鲁迅在《病中答救亡情报访员》中写道：“汉字不灭，中国必亡。因为汉字的艰深，使全中国大多数的人民，永远和前进的文化隔离，中国的人民，决不会聪明起来，理解自身所遭受的压榨，理解整个民族的危机。我是自身受汉字苦痛很深的一个人，因此我坚决主张以新文字来替代这种障碍大众进步的文字。”这一观点成为当时知识分子共识。所有这些努力只有一个目的，就是把语言只当作意义的载体，至于语言本身的意义就完全被忽视了。索绪尔把文字体系分为两种，一种是表音体系，一种是表意体系。他认为表音体系的文字仅仅是对声音的记录，是声音的附属品。汉字是表意体系的文字，不仅仅表示声音，而且本身的形体也表达了所指的意义；能指和所指是不统一的，其能指远远大于所指。而否定汉字的做法其本质是按照索绪尔的能指和所指之间的统一关系来重新构建语言，完全忽视了汉语的文字本身所具有的诗性特征。汉语基本上是以字为单位的，不是以词为单位的。吕叔湘在《语文常谈》中说：“‘词’在欧洲语言里是现成的”，汉语现成的‘字’。汉语是以“字”为独立单位的，每一个汉字不仅表示读音，同时通过形象表示意义。郑敏先生曾经对汉文字和拼音文字做了精辟的对比：“汉文字(视觉)：形+状态+智→感性印象→对象；拼音文字(听觉):字母符号→抽象概念→对象。"[①]拼音文字并不能直接到达对该物体的感性认识,而汉字的象形、指事、会意可直接传达对象的感性和智性。五四白话文运动的去汉字化,是把文字中心主义的汉语变为与西方拼音文字一样的声音中心主义。汉字和汉语是两个不同的层面。唐兰先生指出:"口上说的语言,笔下写的文字,两者显然是不同的。因为西方人的语言和文字差不多一致,研究语言也就研究了文字……所以,只有语言学特别容易发展。反之,中国文字是注音的,语言和文字在很古的时期就不一致……所以,从纪元以前就有了文字学,而且一直在发展。西方的语言学,中国的文字学,是两个不同的学科,充分表现出两种倾向不同的文字里所造成的极明显的差别。"[②]西方学术界也注意到了这一点。德里达在1967年就已经提出了一个彻底颠覆西方学术界"逻各斯(语言)中心主义"的论述:文字概念正在开始超越语言的范围,不再只是表示一般语言的特殊形式、派生形式、附属形式,不再表示表层;文字概念开始超出语言的范围。汉字的产生是按照人的认识、人的观念,即对事物的理解、描绘而生成的,汉字的形体演变不等于汉字整体功能的演变。所谓汉字整体功能是指汉字的音、形、义三种功能。汉字的形体、声音、意义,都是永远在流动的,从来就没有凝固过。汉字的声音和意义的变化很难像形体变化这样有一条统一而又清晰的线索。所以我们研究汉字就不仅仅固定于一个时代的意义和读音,把汉字仅仅看作是记录语言的符号。它有超越语言和独立于语言之外的功能。我们今天之所以能解读几千年前的汉字,不是因为语言没有变,而是从其形体入手,"形入心通",体味和领悟先人造字之初的用意。所以汉字的定义为记录汉语言的符号是不全面的。它是记录汉民族思维智慧和情感的书面符号系统。而汉字的这种独特

① 郑敏:《语言观念必须革新:重新认识汉语的审美功能与诗意价值》,陈思和主编:《中国当代文论选》,上海教育出版社2010年版,第122页。

② 唐兰:《中国文字学》,上海古籍出版社1979年版,第3页。

性，使中国传统的文学在语言的背后有更多的解读层面和含义，使中国的传统文学有着更含蓄、更耐人品味的美学特征，也就是言有尽而意无穷的诗性特征。所以说汉语是建立于汉字之上的诗性语言。德里达曾经赞扬汉语的这种优越性："它们（汉语、日语）在结构上主要是图像的，或代数的。因此我们可视为证明，说明有一种很有力的文化运动发展在罗格斯中心体系外。它们的书写并不曾减弱语音使之化为自己，而是将它吸收在一个系统之中。"[①]因此，将白话建立在消灭汉字基础之上，实际上是一种文化的毁灭，是对汉语蕴含于汉字之中的思维、智慧的忽略。

对白话的过多强调，或者说对语言的过于直白和口语化的强调，实际上是对语言的工具性的强调和重视。因此，中国文学被应用化，所有的文章被概括为以启蒙为目的的"应用文"这种趋向反映在文学改革中是削弱甚至损害文学本身的文学性，中国传统文学由汉字特点而形成的审美意识也同时被忽略。[②]将五四新文化运动概括为"去汉字化运动"，认为"五四"的反传统就是反汉字、反汉字所代表的文本位文化方式。对以文字为核心的汉语而言，贬低文字，独尊声音，其结果必然是"会说话的人越来越多，会作文的人越来越少，文章退化为对说话行为的片面模仿与呆板的记录，而说话也因为失去文章的对立面的挑战与支持，越来越粗糙破碎——轻视文字的结果，必然也影响到语言的品质"[③]。这在胡适的新诗创作中得到了验证。胡适的早期白话诗屡遭诟病，被梁实秋指责为"收入了白话，放走了诗魂"。梁实秋曾经在《新月》上发表一篇论散文的文章。在这篇文章里梁实秋就非常明确地论述了这种语言对文学审美的损害：无论

① 郑敏：《语言观念必须革新：重新认识汉语的审美功能与诗意价值》，陈思和主编：《中国当代文论选》，上海教育出版社2010年版，第122页。

② 孟华：《汉字、汉语和华夏文明的内在形式》，中国社会科学出版社2004年版，第126页。

③ 郜元宝：《音本位与字本位——在汉语中理解汉语》，《当代作家评论》2002年第2期。

写的是什么题目，类皆出之以嬉笑怒骂、引车卖浆之流的语气和村妇骂街的口吻，都成为散文的正则；像这样恣肆的文字，里面有的是感情，但是文调，没有！文章中所说的文调，指的是文学性，是指文学所应该具有的审美品格。同样，在周作人的小品文创作中也有相似的经历。周作人曾经对自己的这一创作倾向作了反思和修正：仅仅要求语言的口语化、通俗化，使其散文创作缺少审美趣味。另外，欧化语更是将汉字个体性贬低，尤其是在一些翻译词语中，汉字的个体意义甚至消失，如“费厄泼赖”“逻各斯”等，汉字成为仅仅表音的工具，其本身的意义已经没有。小品文的文体发展同样如此。一讲究语言的通俗与口语化，就会削弱和遮蔽其文学性和审美性。

所以，小品文倡导者在口语、俗语、欧化语入文之外，强调文言的运用和继承，使小品文具有了与其他文体不同的审美特色。文言的含蓄蕴藉以及诗性特点、感性特点，使小品文具有了独特的言近旨远、文短意长的美学特色，成为文坛上最具文学性的一种文体，从而成为当时最成功的白话文学之一，受到无可置疑的肯定和评价。

第二节 中国现代小品文语体的书写实践

英国学者卜立德在《英国文学与中国现代散文》中论述英国随笔和中国现代散文（实际上，他论述的对象是小品文）的不同，认为英国随笔给人的感觉用郁达夫的话说就是“腻”，而中国的散文“清丽”。卜立德引用任辛《谈散文》的观点，认为造成这二者差别的原因在于二者的语言系统的不同，中国的传统文字体制是疏疏落落的，语句简短，活泼自然；而欧洲的是长句繁多，穿插着各种短句，构成复杂缜密的语法。这一观点十分深刻。他敏锐地意识到文字和语言体系对文体特征的作用，认识到汉字体制对中国散文的审美特征的决定作用。从白话文的运用探讨小品文的现代性转型,从汉字的审美特征到挖掘小品文文白夹杂、欧化、和口语、俗语入文,也就是文俗合一的语言特征,从文白夹杂中挖掘小品文言近旨远的文体风格,是探讨中国现代小品文语体特征的必要途径。这些要素构成了小品文独有的立足于汉字和汉语审美特征之上的意境美,使小品文成为超越了表意功能而侧重于表象和表现功能的文体。

中国现代白话散文的产生是以文学语言的变革为开端的,散文语言变革的理论研究对现代散文的产生和发展至关重要。五四白话文运动最初是以启蒙的工具进入文学殿堂的。其功利性和工具性是最主要的。而文学语言除了必须具有工具性以外,还应该有形象性、鲜明性、生动性和变异性。作为日常实用语言的白话语言必须经过转换和变革,才能转化为文学语言。实用语言指为了实用目的而进行的一种语言活动。在日常生活和工作中,词语是作为作为传递信息的手段和交流思想的工具,其功能是尽可能准确地将人们的思想和感情传达给对方,最重要的是信道畅通的愉快,遵循简约、明了、规范的原则;而文学语言具有独特的表达艺术,特别注意词语的选择和配置,更加重视表现本身。在文学语言中,人们注意力不是它的外在目的而是它的声音方面,抑或它的语义方面,有时是感觉词语的特殊组合和搭配。因此,文学语言在对实用语言的诗意化的过程中,伴随着语言的指称性(也可以说是所指)的削弱,自我表现性(也可以说是能指)的不断扩张。现代语言学家雅各布逊认为,诗学的目的首先是回答什么因素使语言信息转变成文艺作品。日常语言只是传递消息的手段,是思想交际的工具。语言艺术则注重词语的选择、配置、组合和加工,是对日常语言的变形、扭曲或"反常化",是施加了"暴力"的结果,是对日常语言的一种有意识的"解构"。以语音、语义、句法上超常化来创造一种异乎寻常的审美接受的"语境",迫使接受者改变日常的解读习惯,以全新的眼光去接受、感觉那些全新的审美信息。作为启蒙的日常白话语言必须从功利走向审美才能真正成为文学语言。周作人对现代散文语言理论的建设和创作实践作出重大贡献。他对散文语言变革理论的阐述以及在实践中显现出来的散文语言特点都成为现代散文研究模仿的对象。他的散文小品语言的组合方式以及质朴简洁、幽默含蓄、富有情趣美、理趣美、音乐美的语言艺术都成为中国现代散文语言运用的典范。作为一位现代散文大家,在传统文学语言向现代文学语言转换变革过程中,他着眼于古文、口语、方言、欧化语的取舍、调和与建构,阐述了现代散文语言的审美要求和美学构想;使白话语由直白、实用的工具语言转化为具有审美意蕴的文学语言,使散文语言由明白实用走向雅致审美,由日常语言转化为文学语言;使散文这一文体的文学本体性得以彰显和确立,成功实现了散文语言的现代转向,并以自己的创作实践验证其语言观的可行性,创造了白话散文独特的语言魅力,"彻底打破了那美文不能用白话的迷信"。如果说,白话文运动是对传统语言的否定,那么周作人的现代文学语言观则是否定之后的否定,是破坏后的建设。周作人的散文语言理论研究是中国现代散文的研究不容忽视的一部分。

周作人的散文语言观并不是一蹴而就的,而是经历了从对否定文言和主张汉字拼音化的赞同,强调白话的浅显易懂的口语化、通俗化,到强调散文语言的"余情"与"味"。他敏锐地意识到语言与思想之间的紧密联系,指出"口语"与"书面语"的不同、文学语言与生活语言的不同,对现代散文的语言建构起了重要的指向作用;在此基础上,形成其现代散文语言观:现代散文语言必须兼容并蓄,在"口语"的基础上,"杂糅调和"古文、方言和欧化语,从而提高语言的表现力,"造出有雅致的俗语文"来。他在更高层次上阐述了现代散文语言的审美要求和美学构想:散文语言还必须有"知识味和趣味的两重统制"。这些探索和思考形成了周作人成熟的现代散文语言观,对中国现代散文的文体构建起了重要作用,完成了汉语由传统向现代的过渡,并成功地建构了现代汉语的审美意蕴,提高了现代散文语体的审美品格,使现代散文的艺术表现领域更为蕴藉、幽深和开阔。

第一,对否定文言和汉字拼音化的赞同。"五四"伊始,作为新文化运动的第一批觉醒的中国现代知识分子,周作人也曾大声疾呼思想革命,提倡人道主义思想,对封建文化、封建礼教、封建道德进行猛烈抨击。这种思想意识的激进同时影响到其语言观。他同意言文合一的观点,对文言文进行简单的否定和激烈的批判,赞同胡适等人的明白晓畅的语言观。在此之前其在1921年发表《美文》,认为散文的审美特征是"真实简明"。这种审美特征的认识是建立在语言的通俗易懂、明白晓畅的基础上的。这一观点影响了他这一时期的创作。仅仅要求语言的口语化、通俗化,使其散文创作缺少审美趣味。后来他曾检讨他这一时期作文的浅白无韵。由此可以看出,周作人的现代散文语言观的构建开始确实有把语言作为应用层面的工具观的倾向,对文学语言的现代转向也在一定程度上采取了过激的态度。但这一阶段随着周作人深入思考很快就结束了。他敏锐地意识到:语言不仅是交流书写和表达的工具,语言有其思想性,语言和思想有着紧密联,语言是一种文化积淀,语言的文化积淀越是深厚,语言的含蕴就越丰富。

第二,语言改革与思想改革的统一。在20世纪发生的语言学转向认为,语言不再是单纯的载体;反之,语言是意识、思维、心灵、情感、人格的形成者。语言并非人的驯服工具,语言是人类认知世界与自己的框架。语言的产生和运用纯粹是思想和感觉的表达。语言的灵魂是民族精神。德国语言学家洪堡特认为语言无时无刻不具备民族的形式,民族才是语言真正的和直接的创造者。周作人早在1919年发表在《每周评论》上的《思想革命》一文中就有此种观点的阐述:

我们反对古文,大半原是为他晦涩难解,养成国民笼统的心思,使得表现力与理解力都不发达,但另一方面,实又因为他内中的思想荒谬,于人有害的缘故。这宗儒道合成的不自然的思想,寄寓在古文中间,几千年来,根深蒂固,没有经过廓清,所以这荒谬的思想与晦涩的古文,几乎已融合为一,不能分离……便是现代的人做一篇古文,既然免不了用几个古典熟语,那种荒谬思想已经渗进了文字里面去了,自然也随处出现。

我想文学这事物本合文字与思想两者而成,表现思想的文字不良,固然足以阻碍文学的发达,若思想本质不良,徒有文字,也有什么用处呢?

中国人如不真是"洗心革面"的改悔,将旧有的荒谬思想弃去,无论用古文或白话文,都说不出好东西来。

文学革命上,文字改革是第一步,思想改革是第二步,却比第一步更为重要。①

他在1922年发表的《国语改造的意见》中认为,"觉得改变言语毕竟是不可能的事,敏药充分表现自己的感情思想终以自己的国语为最适宜的工具","我们不但以汉语说话作文,并且以汉语思想"。这些论述都表现了周作人对语言和思想之间的关系的确认。语言不仅仅是工具,还是思想。语言的建构其实是民族精神和文化的建构。他把白话文运动和思想革命从内在联系起来。他敏锐地认识到:文言文是和古代思想紧密地联系在一起的,文言文是古代思想和文化的载体;反对古文的更深刻的原因在于反对古代思想。这在一定程度上触及了语言的本体意义和汉语的本体意蕴。汉语是表意体系的语言,和拼音文字的表音体系的语言是不同的。汉字的象形表意性使汉语有其独立于言语之上的独特诗性功能。每一个汉字都承载着民族的文化和民族心理积淀。而五四白话文运动实

① 周作人:《思想革命》,《中国气味》,湖南文艺出版社1988年版,第171-172页。

际上是以去汉字化为目的的。其中的激进派甚至改汉字为拼音文字。这是一种使汉字简单化、表音化的趋向。而周作人意识到了汉语的思想性顽固性。语言改革仅仅停留在语音层面上是不够的，首先必须进行思想意识的改革。语言转向就是社会思维、社会观念的转换，是思维方式的改革。这是周作人思想深刻之处。

第三，确认口语与书面语的不同，文学语言与日常语言的不同。俄国形式主义代表人物语言学家雅各布逊认为，“文学性”的要素不在作品内容之中，而在语言形式的结构关系之中，文学作品首先是作为一种独特的语言现象而存在的，语言的本质是诗。同时，理论家又认识到文学语言不能等同于日常语言。文学语言是在日常语言的基础上发展起来的。尽管从外在形态看二者没有什么区别，但文学是用语言编织起来的事件，表现的是艺术的真实。客观生活世界和艺术世界是不同的，所以日常语言以实用为目的，而文学语言以审美功能为主要特征。俄国形式主义理论家什克洛夫斯基认为，日常语言要成为文学语言，必须经过艺术家的扭曲、变形或陌生化。在鲁迅看来，中国文学并非直接建立在口语基础上，而是等到形、音、义三者兼备的汉字出现，才有中国文学的产生，也才有了中国文学的独特品质。这是对“五四”初期过度强调口语的一个修正。周作人在意识到语言的思想性这一层面的同时，将散文的精神源头探求转向传统文学，并对自己的语言观进行改进，开始探讨如何使实用的白话文变为审美的文学语言。他抛弃激进主义对传统语言简单地打倒舍弃的观点，开始理性地、辩证地建构自己的白话文语言观。他认识到“口语”与“书面语”的不同、文学语言与生活语言的不同，1922年9月《东方杂志》19卷17号的《国语改造的意见》一文表现了周作人对这一问题独到的思考。周作人认为，五四白话文运动不同于“光绪年间的所谓白话运动”：那时的白话运动是主张知识阶级仍用古文，专以白话供给不懂古文的民众；现在的国语运动却主张国民全体都用国语，因为国语的作用并不限于供给民众以浅近的教训与知识，还要以此为文化建设之用。这其中就包括了白话文作为口语和书面语的不同、作为文学语言和日常语言的不同。这对白话文的全面改革都是至关重要的。尤其是对白话文作为文学语言的建构，起了惊醒作用。“作文如说话”的创作态度是背离文学性的。这种书面语与口语混为一谈的观点对文学本体的建构是不利的。汉字不是拼音文字，文字与声音的关系很松散，很早就出现了言、文分离的局面。口语随时代不断变化，文字却基本上不动。书面语包括远离口语，注重汉字特性，追求典雅精练的文言，包括无韵的古文、骈文以及有韵的诗、词、赋等；后来形成了以北方话为基础的、比较接近一定时代口语的白话，表现在文学作品中，便是唐代的变文、宋元以降的话本、小说等。长期以来，精英阶层使用文言，而大众则倾向于白话。周作人已经模糊地认识到汉语的这一特性，并意识到要建构新的语言必须分析口语与书面语、文学语言与生活语言的区别，才能更好地构建新的文学语言。与此相应，周作人把作为国语的五四白话和作为民间口语以及大众语的白话作了区分：白话并不是一种单纯的书写语言，而是一个话语体系；白话文一方面是历史上已经存在的语言事实，另一方面实际上又是一种新的文化建构。作为国语的五四白话，绝不是单纯的古代白话的延续，也不是单纯的民间口语，而是融合古代白话、民间口语和外国语言的一种新语言。肯定五四白话中的外国语言成分，是周作人的新发现。1925年，周作人在《理想的国语》中写道：“古文不宜于说理（及其他用途）不必说了；狭义的民众的言语我觉得也决不够用，决不能适切地表现现代人的情思：我们所要的是一种国语，以白话（即口语）为基本，加入古文（词与成语，并不是成段的文章）方言及外来语，组织适宜，具有论理之精密与艺术之美……假如以现在的民众知识为标准来规定国语的方针，用字造句以未受国民教育的人所能了解的程度为准。这不但是不可能，即使勉强做到，也只能使国语更为贫弱，于文化前途了无好处。”[1]现代白话不只是白话,它是现代的。它是融合古今中外的语言而成,在词汇上远比作为民间口语的白话要丰富,能够表达现代人的思想。所以绝不能把“五四”白话简单地等同于古代白话。1932年周作人作题为“中国新文学的源流”的演讲,又重复了这个观点:五四白话文运动不同于晚清白话文运动,五四白话不同于晚清白话。他否定了纯粹白话语言观,在解构的同时进行了辩证的建构。这些观点和西方的语言学理论是相同的,显示出周作人的前瞻性和深刻性。这一强调和发现,对以白话文为基础的国语文学的建构发挥了很大的作用,使文学由幼稚、通俗、实用走向成熟、典雅、审美。尤其是对中国现代散文语言的影响更加明显,直接造就了小品文的成熟和繁荣,使小品文成为中国文学长廊中熠熠闪光的艺术文体。

第四,兼容并蓄、杂糅调和的辩证语言观形成。胡适提出“白话文”的“八不主义”被汪曾祺批评为消极的、忽略了语言的艺术性,其结果就是文学成为了没有审美内涵的大白话。周作人写于1928年的《〈燕知草〉跋》中阐述了对现代散文的审美要求和美学构想。周作人认为俞平伯的散文是“最具有文学意味”的一种,认为必须有“涩味和简单味,这才耐读”。这其实就是他的散文审美标准:一是必须有文学意味,二是有涩味和简单味,最终才达到散文必须耐读的标准。应该以口语为基本,再加上欧化语,古文,方言等分子,杂揉调和,适宜地或吝啬地安排起来,有知识与趣味的两重的统制,才可以造出有雅致的俗语文来。这和当时倡导的普通白话文是不一样的。我们看到的是一种对传统的回归,而这种回归是出自当下创新的需要。他既没有彻底抛弃古文,也没有全盘引进外国语言,更没有将俗语谚语排除在外,走了一条融合古今中外的兼容并蓄、杂糅调和的辩证建构的道路。

---

① 周作人:《思想革命》,《夜读的境界》,湖南文艺出版社1988年版,第779-780页。

第五，以白话口语为基础，综合吸纳提炼外来语、口语、方言词汇、俗语谚语等，使之形成一种既明晰简朴又富有层次感、符合现代人心理结构的纯正的现代艺术语言。对外来语的吸纳，周作人主张用“直译”的方法，通过“翻译外文”的途径，引入西方语法中的科学成分，从而大大加强语言思维的逻辑力量与表达的准确、精密与明晰度。周作人敏锐地发现中国语体文具有语法欠丰富、文法“陷于单调”等弱点。1922年，他认为：“现在的白话文诚然是不能满足，但其缺点乃是在于还未完善，还欠高深复杂，而并非过于高深复杂。我们对于国语的希望，是在他的能力范围内，尽量的使他化为高深复杂，足以表现一切高尚精微的感情和思想，作艺术学问的工具”，而“民间的言语”“言词贫弱，组织单纯，不能叙复杂的事实，抒微妙的情思，这是无可讳言的”。“久被蔑视的俗语，未经文艺上的运用，便缺乏了细腻的表现”。把西文的紧凑的有机组织和伸缩自如的节奏建构到现代白话中来，同时丰富了散文的意象，开阔了散文的世界性视野。中国现代散文在20世纪与世界文学的融合，语言的变革尤其是外来意象的融入起了重要的作用。在保留文言中的某些传统方面，汉语的诗性特质，使汉语具有了审美和诗性意蕴。周作人首先意识到传统汉语这一独特魅力，不但在理论上大力提倡、反复强调，而且在创作中实践探索，并形成了自己独特的冲淡品和、言近旨远的语言风格。文言的化用，使周作人的语言具有了别样的审美韵味：语言舒缓而淡远，句式忽长忽短，错落有致；不尚修饰，简单从容，琐碎中透着典雅。

周作人主张吸收文言，以及传统的骈俪对偶修辞方式，强调不要忽视国语中字义声音两重对偶的可能性。设法利用古文中有生命力表现力的语言因素，“炼成音乐与色彩”丰富的现代散文语言。古代汉语以单音词为主，语法方面缺少严格意义的形态变化；现代汉语以双音词为主，文学语言用词，除了顾及表达意义和区别意义的功能之外，还要以审美趣味去择音。对这一道理，我们的传统文学理论早有详尽精密的论述。清代刘大魁在《论文偶记》中阐述:神气者,文之最精处也;音节者,文之稍粗处也;字句者,文之最粗处也;然论文而至于字句,则文之能事尽矣。盖音节者,神气之迹也;字句者,音节之矩也。神气不可见,于音节见之;音节无可准,以字句准之。而传统的骈俪对偶,作为传统文学的一种重要修辞手法,首先注重的就是汉字和汉语的音韵节奏之美,是汉语音乐性的重要表现。周作人对汉语这一审美特性是肯定和赞同的。于是在对文学语言的建构中,他主张把汉语的这一特性继承下来并运用于创作实践。如《哑巴礼赞》就引用了"猩猩能言,不离禽兽;鹦鹉能言,不离飞鸟""病从口入,祸从口出"等骄丽对偶的古代词语,不但鲜明形象地表达了自己的观点、情感,而且使语言有一种节奏美感。由此可以看出,周作人不但对汉语的色彩之美、声律之美、造型之美有着深入的研究和感受,也意识到汉语的这一独特魅力在新的白话文文学中继承和化用的必要性。这一观点使现代文学语言有了传统文学的审美意蕴和魅力,使现代散文具有了"涩味"和"耐读"的文学意味。

另外,利用方言、俗语入文学语言,使中国现代散文语言具有了鲜活的生活和生命气息,在构建了现代小品文语言的通俗明了特色的同时,也在更深层次上构建了现代白话散文语言的乡土气息与平民气息,使现代白话散文语言具有了文言文所不曾有过的亲切鲜活韵味。在他的小品中,信手拈来的野史、传说、田园歌谣、儿童隐语和富有趣味的掌故使文章体现出别样的艺术情调。他说过:普遍提起方言似乎只注意那特殊的声音,我所觉得有兴趣的乃在其词与句,即名物云谓以及表现方式。这恰恰能够弥补中国语体文"词汇贫弱"、缺乏名物词汇的不足。在散文小品创作中,周作人不避俗字俗语,直接引用歌谣、俗语之类的方言或民间谚语俗语,体现一种纯粹的乡土眷念和浸润于"乡土风味"中的生活情趣,给文章带来清新纯朴的气息,使文章成为"有雅致的俗文学",使他的散文具有"简单"的味道。

第六，现代散文语言的审美要求和美学构想的形成。文学语言的最高境界就是审美功能的建构。五四白话文运动使白话开始是作为明白、实用的语言出现在白话文学的创作之中的。因为对简单、明了功能的强调，白话在文学中的使用缺少了文学语言应该具有的含蓄、优美等诗性功能，实用价值的强调是以审美功能的缺失为代价的。这一缺陷实际上在白话文运动开始就已经被倡导者们所认识到。1921年，胡适就在《国语运动的历史》中把国语运动分为白话报时期、字母时期、国语时期、国语的文学时期、国语的联合运动时期五个时期。由此可以看到当时的倡导者已经认识到口语和文学语言的不同。把口语转化为文学语言只是一个时机问题而已。在同年发表的《国语运动与文学中》中，胡适明确表达了把国语和文学语言统一的意愿："文学这个东西，要有长时间的研究，不是几个星期所能弄好的。诸位同学，我很希望诸位，各自养成文学的兴趣具有文学的精神；最好多做文学的作品，都成个文学家。要不然，至少也要能够赏识自然的美，文学的美，然后当国语文学教员，方得游刃有余。"口语、国语、书面语、文学语言的调和和转化，是白话文运动的最终要求。周作人在这一层次上对这一问题进行最高层次的思考和探索，提出了现代散文语言的审美要求和美学构想：散文语言还必须有"知识和趣味的两重统制"，所谓"知识"，就是"物理人情""科学常识"。周作人接受了西洋思想的熏陶，加上深厚的传统文化底蕴，其散文作品中漫溢着浓郁的知识之美、智慧之美和思想之美，有一种"理智的固守"和"对事物社会见解的明确"，"平淡的谈话，包藏着深刻的意味"。他提出现代散文必须具有知识的"统制"。

除了"知识味"之外，周作人更注重散文语言的"趣味"。清代著名学者洪亮吉在《北江诗话》中说："诗文之可传者有五，一曰性，二日情，三日气，四日趣，五日格。"对于上述五者，洪亮吉更看重"趣"。他认为，趣亦有三：有天趣，有生趣，有别趣。很显然，这里对"趣"的分类主要是就诗文的内容题材而言的。纵观周作人各个时期的散文创作，就会发现他的散文也包藏着生趣、天趣、别趣、书趣诸多审美趣味。趣味的追求对周作人小品文文体产生了很大影响：首先是个人化的叙事，主张个性，抒发个人的情感。其次是创作题材疏离主流叙事的倾向。这是出于对作家主体性的尊重，最后落实到个性化的审美特色。趣味不仅仅是一个美学概念，也是个人身份认同的文化符号。在《〈草木虫鱼〉小引》里，周作人对自己的趣味选择是这样说的："我觉得此刻有许多事不想说，或者不好说"，"只可挑选一下再说，现在便姑且择定了草木虫鱼"。他在《语丝》上推出了"大家的闲话""我们的闲话"等专栏，"寄沉痛于幽闲"。周作人的趣味言说，在常人眼中是一种闲适的姿态与优雅的风度，可在他本人看来，闲适则带有几分"苦味"（《〈药味集〉序》）。1942年，周作人在《药味集》的序中写道："拙文貌似闲适，往往误人，唯一二旧友知其苦味。"在《风雨谈》后序里，他挑明地讲"闲适原来是忧郁的东西"。所以周作人的"趣味"实际上是一种对散文的审美功能的最终要求。雅、朴、涩、重厚、清朗、通达、中庸的韵味，就是对语言的审美要求。用冲淡平和的文字，造成一种质朴清新、平淡悠远的审美境界，构成言近旨远的审美意味，锻造成古朴、拙雅，散发着简单味和涩味的散文审美品格。实际上，这种要求和标准是一种基于语言之上的一种意境生成的升华，是对传统审美体验的继承。周作人所要求和倡导的"兴趣"就是对小品文的语言最终目的的要求，不仅仅是把话说"白"了，而是能够通过这种语言创设一种"言有尽而意无穷"的意境。这种要求触及了语言的审美特性。所以说周作人这一探索已经触及了文学语言改造的本质：审美要求和美学构想的形成。基于成熟的现代散文语言观的创作，使周作人的散文在中国文学长廊上散发着永恒的魅力。

周作人的现代散文语言理论，实现了他自己"对于国语的希望"：在他的能力范围内，尽量使其化为高深复杂、足以表现一切高尚精微的感情和思想，作艺术学问的工具；"打破了美文不能用白话"的迷信，使现代白话文由功利性走向审美性，为中国现代散文的现代性转向作出了巨大贡献，使中国现代散文这一独特的文体不但保持了中国传统散文言近旨远、韵味无穷的审美内涵，而且具有了活泼的生活气息和时代生命力，对中国现代文学的审美建构起了重要的作用。中国现代小品文的成熟和繁荣就是建立在这一成熟的语言理论之上的。而这一艰难的选择和构建过程从语言学的角度来看，是在纠正了白话仅仅作为工具和载体的语言工具观的基础上形成的，是一场日常语言与书面语言、应用语言与文学语言的革命和斗争。

这些创作者和倡导者的理论与实践，使中国现代小品文的语体走向成熟；言外之意、象外之志、言近旨远等诗性语言特征成为中国现代小品文的语体因素，并构成了小品文的美学特质。

第三节　中国现代小品文语体的诗性回归

现代语言学认为，语言除了具有作为交际工具的工具性和作为思想本体的思想性之外，还应该具有诗性，而诗性特质是与文学性、审美性紧密联系在一起的。意大利历史学家维柯从神话的角度解释语言的诗性。他认为，神话诗人的语言是一种非涉及事物本质的语言，而是一种通过想象生成的有生命的、幻想的语言。因为汉字的诗性特质，使汉语具有了无限的诗性。在白话文运动大张旗鼓地倡导消灭文言、提倡白话的背景下，周作人等一批学者保持了自己独立的冷静。他们提倡白话，但对传统的文言，却有着另样的立场。周作人在建构小品文的文体理论的时候，把理论的源头上溯到晚明小品，并一再强调现代小品与晚明小品在风致和情趣上是一致的。这里一再强调的情趣和风致，其内涵很大一部分指中国文学的基于汉字特点的美学特质，包括情趣、韵味等审美特点，以及由汉字的独特诗性写意和具象特征而产生的意象、意境等独特审美特点。周作人认为传统有两种：一种是对国民造成束缚和压抑的不适合现在的封建伦理道德；一种是沉淀在汉字里面的民族文化和民族独有的思维方式。后一种传统是我们的民族独特的精神气质，也是我们现在应该借鉴和继承的部分。所以他认为应该否定传统文学的思想内容与僵化的形式，如八股文、桐城古文、律诗等，但肯定由汉字的特点所形成的古典文学的情趣、风致、味道、意境等审美特点。他在《谈龙集·地方与文艺》中说："我的主张则就单音的汉字的本性上尽最大可能的限度，容纳'欧化'，增加他表现得力量，却也不强他所不能做到的事情。""我们一面不赞成现代人的做骈文律诗，但也并不忽视国语中字义声音两重的对偶的可能性"是周作人对汉字声音和意义两重的独特的理解和发现。他努力将这些传统审美资源应用于中国现代小品文的创作之中，把汉字的审美特性、诗性特征继承下来，形成了小品文文白结合、欧文结合的独特语体，使小品文具有含蓄蕴藉、典雅疏朗、意浓言疏的独特审美特质，小品文的语体脱离工具性和声音中心主义，走向文学性、审美性的诗性特征，由浅白的工具走向含蓄风致的审美。这种审美功效的形成，主要归功于对汉字的诗性继承和对由汉字组成汉语的独特审美效果的借鉴和运用。由汉字的诗性特征而形成的古典审美情趣造就了小品文的言近旨远、韵味无穷的言外之意、景外之象。在小品文中适当地保留了以文言为载体的传统文学的含蓄蕴藉、言外之意、意外之境的诗性美学特征，并在创作中将其作为美学追求，使小品文既适应了时代的要求，又和国民、民族的审美要求相符合，所以小品文在当时的白话文学改革中最先成功并繁荣。所以说，周作人在《国粹与欧化》中主张"把古文请进国语文学里来"的文学语言建构观，使小品文这种文体在其他白话文体还在试验而被评价为没有"情调"，也就是没有文学性、只白不文的时候，却以一种成熟优雅的姿态得到肯定并迅速走向繁荣，成为文坛的一道亮丽的风景。孔庆东曾经说过，周作人用传统的语言表达现代的思想。正是传统语言的运用，使中国现代小品文在和其他文学一样汲取西方的思想和创作方法的同时，悄然而华丽地完成了本土化的转变。其中对汉字审美特性的肯定和由汉字而汉语的文言化用是小品文审美品质的主要因素。

一、文言运用与中国现代小品文对传统审美趣味的继承

小品文文体之美，关键在于继承和挖掘了汉语的传统之美，将民族的和世界的、传统的和时代的审美因素科学合理地结合起来，形成了其独特的文体特征。语言学家萨丕尔认为："艺术家必须利用自己本土语言的美德资源"，"每一种语言本身都是一种集体表达的艺术。其中隐藏着一些审美因素——语音的、节奏的、象征的、形态的——是不能和任何别的语言全部共有的"。[①]汉语是世界上各种语言中审美因素最多的语言。这种审美特质是建立在汉字的审美因素基础上的。美国语言学家范尼洛萨在1908年曾经撰文《汉字作为诗歌的媒体》概括汉字的优点：汉字充满动感，不像西方文字被语法、词类规则框死；汉字的结构保持其与生活真实间的暗喻关系；汉字排除拼音文字枯燥的无生命的逻辑性，而是充满感性的信息，接近生活，接近自然。[②]

五四白话文运动，用语言学的观点来看，是受"语言第一性，文字第二性""文字是语言的符号"这种理论的影响，仅仅注意语言内容的语言探讨，而忽视了汉字本身的意义。汉字的音韵、节奏以及其文化内涵、诗意内涵对散文美文的文体构建起了关键的作用。我们可以从朱自清、冰心等人的精雕细琢的美文中触摸到由汉字的审美因素所带来的语言的音韵、节奏之美、文章内容所构建的意境美。"言外之意""象外之象"的汉字

①[美]爱德华·萨丕尔著，陆卓元译：《语言论》，商务印书馆1985年版，第201-202页。

② 参见郑敏：《语言观念必须革新：重新认识汉语的审美功能与诗意价值》，陈思和主编：《中国当代文论选》，上海教育出版社2010年版，第123页。

诗意之美使这一时期的小品文有了悠远含蓄的意境之美。文章虽小，看似区区几百字，或者千言，给人回味悠长、言尽意远的审美感受，这得力于汉字的审美因素、汉语的审美因素。如果抛弃了汉字本身的诗意内涵，使汉字意义仅仅成为一种声音符号，散文这种独特的文体美就会逊色甚至消失。

把汉字作为工具，其实质是抛弃了汉字本身所具有的超越于语言之上的文化内涵和功能。汉字是唯一生存下来的至今充满活力的以直接表意为主的文字，是中华文化的载体，从来就有着独立地位。作为以象形表意为基本特征的文字，汉字以其意象结构直接体现着民族文化的内涵，与民族思维方式、文化精神融为一体，是中华民族思维和交际最重要的书面符号系统。汉字独特的结构体现出中华民族看待世界的样式，因而汉字具有独特的文化解读功能。所以汉字这些特征决定了中国文学的传统美学特征，使中国文学具有言近旨远、言有尽而意无穷的美学特色。而这一特征正是以汉字作为载体，并主要在文言中体现，所以文言的化用是小品文语体审美特征的主要来源，使小品文在当时白话还不足以承担文学语言的时刻挑起了白话向文学白话的转变的重担，并走向成功。周作人在《国语文学谈》中就表达了这种观点：我相信古文与白话文都是汉文的一种文章语，他们的差异大部分是文体的，文字与文法只是小部分……白话文学的流派决不是与古文对抗从别个与源头发生出来的。周作人很明确地表达了汉字的独立性，承认白话文学对基于汉字的美学传统的流变和继承。

小品文的文体特征就是小品文语言建构的存在体。白话文的文白夹杂以及欧化、民间化都是现代汉语的雏形，是其不成熟状态。所以五四时期的白话文带有很大成分的传统汉语的审美特质，言近旨远、含蓄、凝练的语言特征是小品文的语言存在条件之一。同时，从小浸润在文言的文化环境中的作家和学者，其思维方式已经烙上了传统汉语的思维方式，其审美趣味、审美理想无一不囿于或者带有传统汉语文化的烙印。所以，这种语言的转变和不成熟状态以及成长于传统语言文化环境中的作家的思维和审美奇特地结合在一起，形成了五四时期小品文特有的文体特征。同理，这和读者的审美趣味也是统一的，小说、戏剧、诗歌从内容思想意识、到形式的转化，在读者思想没有完成现代性转化准备的情形下，具有很大程度的排斥性。而小品文首先在语言风格上还是带有传统语言的特征。因为语言代表了思维和文化。同时，又因为五四小品文和晚明小品文有一定的继承性，所以寄寓于语言中的传统审美趣味就自然地成为小品文审美特质的一部分。不成熟的现代汉语，也就是当时提倡的白话文，是一种诗性的语言，其中隐喻、象征的手法使语言有了很大的容纳性；而成熟的现代汉语是一种叙述性语言，讲究叙述的精密、完整，趋向于科学化，语言的诗性减少了很多。这应该是小品文生成、成熟并繁荣于五四时期的原因。随着时代的发展、汉语的成熟，小品文渐渐变异甚至消失，散文大而化之，“大散文”“文化散文”、学者散文，动辄上万。单纯文体的变化，很大一部分原因是现代汉语的变化，是现代汉语的成熟引起。

(一)中国现代小品文语言的典雅远奥之美——汉语诗性的继承。

晚清以来，西方纯文学观念的进入使得人们将“文学文”与“应用文”加以区分。从此，本身没有“文学文”“应用文”之分的中国文学因为承载了“载道”的帽子而被统称为“应用文”，其文学性被抹杀。而由汉字的独特诗性而生成的文学审美意识，也随之被忽略。[①]中国文学的美感是基于“文字”的美感。这种基于汉字特点的美感成为“文章之美”。在新文化运动打倒传统的主张下，小品文倡导者却独具慧眼地挖掘、继承这种基于本土美感的文学美学品质。[②]这使小品文有了“含蓄的古典趣味”，从而使纯文学观有了本土化的改变。林语堂认为，中国古典文学的传统

① 参见洪焌荧：《文学想象与现代散文话语的建立》，夏晓虹、王风等：《文学语言与文章体式》，安徽教育出版社2006年版，第134页。

② 同上，第131页。

倾向于文字的绝端简约,简练是中文的最大特色。小品文一般篇幅短小,要在咫尺间写出诸般光景、种种情怀,就要求作者必须惜墨如金,力求用最简练的语言表达最丰富的内容,做到语言高度凝炼。行文要求以意役辞,而不是以辞寓意。应当依据表情达意之需要,当简则简,当繁则繁,做到所谓"丰不余一字,约不失一辞",句中无余字,篇中无剩言。小品文需要描摹形象、创设意境,需要议论抒情。而这些应靠形象化的语言来传达。形象性的散文语言会增强作品的弹性与亮度,拓展了阅读者的想象空间,从而增强作品的感染力。作家在写作中经常运用比喻、夸张、通感等修辞手法,使描写的事物、表现的思想情感形象化。而这些要求都是在对汉字的诗性特征的挖掘和继承的基础上完成的。

1.对汉字诗性特点的挖掘和继承

中国现代小品文中描摹出真切、生动的形象,创设出隽永的意境,使读者如临其境、如见其人、如触其物、如闻其声。高妙的小品文必有高妙的意境。高妙的意境必靠形象化的语言来传达,而这种形象化的语言就是传统的汉语。汉语的形象化以及感性美,包括绘画美、建筑美、音韵美来源于汉字的诗性美学特征。叶秀山在《美的哲学》中有这样的论断:西方文化重语言、重说,中国文化重文字、重写,中国文化的深层结构上是"字学"为核心的。也就是如前面所说,汉语不是以词为中心,而是以字为中心;每一个独立的汉字都有其独立完整性。汉字源于图画,具有象形性。汉字的创造和解读是一种从形美以感目到意美以感心的过程;其"象形"特征在于对物体轮廓的简约化、概括化和具体化,是先民对物"象"长期观察、留意的结果,是用符号形象对物象的再现。这一"再现"过程并非镜像式的而是渗透了中国先民的情感和价值判断。首先,它的创造灵感来自自然与社会中的各种形状、生活习性、动物与人的各种姿态;其次,它的诞生发挥了人的智慧和逻辑思维、审美敏感。与拼音文字相比,排除了其枯燥的无生命的逻辑,充满感性的信息。它的每一个符号都是一件艺术品，都具有生命力，接近生活，接近自然，都是人类文化的历时性的积淀。汉字的象形特点使象形部分栩栩如生，跃然纸上；“察而见意”更是充满了现象力、象征性的丰富。索绪尔所推崇的能指的感性与所指的抽象的结合，在汉字中才达到高层次的实现。这种思维的创造，大大扩展了汉文字的天地。可贵的是字的组成部分，不论其本身是成字的或是标志，都将其本身的感性因素带入所组成的字，从而使字的组成部分的知性的感性的踪迹来去如光影，在字上增加了符号的潜信息。汉字这种丰富感性素质有利于对读者产生感性感情的审美激荡，因而汉字具有感性美的特质。汉字所具有的这种感性美又可具体分为绘画美、建筑美、和音韵美。 所谓汉字的绘画美是指汉字用抽象的线条，构造出种种展示生命形态的感性造型。在一个个美丽的、形态各异的汉字中，积淀着造字者和后代阐释者的许多现实经验，展示出鲜活的生命形态和无尽的生命信号。建筑美是指汉字的结构造型符合中国的建筑美学的结构平衡。这是中华民族文化表现形式的一个显著特征。汉字在平面布局和建筑布局一样，总是有一条中轴线，沿着轴线展开格局，并在轴线上布置最重要、最高大的建筑，因而主次分明、平衡对称，从而形成了美的形式。绘画美和建筑美是属于视觉范畴的感性美，而通过听觉可直接感受到汉字的音韵美，便属于听觉范畴了。汉字具有独具特色的四声，声调使汉语抑扬顿挫、和谐悦耳，加上汉字的单音节特性使汉语更有节奏感，从而具有与乐理相同的美感，就形成汉字的音韵美。汉字的音韵美使汉语更具有表现力和感情色彩。这在讲究平仄相间的古诗词中表现尤为突出：四声平仄、阴阳清浊与律调和谐相配，成为古代诗歌的重要法则，带有无可比拟的音律美。另外，汉字的单音节特性也有利于汉字之间的自由组合，使汉语的阅读更具有节奏感和协调感；而且在音节中，元音占优势，元音是语音中最单纯的因素，发音器官可以始终保持均衡一致。汉语在发展中乐音越来越多，噪音越来越少。这就保证了现代汉语每个音节的响亮、清晰和优美。所以音韵美使汉语声情并茂,美不胜收。林语堂就注意到汉语的这种特性,认为这种极端的单音节造就了极为凝练的风格,在口语中很难模仿,因为那要冒不被理解的危险,但它造就了中国文学的美。可见,小品文作家十分注意汉语这种声音节奏,注重汉语的节奏和韵律美,继承了“社会传统”和“心理习惯”,对“每个字、每个音节都经过反复斟酌”,使其展现“最微妙的语音价值,且意味无穷”;利用汉语这种语音的美质,使作品具有情趣、气势、神韵等功能,在语音的节奏安排上达到了自然、干净、浏朗的独特审美效果。

另外,汉字产生之初的含义是先民对外界的观察和认识,代表了先民的智慧和文化。汉字的产生作为中华民族认识史的一个里程碑,是中华民族文化形成发展的新纪元,并展现中华民族的美好心灵和高度智慧。汉字素有文化“化石”之称。汉字记录了汉文化,深刻反映了汉文化,也强烈地作用于汉文化。汉字是中国文化的一面镜子,从中我们可以窥见中国文化的各个方面,为我们了解中国文化的传统打开了一扇窗户。汉字作为象形文字所包含的文化信息和语义密码,为中华民族文化心理的阐释提供了系统的依据。汉字的解析从一开始就具有思想史和文化史的意义。独特的文化形态和深厚的文化内涵,使汉字成为中国历史既真实又丰繁的镜象。几乎每一个古汉字都可以从字形、字音、字义、解读为一部文化史;汉字形体构成往往与人的思想、情感、生活和行为有机地连接在一起,充溢着丰盈的文化意蕴;在一个个形态各异、美丽的汉字中,积淀着造化神秀展示出种种鲜活的生命形态和无尽的生命信号。所以,西方人称汉字为“东方魔块”。这种文化魔力,使汉字具有了震人心魄的魅力。汉字中沉淀着中华民族的思维方式,使汉字具有了哲学意蕴,其形象中潜存着崇高的思想。汉字作为一个完整的文字体系,充分地展示了先人们的认识水平、思维水平已经实现了脱离感性直观具体的经验,而对自然和人生已经有了规律性的认识。汉字的产生蕴涵着哲学的意蕴。所以,当我们触摸汉字的生成过程、探索先民的造字原始意图的时候，是汉字使我们跨越了时空的局限，与悠久的历史事实相遇，身临其境，与先民同呼吸、共命运。这种触摸历史的感动使汉字具有了鲜活的生命力和沧桑感。在这种感动中我们感觉到了汉字的迷人的美丽。这种美感的产生自汉字的历史内涵的丰盈。汉字的这一特质，使汉语具有了独特的写意特征，从而构成了汉语的言简意远、意蕴丰富的独特写意之美；使以汉字为载体的中国文学具有了独特的写意空间，构成了汉语文学的诗意空间和审美意境。而中国现代小品文就是继承和运用了汉语这种写意诗性特征，用简洁洗练、优美自然的文字创造出别的白话文体所不具备的传统的审美意蕴，构建了“言外之意”“象外之意”的审美特点。

基于汉字之上的汉语也同时具有了这些独特审美特征。范尼洛萨曾经说：“至此我们已展示了汉字及其句子主要是大自然中行动和程序的活跃的速写。它们蕴藉着真正的诗。这些行动是可见的。但汉语如仅仅表达了可见得行动，它不过是狭窄的艺术和贫乏的语言。实则汉语还表达了那不可见的运动。最好的诗不但表现了自然的形象，并且还渗透出崇高的思想，精神的暗涵和隐在的多种关系……。汉文以力度和美涵盖了这一切。”[①]所以以传统汉字为载体的中国传统文学就把汉字的诗性特点运用得淋漓尽致，形成了独具魅力的中国传统文学的典雅远奥的美学特质。

中国现代小品文将汉语这种基于汉字的诗性特征的审美特质继承下来，在别的文体还在向白话文学摸索的时候，小品文就成为具有审美文学品质的白话文学文体。当胡适还在“两个黄蝴蝶，双双飞上天”的没有丝毫文学性的大白话泥淖里徘徊摸索的时候，小品文却以其优雅含蓄的面目示人。这其中最重要的原因在于小品文继承和化用了传统汉语这一诗

① 洪焌荧：《文学想象与现代散文话语的建立》，夏晓红、王风等：《文学语言与文章体式》，安徽教育出版社2006年版，第129页。

性特质，使小品文成为从文言向白话转变最成功的文学文体。

2. 小品文语言的典雅远奥之美

典雅远奥，本出自《文心雕龙》，是对传统文章文体特征的分类。所谓“典雅”，从形式用语来看，是语有来历而不鄙俗的意思；从内容思想角度看，是指儒家思想。[①]司空图的《诗品》对典雅的解释是诗性的：玉壶买春，赏雨茅屋。坐中佳士，左右修竹。白云初晴，幽鸟相逐。眠琴绿阴，上有飞瀑。落花无言，人淡如菊。书之岁华，其日可读。这种解读本身就美不胜收。每一个汉字背后都有着美妙的意境和无尽的意味，字与字的结合创造出一种绚烂之极归于平淡的美感。所以典雅就是“能融会古人之用心，开拓当前之意境，撷绚烂于平淡，化腐朽为神奇，以会通求超胜，以涵泳为创前”。[②]而王一川先生则把典雅作为白描式语言的审美形态特点。他认为，“典”是指审美形态包含的古典、经典或典范的意味，代表作为现代汉语的古典、经典或典范的古代汉语；“雅”是指审美形态的品级：雅致、高雅或古雅。典雅，在这里就是指汉语形象的古典而雅致风范。[③]而所谓“远奥”是指无法一目了然，必须经过一番思索。作品是否具有“远奥”的特性，与作者的个性、学养有相当密切的关系。学养深厚，博览群籍，自然思理深刻，其文也随而“远奥”。[④]小品文就是在摒除了传统文学僵化形式的基础上，对汉语和汉字的这种独具魅力的美学特征进行了借鉴和化用；把传统汉语的具象——文言吸收到小品文的语言建构之中，使小品文语体从实用的工具走向文学的审美。王一川先生认为：“白描式语言”作为汉语的一种重要形态的美学特点就是典雅。而“白描式语言”是指那种力

①② 参见胡纬：《文心雕龙字义通释》，香港文德文化出版社1997年版，第309页。

③ 参见王一川：《汉语形象与文化现代性问题》，陈思和主编：《中国当代文选论》，上海教育出版社2010年版，第135页。

④ 参见胡纬：《文心雕龙字义通释》，香港文德文化出版社1997年版，第319页。

求以简练或素淡笔墨描摹事物本相直达“传神”境界的汉语形态。它并非单纯的语言“技法”，而是文艺领域的依托着深厚的古典宇宙观和美学精神的基本表现形式——自无而有、虚中见实、以形写神、以少总多，气韵生动等原则正是其追求方向。[①]我们阅读小品文，可以处处感受到这种典雅的白描式语言，在现代白话的气息里感受着“古典”的雅致气息。周作人的《喝茶》：“喝茶当于瓦屋纸窗之下，清泉绿茶，用素雅的陶瓷茶具，同二三人共饮，得半日之闲，可抵十年尘梦。喝茶之后，再去继续修个人的胜业，无论为名为利，都无不可，但偶然的片刻优游乃正亦断不可少。”典雅简洁的语言背后是浓浓的古典情趣。读者读着这样的语言，会产生恍然不知身在何世之感，似乎走进了“红泥小火炉，绿蚁新醅酒。晚来天欲雪，能饮一杯无？”“有约不来过夜半，闲敲棋子落灯花”的意境。具有现代性变化的白话流露的却是传统的审美心理，构建的是古典的意境，表达的是充满古典气息的情趣。“曲曲折折的荷塘上面，弥望的是田田的叶子，叶子出水很高，像亭亭的舞女的裙。”（《荷塘月色》）朱自清的语言精雕细琢，似乎使汉语由幼稚走向了成熟，但这种成熟是建立在对汉语的典雅之美的继承和化用之上的。“弥望”“田田”“亭亭”几个文言词的自然运用，使语言简洁形象，音韵和谐悦耳；线型的白描式语言充满了巨大的想象张力，营造了充满古典情趣的意境。正是由于文言的典雅远奥，构建了小品文独有的意境，使小品文具有了诗性特征，从而造成了耐读、耐品的审美效果，达到“羚羊挂角，无迹可求”“如空中之音、相中之色，水中之影、镜中之象，言有尽而意无穷”境界，成为当之无愧的一种成功的白话文学文体。

小品文的语言文从字顺、文理自然、姿态横生，如行云流水，语句多骈散结合、奇偶并遣，配置错落和谐。“城外河中弥望菱荡，唯中间留一条小路，供船只往来，秋深水长风起，菱科漂浮荡外，则为‘散荡’，行舟可以任

① 参见王一川：《汉语形象与文化现代性问题》，陈思和主编：《中国当代文选论》，上海教育出版社2010年版，第135页。

意采取残留菱角，或并摘菱科之嫩者，携归作菹食。”[①]这段文字寥寥数言，文言“弥望”“唯”“秋深水长风起”“菱科之嫩者”“携归作菹食”，构建一种简洁利落、长短结合、言近境远的审美效果。一个“弥”字就渲染了一种天高水长、心朗气清的意境；而“秋深水长风起”，仅仅六字，却勾勒了一幅秋风瑟瑟、秋水共长天的水乡秋意图。一个小小的菱角置于这么深远的意境之中，产生的审美效果自然是有着无限的想象空间，具有巨大的张力；而最精彩之处在于在这些书面的文言之间加入一句浅白口语化的“行舟可以任意采取残留菱角”，好一个“任意”，境界全出，一种喜欢、自由洒脱的心境，一种对“采摘人”这个主体的无言的突出。习习秋风之中，天高水长的江面，独立着一个自由、洒脱的采菱人；而习习的秋风，又使这种心境带有几分秋意！所以菱角虽美，真正让人魂牵梦萦的其实是作者心目中那个能够在自己勾勒的意境中采菱的心境；而这种深远典雅的审美效果的形成，就是立足于这几个汉字本身的无穷的诗意。周作人是一个真正理解汉字之美的人。因此，他主张小品文应该把汉字的写意的诗性特点继承下来。

小品文语言具有质朴、亲切、自然的日常语言的特点。而在这朴素的行文背后又含着真挚、含蓄的情感。形容得当，修饰适度，总是尽量避免行文色彩过分浓艳，努力追求清丽、典雅的文字，追求“清水出芙蓉，天然去雕饰”的清美。“所以北平到底还有他的春天，不过太慌张了一点，又欠腴润一点，叫人有时来不及尝他的味儿，有时尝了稍觉得枯燥了，虽然名字还叫做春天，但实在就把他当作冬的尾，要不然便是夏的头，反正这两者表面上虽差得远，实际上对于不大承认他是春天原是一样的。”[②]平淡、亲切、自然的语气，带着几分孩子气的坦白和人性的风格使这一段文字有了独特的审美效果。“到底”“慌张”“来不及”“尝味儿”“冬的尾”“夏的头”

①② 张明高、范桥编：《周作人散文》第一集，中国广播电视出版社1992年版，第27页。

这些浅白平实的口语，给行文带来一股亲切、自然之气。而“欠腴润”“稍觉得枯燥”，又给人耳目一新之感，似乎春天可感、可触、可观，有形象，有温度，有气质；寥寥几字，使行文由清浅可爱的村姑变为清丽典雅的小家碧玉。行文浓淡适宜，感情平和自然。

另外，小品文节奏一般比较轻快而富于变化。这在很大程度上来自其句式的错综和流动。骈散交错，长短相见，起伏顿挫，缓急更替，是对汉字和汉语的音韵之美的挖掘和继承运用。刘熙载的《艺概》云：平淡天真，于五言宜，豪荡感激，于七言宜。五言质，七言文，五言亲，七言尊。几见田家诗而作七言乎？这种外化着情感信息的结形式，就是苏珊·朗格所说的“有意味的形式”。她曾说：语言这种能力确实十分吓人，仅仅是它们的发音就往往能影响人们关于词汇愿意的情感；有韵的句子的长短同思维结构长短之间的关系，往往能使思想变得简单或复杂，使其中的内涵观念更加深刻或浅薄直接。小品文利用这种语言真切地表达出作者审美情思的波澜，使情感表达曲折尽意。其语言利用变化的节奏使文气贯通，意趣盎然，读来琅琅上口，悦耳动听。自然和谐、抑扬而又流畅的节奏，不但有助于气脉情绪的体现，也带给人心灵的共鸣和快感。这是对传统汉语的音韵美的继承和挖掘。周作人的小品文句式灵活简洁，短句居多，句子结构简单，长短结合，抑扬顿挫，所以读来感觉和谐灵动又气韵独特，于波澜不惊中营造无限的审美张力，其文体的“简单味和涩味”在语言的结构层面和声音层面已经体现出来。“最讨厌的还是夏天的阵雨，出去时大雨如注，石板上一片流水，很高的钉鞋齿踏在上边，有如纸板桥一般，倒也颇有意思，可是不久云收雨散，石板上的水经太阳一晒，随即干涸，我们走回来时把钉鞋踹在石板路上嘎哏嘎哏的响，自己也觉得怪寒伧的，街头的野孩子见了又要起哄，说是旱地乌龟来了”[①]结构简单，节奏自然又抑扬顿挫，

① 张明高、范桥编：《周作人散文》第一集，中国广播电视出版社1992年版，第160页。

读来趣味盎然又生动诙谐幽默。“最讨厌的还是夏天的阵雨”感情的起伏和语言的节奏相合,感情是压抑的,节奏也是低沉的。“出去时大雨如注”,还是延续下沉的气韵;“石板上一片流水”,音韵开始上扬舒缓;“很高的钉鞋齿踏在上边,有如纸板桥一般,倒也颇有意思”,节奏舒缓明朗,感情也转为“颇有意思”。雨过天晴,心情也应该由“讨厌”到“颇有意思”到“高兴”才是,但“可是”一个转折,转出了意想不到的情趣变化来:“钉鞋踹在石板路上嘎哏嘎哏的响”音韵清脆、情趣盎然,但作者却来了一句“自己也觉得怪寒伧的”,上扬的音韵和情感又一下子滑下来,造成了意想不到的幽默诙谐的审美效果;“街头的野孩子见了又要起哄,说是旱地乌龟来了”,节奏一下子放开,舒展上升,感情转为忍俊不禁的幽默开怀。短短几句话,节奏起起伏伏,感情也随之几起几落,形成了巨大的审美空间和审美张力。其中文言和口语交错运用,是这一审美效果形成的重要原因:“大雨如注”“有如纸桥一般”“云收雨散”几个文言词的运用使这段语言具有了简洁利落、形象生动的特点,同时又营建了诗情画意的意境。而“最讨厌”“嘎哏嘎哏的响”“怪寒伧的”“旱地乌龟”几个口语的运用又使语言亲切、自然、诙谐、幽默,带有浓浓的生活气息和民间气息。小小一段文字,雅俗结合、文白相映,音韵高低起伏,抑扬相间,充满了无限的情趣,读来余音绕梁,意味深长。

(二)文言的运用与小品文文体的表象功能和表现功能

前面已经论述过,中国现代小品文是一种非功利的纯文学文体,审美主义是其文学追求。这就决定了小品文的独特文体功能既不是说教的“载道”,也不是直白的表意。童庆炳先生认为,一部优秀的作品,其作为作品效能的文体功能,分为三个层面:表意功能、表象功能和表现功能。所谓表意功能,就是作品通过语言描写一定的人、事、景、物,读者则通过想象将作者所描写的人、事、景、物在自己的心中“翻译”出来,从而了解作品所传达的意思,在读者心里造成一定的效能。这是作品文体功能的最浅层次，只是传达大致的思想感情。表象功能就是作品把思想感情凝结在一定的艺术形象中，由形象所引起的效应就是文体的表象功能，是文体功能的第二层面。表现功能是指其意义是不被或不完全被词、词组、词组群所限定的，是“能指”。它属于另一个系统，即诗意的系统，是一种超越一般指涉意义的诗意表达，已摆脱了词典意义的限制，进入到另一个系统中，词语原有的指涉意义已变得不确定，呈现出“多义”或“歧义”的状态。[①]如果说戏剧、小说侧重于表意和表象功能，诗歌侧重于通过表象功能达到表现功能，而散文中的杂文侧重于表意和表象功能，那么小品文则是介于二者之间的将表象功能和表现功能结合起来的一种独特文体。周作人认为，“小品文则又在个人的文学之尖端，是言志的散文”。林语堂也认为，现代小品文是“言志”的和“抒情”的，重视小品的作用是认识人生：“文学不必革命，亦不必不革命，只求叫我认识人生而已”。《宇宙风》“以畅谈人生为主旨”，认为：小品文是“个人笔调”“独抒性灵”的，将传统的“载道”观颠覆，正因如此，小品文的文体功能才定位于一种个性化的生命体验和审美体验，是一种立足于“人性”之上的对生命和生活的领悟和感受，而不是直白的说教和对观点的直接表达。因此，小品文的文体功能是需要通过对文字的咀嚼和品味、涵泳和体验的。徐蔚南曾经有过这样的论断：小品笔致轻灵、细腻，文体优美，篇幅短小，重印象、暗示、即兴、趣味，美如珠玉。郁达夫认为，小品文是静的遁世文学。周作人在《喝茶》里则说：“‘忙里偷闲，苦中作乐’，在不完全的现世享乐一点美与和谐，在刹那间体会永久。”这充分说明了小品文的文体功能不是表意而是表情；而其表情的独特之处正是通过表象来实现，从而达到表现功能。小品文的这种文体功能之所以能够实现，与其语言的独特性紧密相连。正是因为小品文将文言纳入白话文学语言的改造范畴，将一部分文言化用和继承，同

① 参见童庆炳：《文体与文体的创造》，云南文学出版社1994年版，第254-256页。

时将文言中传统的审美因素带到小品文的审美范畴，用汉字和汉语特有的感性、诗意特征建构选择一个个意象，营造达到表现功能的意，使小品文充满了“言外之意，象外之致”的审美效能。

1.小品文意象的选择与表象功能

小品文的独特审美特征的形成，除了语言的含蓄形象之外，另一个重要因素是基于汉字的诗性特征之上的意象的营造和选择。“意象”这个概念历来成为中国传统文学评论的理论核心概念，也是重要的审美标准，尤其是诗歌的创造方面。《易传·系辞上传》曰：“‘书不尽言，言不尽意。’然则圣人之意其不可见乎？子曰：‘圣人立象以尽意，设卦以尽情伪，系辞焉以尽其言，变而通之以尽利，鼓之舞之以尽神。’”“立象”成为“尽意”的方式和途径，在“意”和“象”之间建立起逻辑关系。魏晋时期王弼在《周易略例·明象篇》中写道：

> 夫象者，出意者也；言者，明象者也。尽意莫若象，尽象莫若言。言生于象，故可寻言以观象；象生于意，故可寻象以观意。意以象尽，象以言著。故言者所以明象，得象而忘言；象者所以存意，得意而忘象。

这些论述里，“言”“象”“意”三者相互依托，以言明象，以象存意，而同时言是由感性的象生发出来，而所选之象又以胸中之意为标准。其中，“象”是三者之间的中心环节，而“象”又可以用现在的“形象”“具象”之类的与视觉有关的词来解释。也就是说，“象”倾向于视觉中心和空间化，是一个倾向于视觉中心的形象。意象是在主观之意和客观之意相互作用之下，以直觉思维的形式而瞬间生成艺术表象，即善于把一切有形和无形的东西都付之以“形”，把一切抽象的难以名言的事理和情感通过具象可感的形象事物表达出来，共同形成一种意象。这表现了中国传统思维方式以“形象思维”见长的特点。

意象具有模糊的特征。意象竭力避免单一与直接说出。它的直觉性、独创性给它带来了丰富性与多义性。它虽然以词的形式出现在诗中,但没有词的明晰、确定性。可以说意象是超语义的,不可揭示穷尽的。所以其传达功能不像普通的语言、词义那样指称明确而单一。普通语言符号是人类集体的产物,一经形成,对社会的每一个成员的约束力就成为一种必须遵循的规约。而意象的创造纯粹属于言语活动,客观意象和诗人感情意绪的契合而产生的意象符号,只能被看作感觉的、直觉的、不可重复的个性化的言语活动。意象属于言语层面的东西。因为审美意象是想象力所形成的某种形象的呈现。它能令人想到很多东西,却又不可能由任何明确的思想或概念把它充分的表达出来。意象的这种模糊性通过词语的模糊运用来体现。[①]意象的模糊性源自于词语的模糊性。审美意象的生成必须具有语言物质基础。雷淑娟认为,语言符号所蕴藏的生动可感的表象性是审美意象的首要条件,具象性的言语是建构意象的前提。汉字和汉语的象形性就符合了这一条件。中华民族思维演变的各个阶段在汉语中留下了鲜明的遗迹,而思维形式是文化的核心,在语言的组合、聚合关系中实现概念意义向具体表象的转变。索绪尔在《普通语言学教程》中提出了语言符号的两大特征:一是任意性,一是线条性——即语言只能在时间的先后上展开,只能在一个向度上测定其特征。他认定:在词语的状态中,一切都是以关系为基础的;在话语中,各个词由于它们是连接在一起的,彼此结成了以语言的线条性为基础的关系,排除了同时发出两个要素的可能性。这些要素一个挨一个的排列在语言的链条上。这些以长度为支柱的结合可以称为句段,所以句段总是由两个或几个连续的单位组成的。一个要素在句段中只是由于它跟前一个或后一个,或前后

① 参见雷淑娟:《文学语言美学修辞》,学林出版社2004年版,第121页。

两个要素相对立才有价值。[①]中国文学的意象审美形成源于汉语的诗性特征。汉语源于汉字的空间化特点是其不像西方语法那样具有严密的线性逻辑。我们往往能够在传统文学中发现缺乏动词谓述和连接词的名词句。充满语言断白、具有非连续性的形式本身所具有的空间化特征使这些名词打破线性思维逻辑和语法规范，把一组意象同时并置，与中国绘画的“散点透视”思维方式相同，构成一幅空间化的画面，使语言文字和具象的绘画共通。这种意象并置为读者从不同角度自由进出，为主客换位、同时并发、多重暗示的空间化效果产生了可能，从而使文学的解读有无限性，有着巨大的审美张力。中国现代小品文将汉字所蕴含的感性美和中华民族的诗性思维、哲学意蕴凝聚为一个个具有传统审美特征的意象，使小品文具有了言近旨远、言有穷意无尽的审美张力，从而使现代小品文契合了民族潜在的审美意识。其具体实践就是通过对意象的描述，使现实事物脱离现实的束缚，加以艺术化，使意象成为情感的客观对应物，让意象背后的无影无形的情感得以自我展现；通过意象的展现和意象的流动，使情感成为可感可知、可闻可嗅、可抚可摸的有形之物。“在文学语言的创作中，意象的建构属于心灵的一种自由活动，与之构成审美关系的客体现实材料，必须要经过创作主体用来表现特定的审美价值，实现心灵自由的审美变形，才能成为与审美主体的价值经验图式相契合的审美意象。唯其如此，意象往往具有夸张性、变形性。审美主体的创造力和想象力仿佛会从正面的、反面的、平面的、立体的、纵向的、横向的多个角度去想象、领会审美客体，经过主客体的双向变形，形成物象与心象的复合体。”[②]这就是作品文体的表象功能，思想感情凝聚在一定的艺术形象中，能“状难写之景如在目前”（梅圣俞语）。

---

① 参见［瑞士］费尔迪南·德·索绪尔著，高明凯译：《普通语言学教程》，商务印书馆1994年版，第170–171页。

② 雷淑娟：《文学语言美学修辞》，学林出版社2004年版，第45页。

在中国现代小品文中，我们时时可以看到传统的意象。这些具有传统审美因素的意象被现代小品文作家运用到自己的创作之中，使这种现代白话文体具有了含蓄、传统、诗意的审美因素，从而构成了小品文的独特文体特征。其中最具代表性的是周作人的小品。其名篇《北京的茶食》中"我们看夕阳、看秋河，看花，听雨，闻香，喝不求解渴的酒，吃不求饱的点心"一系列的意象并置：看夕阳、观秋河、赏花、听雨、闻香，透着一股洒脱和不经意的悠然。《喝茶》中的名句：喝茶当于瓦屋纸窗之下，清泉绿茶，用素雅的陶瓷茶具，同二三人共饮，得半日之闲，可抵十年尘梦。瓦屋、纸窗、清泉、绿茶、素雅的陶瓷茶具这些意象的描述，无不透出中国传统文化气息和意蕴；作者的情感和见解因为这些意象而具有了诗意的审美因素。林语堂在《吾国与吾民·中国人之德性》篇中描写中国人之知足有这样的句子："但倘令无此清福而必须住居市尘之内，则也不致衷心戚戚，因为他至少总可得养一头笼中鸟，种几株盆景花，和一颗天上的明月，明月固人人可得而有之也"。这里的笼中鸟、盆景花、明月几个意象，也是并置的，一种纳天地于笔端，动与静相衬托得绘画美感，是一种空间感的审美，带着传统的审美气息。另外，将传统的诗词文章引用到作品中，同时也将这些诗词中的意象带到作品中来，增加了作品的审美效果，扩展了作品的意义。在周作人、林语堂、朱自清、冰心等人的作品中都有这种意象的营构方式。林语堂同样在《知足》中大段引用了苏轼的《记承天夜游》"元丰六年十月十二日夜……庭不如积水空明，水中藻荇交横，盖竹柏影也……"月影、月华、如水的月光、竹、柏这些诗意盎然的意象并列置于读者面前，使本来讲说一个理论的小文章超越了直白和枯燥，具有了无限的诗意。这些意象的营造，使小品文的文字超越了表意功能而具有了使作品具有无限张力的表象功能。

将传统文学中所排斥的日常生活意象和平民生活意象纳入小品文创作之中，通过这些意象表达作者的审美诉求和民间化、生命化的审美体验、审美立场,是现代小品文的另一个意象营造特点。这不仅是将日常审美和日常生活诗意化,更重要的是一种创作态度和思维方式的变化,是一种价值观、道德观、审美观的变革。郁达夫在《中国新文学大系·散文二集·导言》中指出,传统"散文的心",被拘囚在"尊君、卫道、孝亲"的硬壳中,散文的体也只能"崇尚雅洁,取诸六经",从而严重地扭曲了散文的本体属性。以周作人为代表的小品文作家倡导"人本",深情地关注着世俗生活。至20世纪30年代,梁实秋、沈从文和废名又将日常生活诗化,从而成为自己独特的文学创作特色。这些作家以独特的视角挖掘蕴藏在日常生活丰富的民间情绪极其独具的深厚内涵。这是现代小品文对传统小品文的突破和变革,使表现的题材更加广阔,视角下移,哲学、经济、政治、军事、艺术、人生等都可以纳入其间,"宇宙之大,苍蝇之微",至大至微,无所不包。这不但是创作方法的改变,更是情感意义,审美意义上的解放。林贤治认为:"散文是人类精神生命的最直接的语言文字形式,散文形式与我们生命中的感觉、理智和情感生活所具有的动态形式处于同构状态。"[①]这样一种同构状态要求人们的心灵、思想、情感都是自由活泼的。也就是说,无拘无束、自由自在抒写的散文更仰仗能够自由思考、自由表达、自由发表的空间。现代小品文是在五四是在冲破专制主义思想束缚后得到自由发展的。它的写作者以更为接近其人性本性和日常状态的姿态出现,表现出主体更多的情感、学识、智慧、气度、人品的本相。他们所赞赏和推崇的蒙田关于人生、读书、家常琐事"无拘无束"的漫谈,厨川白村与朋友围坐暖炉的"任心闲话",都在强调小品文的无拘无束、自由自在的本体特征。但同时我们应该注意到,这些日常生活意象的营构,是用具有传统语言特色的现代汉语来表达的,不像新诗那样基本上是另起炉灶,而是对传统散文加以扬弃、改造,自由创造,使这一古老的文体有了新的

① 林贤治:《论散文精神》,贾平凹主编:《散文研究》,河北大学出版社2001年版,第59页。

生机和活力，使日常生活脱离了低俗和粗糙，成为具有情感和诗意的美丽文学形象，使小品文浅显而不直白，简单而不粗陋，具有亲切、质朴而优美的审美意蕴。周作人笔下的苍蝇、蝙蝠、蚯蚓、虱子等传统文人不屑入眼的小东西，在他看来是那么风趣；温宁源在《周作人这个人》中有这样的评价："他喜欢谈的是微小的事物，那种'难以言说的被人遗忘了的小动作'，使人觉得这个世界可爱的小动作……人生的琐事在周先生的笔下便成为有趣可爱的谈话了"。林语堂的《妓女与妾》《缠足的习俗》等无不具有深厚的民族情绪和文化渊源，母爱、父爱、初恋、对子女的直率的爱在以讲究等级制度的传统文化中往往被压抑和扭曲，而在这些小品文作家的笔下却真挚、朴实而动人。这些审美效果的形成，与他们选择的言说方式是一致的；简洁生动的文言的化用，诗词歌赋的引用和诠释，和亲切、自然的白话一起，将这些表面上俗不可耐的意象变得诗意和审美化。这是中国现代小品文对传统散文的突破。

总之，中国现代小品文表情达意不是停留在表意层面，而是致力于将思想和感情蕴含在意象之中。思想感情的表达不是直白的，而是凝结在一定的艺术形象之中，用现在的术语可以表达为"托物言志"或者"寓情于景"。这就超越了直白的表意功能，从而具有了寓含更多审美因素的表象功能。这就使小品文具有了表情达意的形象性。这也是与理论性较强的杂文的最大区别，是小品文这种基于汉字特征的意象营构；对于在这个文化传统中成长起来的、继承了传统语言与思维方式的读者来说，是一种不容置疑的魅力。

2.小品文意境的营造与小品文的表现功能

文体的表意功能和表象功能，被词、词组、词组群所直接呈现的意义所限定，是"所指"，它是既定的明确的；[①]而文体的表现功能就超越了这种

① 童庆炳：《文体与文体的创造》，云南人民出版社1999年版，第256页。

既定和明确,达到的"能指"的境界,将难于言说又非言说不可之间发挥到某种极致。所以要求写作者去表现,而读者去领会一种难于言说而又非说不可的思想感情,要求作家以间接暗示的方法来吸引读者的注意:"文体的表现功能活跃着最丰富的审美因素,读者一旦把握住了文体的表现意义,那么他的心灵在瞬间就进入了一种自由的状态。"[①]中国现代小品文就具有这种特有的表现功能。而这种功能的实现和小品文对意境的营造是密切相关的。

意境,是中国传统美学的核心概念,是通过情景融彻的艺术而造就出的一个想象的艺术空间。意境由实境和虚境两个部分组成。意境总离不开亦虚亦实、情与景会,而又不即不离,是含蓄蕴藉的性格。"意境"和"意象"的不同:"象"与"境"不同,"象"乃"物象"。从甲骨文开始的"象"就是具体的、个别的物象;而"境"一则指环境、景象,二则还包含主观现象,人的喜怒哀乐、心理感受和思想修养所达到的境界在内。它的范围要比"象"大得多,是由一个个物象构成的。艺术家虽然在创作中追求意境,但是在艺术构思时,头脑中若无一定的意象,意境就无法升华出来。意境首先必诉诸接受者的感性形式,是以蕴含深远意蕴的审美意象为表现形态的;离开了对客观物象的主体表现,意境就不复存在。也可以说,审美意象的生成是意境升发的前提。[②]唐代王昌龄最早在《诗格》中就诗歌创作提出"意境"一词,指出"诗有三境:一曰物境,二曰情境,三曰意境"。后来的文学批评著作对这一理论做了进一步的阐发和探讨。陆机《文赋》的"遗味"说,刘勰《文心雕龙》的"义生文外"说,钟嵘《诗品》的"文有尽而意有余"说,皎然《诗式》的"文外之旨"说,刘禹锡的"境生象外"说,司空图的"韵外之致"说,严羽的"兴趣说",都是在谈意境。这些"意境说"主要界定为情景相生和情景交融。尤其到了王国维,他用"境界"来代替"意境",认

① 童庆炳:《文体与文体的创造》,云南人民出版社1999年版,第206页。

② 同上,第127页。

为词以境界为最上。后来他在《宋元戏曲考》中明确是用“意境”一词，并提出“写景则沁人心脾，写景则在人耳目，述事则如出其口”，将情、景、事的逼真生动，视为有“意境”。这些文论的意境是立足于传统诗性思维之上，对意境的阐释建立在感悟和整体思维之上，是一种模糊思维。中国古代的时间和宇宙意识具有空间化倾向，中国的语言文字、思维方式也同样具有“非线性”的空间化特征。语言文字是一个民族文化形态最直接的存在媒介。在这种具有“空间化”特质的语言和思维组成的文化“模子”中生长发育的中国文学传统，也不可避免地具有空间化的特质。[①]中国现代小品文通过对汉字和汉语的独特运用，营造出充满诗情的意境。王安忆曾经用感性的语言说过：“中国是散文大国，中国的散文是美文的传统……文字和意境都是上乘，这两样东西都是中国文人的擅长，最会琢磨的。中国的文字本身就是藏有机关的，多义词同义词很多，语法又很含混，边界模糊，从中是可以玩出一些花招……意境也是玩味的一种，在意义含混的文字后头，心理的画面也是含混的，都是墨在纸上洇染开去的东西……这两项充分的准备，合成了美文的传统。”“这意境可说是托附于文字，因其文字的内涵外延的容量幅度，而扩充着意境的。俗话所说‘只可意会，不可言传’，其实只有中国文言文才具有这样的功能。”[②]在这里，王安忆敏锐地意识到，汉字的特性以及美感，是散文意境的基础。也就是说，散文的意境是建立在汉字的诗性特质之上的。正是因为意境的营造，使小品文具有了一种难于言说又非说不可的思想感情，从而使作品充满着不尽之意。中国现代小品文通过意象的组合和意境的营造，增强了这一文体的抒情性，使其成为现代文学文体中最具民族传承性的。它和中国传统文学的关系最为密切。而中国传统文学作品所

① 参见赵奎英：《混沌的秩序》，花城出版社2003年版，第257页。

② 王安忆：《情感的生命》，陈思和主编：《中国当代文论选》，上海教育出版社2010年版，第254页。

追求的最高审美境界，就是意境。中国现代小品文在其发展过程中，形成了自己特有的意境体系。这是中国传统审美观念在现当代文学领域中的一种传承和延伸。

中国现代小品文在一开始就注重意境的营造，不过学者和创作者用"意味""兴趣""趣味"等概念对这一主张进行模糊的论述和提倡。20世纪20年代，夏丏尊、刘熏宇指出"暗示是小品文的生命"。30年代，葛琴的《略谈散文》、李广田的《谈散文》、朱光潜的《诗论·诗与散文》，也都肯定了小品文意境的存在。到了40年代，小品文创作的"意境"追求被明确提出，叶圣陶、朱自清和唐弢在《关于散文的写作——答〈文艺知识〉编者问》中，集中探讨了散文创作中的"意境"问题。周作人在《书房一角·〈扬州画舫录〉》说"乃知天下事无不可书，只要见识趣味文字三者足以胜之"，把"趣味"当作可书的条件。《笠翁与随园》云："我很看重趣味，以为这是美也是善，而没趣味乃是一件大坏事，这所谓的趣味里包含着好些东西，如雅，朴，涩，重厚，清朗，通达，中庸，有别择等，反是就是没趣味。"这里"趣味"实际上就是一种言外之旨，意外之境，强调风致和韵味，追求"冲淡平和""涩味"，有"余情"的创作风格，不欣赏"玻璃球"一样的作品，觉得那"晶莹透澈得太厉害了，没有一点儿朦胧，因此也似乎缺少了一种余香与回味"。这种要求不但是对创作风格的要求，也是对语言的要求。而能够承担这一诉求的，只有汉语的传统诗性特质。所以现代小品文作家对白话文的改革采取了折衷的态度，将汉语的传统特质留在笔下，从而创造出别的文体所没有的充满言外之意的意境审美特质。中国现代小品文创作者和倡导者主张的个体情怀的抒写，以及含蓄、朦胧的创作风格，与中国传统意境所体现的审美精神，气息相通。由优美的情感、深刻的哲理以及娴熟的艺术技巧融合而成的"青果味"，是其意境的主要特色。周作人是一个营造意境的高手。《济南道中之二》中"我坐在车中，看着窗外的亮光从地面移到麦子上，从麦子移到树叶上，心里起了一种离奇的感觉，觉得似危险非危险，似平安非平安，似现实又似在做戏，仿佛眼前看程咬金腰间插着两把纸糊大板斧在台上踱着一样”这种虚实结合、情景交融的意境营造手法，使这一意境具有了现代意识流的元素：光影的结合与感觉的陌生化，营造了一种难以言说的况味。意境迷离扑朔，给人全新的审美感觉。《乌篷船》中“卧在乌篷船里，静听打篷的雨声，加上欸乃的橹声以及‘靠塘来，靠下去’的呼声，却是一种梦似的诗境”。林语堂《秋天的况味》中对诗意有独特解读：“酒以醉以老为佳，烟也有和烈之辨。雪茄之佳者，远胜于香烟，因其味较和。倘是烧得得法，慢慢的吸完一支，看那红光炙发，有无穷的意味。鸦片吾不知，然看见人在烟灯上烧，听那微微哔剥的声音，也觉得有一种诗意。大概凡是古老，纯熟，熏黄，熟炼的事物，都使我得到同样的愉快”。把情感、体验由可触可感的具象转化纯粹心理体验，具体可感的情感转化为虚空模糊和空间化，成为一种具有永恒空间感的体验和记忆，使这种情感具有了别样的美感。小品文意境擅长把握内在的情感节奏。它用趋于家常的方式传递着朴素真挚、明朗豁达的平民精神。它不同于小说意境对客观再现性、对情节曲折性、对虚构与想像的关注，用空灵的语言进行主观地抒写。它以“淡而有味”的艺术境界建构着纯美的精神空间。

林非在《中国当代散文大系·前言》中说：“就散文本身的禀性而言，它是强烈地意识到自己存在的人们，从内心深处所发出的一种自我宣泄，渴望着能掏出自己的心来，倾诉自己胸膛中许多令人神往和憧憬的情……于是就诞生了这种满含着真情实感，充分表现个人品性和情致的文体。”中国传统文学意境最推崇的，便是“真情”。王国维在《人间词话》中说：“境独非谓景物也，感情亦人心中之一境界。故能写真景物、真感情者谓之有境界，否则谓之无境界。”可见，情感在意境中具有重要地位。中国现代小品文的意境有很重要的一部分为这种把真情感由可触可感的形而下的具象转化为形而上的体验，把具体可感的情感转化为虚空模糊和空间化，成为一种具有永恒空间感的体验和记忆。于是这种情感具有了别样的美感:看似平淡,实则纯美;看似模糊,实则铭心;看似淡远,实则刻骨。如周作人的《初恋》,女孩的年龄是模糊的,大约是十三岁罢;名字是模糊的,大约因为行三,人家都叫她作三姑娘;相貌和姿态是模糊的,仿佛是一个尖面庞,乌眼睛,瘦小身材,而且有尖小的脚的少女;自己的感情也是模糊的,感受着一种无所希求的迷蒙的喜乐,并不问她是否爱我,或者也不知道自己是爱着她;结局也是模糊淡然的,我那时也很觉得不快,想象她的悲惨的死相,但同时却又似乎很是安静,仿佛心里有一块大石头已经放下了。整篇文章似乎讲的是不关自己的别人的故事,给你一种淡远宁静的审美效果,同时又有一种不可名说的感觉充溢和敲击着阅读者的心弦,引起莫名的惆怅和感动。实际上这就是一种情感的超越。正是因为这种看似模糊平淡的文字却创造了情感的意境,使这种情感超越了具体的时间性的界限,由"虚"生出无限的"实",由"无"生出无限的"有":尽管不知道她的具体的年龄和姓名,不敢看她的具体的相貌,但她的形象跨越了我的少年、青年,到达我的中年,落到的我的笔头成为生命的一段。自己不清楚自己对他的感情,当宋姨太诅咒她"将来总要流落到拱辰桥去做婊子",尽管我不很明白婊子的含义,但自己下意识的反映是"她如果真是流落做了婊子,我必定去救她出来"。这种反映是真切具象的,是一个少年的最纯、最真的感情。于是,貌似模糊淡然的情感在这里化为真挚、浓烈、纯美,那份初恋的魅力也感动着今天的阅读者。对小恋人的死,"同时却又似乎很是安静,仿佛心里有一块大石头已经放下了",用富有张力的语言,叙述自己的眷恋和安慰:终于,她不用流落到那个悲惨的结局了。这种死法对她的身世,对她自己,更重要的是对我——一个一直担着心的爱恋的人,一直把她的命运的担心当作大石头一样放在心口的人,实际上是一种安慰。这种情感的抒发是那么平淡、模糊、含蓄,却又有着巨大的矛盾张力,具象的、可感的、有限的情感,化为模糊虚幻、萦绕灵魂,弥漫在整个生命的时间和空间的情感意境。一份初恋，美得凄婉幽远。朱自清的《荷塘月色》以情感的淡淡忧郁与朦胧的月下荷塘共同营造了一个宁静淡远带着几分凄清的境界。那对生命、自由的喜爱和向往与“梅雨潭的绿”共同勾画了一幅生机盎然纯美灵动的画面。中国现代小品文写人、写事、写物——然而这风景、人世原来是让感情的江河浸泡透了的。简洁含蓄的语言和真诚质朴的情感结合，使中国现代小品文有了不可言说的言说。

另外，对知识和趣味的两重统制的强调，使小品文的意境更加深远。这是意境的知性特征。所谓“知识”，就是“物理人情”“科学常识”；西洋思想的熏陶，深厚的传统文化底蕴，共同构成了周作人的作品中漫溢着的浓郁的知识之美、智慧之美和思想之美。“这是以科学常识为本，加上明净的感情与清澈的智理，调合成功的一种人生观，以此为志，言志固佳，以此为道，载道亦复何碍。”（《杂拌儿之二》序《苦雨斋序跋文》）他用冲淡平和的文字，表现时代精神和对平凡人生的深切感悟，造成一种质朴清新、平淡悠远的审美境界，构成言近旨远的审美意味，锻造成古朴、拙雅，散发着简单味和涩味的散文审美品格。文字背后是寄寓着时代情怀、平凡物理、生命意识的意境。这种要求和标准是一种基于语言之上的意境生成的升华，是对传统审美体验的继承。因而这种语言文字就具有了表现功能。读俞平伯的《陶然亭的雪》《清河坊》《西湖的六月十八夜》等作品，萦绕心间的是一种远离现实的朦胧、空灵的意境与感伤的思绪；钟敬文的《荔枝小品》无不透出清朗的奇思意境；而废名的诗化散文更是以营建意境为能事。所以说，现代小品文的意境营造使其具有了超越语言的工具性的表现功能，是其含蓄蕴藉的主要因素之一。

二、口语、俗语方言的运用与小品文的“娓语体”

文言是经过严格筛选与提炼的语言。正是对语言的推敲与锤炼，才导致了中国文学凝练含蓄的特点；但是，经过长时间的追求与积累之后，也会使得语言越来越远离其本真的新鲜与活力，而成为一种经过层层包装、浓墨重彩地加工后的人造产品。大量使用这种语言的文学自然也丧失了清新自然、朴素率真的鲜活气息。方言则是一种直接源自现实生活的根部，未经过多雕琢与粉饰的语言，以其自然率真的本色，使文学以重现“清水出芙蓉，天然去雕饰”的艺术风格与审美特色。对民间文学的重视，从而触及对民间语言（也就是口语和方言）的重视和研究，在白话文运动中一直没有间断过。中国现代知识分子在确立启蒙的文学使命的同时，就把民间当作启蒙的对象，努力寻求适合时代和民间的文学形式。民间文学成为他们研究和探索文学新形式的一个重要源泉。始于1918年春的民间歌谣的搜集整理就是这一探索的表现。周作人等人于1922年12月创办了《歌谣》周刊杂志，专门搜集整理发表全国各地的民间歌谣，介绍与民间文学相关的文章，从文学意义上把民间文学纳入新文学审美标准的建构之中。胡适、周作人都赞同和肯定民歌中“想歌就用自己的语言歌出来，想唱就用自己的语言唱出来”的情感表达方式。周作人曾经说过：“民歌的最强烈、最有价值的特色是它的真挚与诚信，这是艺术品的共同的艺术精灵，于文艺趣味的养成极是有益的”（《自己的园地》）。“歌谣是民族的文学。这是一民族之非意识的而是全心的表现，但是非到个人意识与民族意识同样发达的时代不能得着完全的了解和尊重”（《〈潮州畲歌集〉序》）。五四时期知识分子对民歌中“率性而为、自由表达”的情感的肯定，实际上是与个性主义的启蒙文化思想是一致的。他们在民间文化、文学中发现了反抗封建束缚的个性自由和对自我生命的认同。这种带有个性、自由因素的文学形态被现代作家自觉地理解时，就转化成了新文化、新文学的一个方面；表现在小品文的理论和创作之中，就成为其建立在个性主义的基础之上的“真情自然流露”的史学观。胡适在《文学过去与来路》中有这方面的观点：“民间是文学的产生的源泉”，中国文学史没有生气则已，稍有生气者皆自民间文学而来。这种文学史观体现出民间的价值立场,主要是认同和肯定了民间文学生动的、活的审美力量,特别是其语言形式的魅力。本质上胡适所说的民间是指源于民间的文学以及与此相关的民间白话语言。而且这种文学和语言与平民的日常生活是联系在一起的,是表达新思想和情感的工具。胡适在《中国新文学大系·建设理论集导言》中指出:"我们的中心理论只有两个:一个是我们要建立一种'活的文学',一个是我们要建立'人的文学'。前一个理论是文学工具的革新,后一种是文学内容的革新。"胡适肯定了民间白话文学的审美活力。相同和相似的观点在周作人、鲁迅、刘半农、顾颉刚、俞平伯的文学主张里都有论述。他们在把启蒙的主体定位为大众民间的时候,也对民间文学的审美活力源泉进行了探讨,从而发现:民间文学所具有的这种质朴、自由的心灵情感用民间活的、生动的、日常口语化语言表达出来的时候,往往具有清新、活泼、生动的审美特点。当小品文倡导者和创作者把实现小品文文学性和审美性的目光投向民间的时候,口语、方言、俗语就成为他们利用和改造的有力工具。他们不但把这些民间语言当作建立"活"的文学和"人"的文学的工具,而且把这些语言的审美特性也纳入自己的文学追求之中。周作人在《〈旧梦〉序》中已经认识到"强烈的地方趣味也正是'世界的'文学的一个重大成分。具有多方面的趣味,而不相冲突……这是'世界的'文学的价值"。而方言口语显然是承载"地方趣味"最直观的文化标识。因此,周作人在《地方与文艺》中竭力推崇自由地发表那从土里滋长出来的个性:无论说的是隐逸或是反抗,只要是真的心搏便都有发表的权利与价值。在使小品文在审美形式上突出强调白话的口语化、生动性、民间性的特点的同时,其背后蕴含的是抵抗古文、反叛正统意识形态的力量。

口语便于交流与凸现主体地位的特性,对中国现代小品文文体的形成也具有重要作用:一是口语的便于交流特性是小品文的娓语体形成的重要原因。口语的浅显易懂、生活化,使周作人、林语堂的小品文如与一人或二三人娓娓而谈。写作者和阅读者没有了阶层甚至心理的隔膜,你手写你口,我读如面谈。作者采纳口语乃至方言入文,不仅增加了生活的趣味,而且也符合人物的身份,更易于拉近读者与作品的距离,直至把读者引领进作品中所营造的氛围,使读者倍感亲切与自然。作者和读者距离拉近,中间少了古代文学书面语所承载的过多的阶级和主流意识,更少了时代的隔膜。口语的运用实际上是一种言说方式入文,带来的阅读效果是如见其人、如闻其声的现场感、现实感与亲切感。而这种亲切自然的语言与表白背后是立足于个体的自我真挚情感或见解,是一种"言近旨远"的表达方式,寓深刻与平淡,而又不失对面闲谈式的轻松自然,从而使小中国现代品文有了简单、亲切、生动的美学色彩。二是口语的凸现主体地位。因为既然是口语,那么就是"我"的言说,是黄遵宪的"我手写我口",强调的是一个"我"。作为个体的"我"就这样在口语的倡导和运用中被凸现出来。主体的个性被强调,文学不再作为"载道"的工具,而是走向"写我口",是自我主体的一种表达,或者是情感,或者是见解。其能体现作者的自我意识与地位,也标示着作者创作观念意的转变与发展。这就使小品文成为强调个性,抒发性情的有力工具。

另外,口语具有的时代生命力与鲜活性特点,使小品文消除了与时代的隔阂,使小品文自然地承载了写作主体对时代的感悟和思考,使小品文创作从"载道"的神坛走向人间。这和小品文的"个人主义的人间本位主义"的创作主张是相合的,不但有时代的鲜活的生命力的彰显,而且有写作主体鲜活生命力的突显和张扬。这改变了载道文学严肃、呆板的审美特征,从而开创了散文发展的新局面,为文学的现代转型架构起良好的平台。另外,口语的通俗易懂与明白晓畅的特点使小品文获得了读者的接受与喜好,改变了文学是少数上层人的特权的局面,使文学的视角发生了很大的变化,拉近了阅读者和写作者的距离,使读者群体扩大,便于寄寓并传达创作者的启蒙思想与情感体验,扩大了小品文写作主体的思想观念的影响力，同时也使得潜存于口语交流中的作者的主体地位得以表露与彰显，使文学运动的“人”的文学主张落实到创作之中并成为成功的典范。

而作为口语的一种的方言，是一种地域性的交流语言，即一种语言中跟标准语有区别的、只在某一个地区流行的“话”，是一个具有区域性的交流工具和言说方式。它同时具有口语的鲜活性、平白晓畅、信息传递的准确性以及能够凸现交际主体的独特地位等特点。除此之外，方言还有真实性、民间性以及由此而引申出来的与文言的对抗性等特性。索绪尔认为：“‘乡土根性’使一个狭小的语言共同体始终忠实于它自己的传统。这些习惯是一个人在他的童年最先养成的，因此十分顽强。在言语活动中如果只有这些习惯发生作用，那么将会造成无穷的特异性。”[①]可见，方言具有传统的强大力量与稳定根性。而正是这种不能轻易被影响与改变的稳定性，才使得方言的率真与清新特点得以确保，而且能够彰显不同区域文化的各自面貌与内涵。方言是与底层百姓自洽自如的生活状态、情感共生共存。方言以自己特有的词汇与语音特征去适应和表现当地民众原生态的生活状态。而且在其长期的发展过程中，它已经具有足够的储备来表现这种原生态生活的需要，因而在特定的范围内，自由自在就成为方言突出的特征之一。方言以特有的清新率真对抗文言形式的雕琢与艰涩，以自由灵活和“草根”特性来消解文言的僵固与贵族化，以自生自在的顽强生命力来冲击文言的老朽与陈腐。正是方言的这种原生态和乡土根性，使中国现代小品文的亲切、自然、质朴的文体风格得到进一步强化，拉近了文学与生命、生存、当下的距离。其文体塑造意义不言而喻。

以“絮语”和“谈话风”为语言风格的娓语体的形成，实际上在很大程

① [瑞士]费尔迪南·德·索绪尔著，高明凯译：《普通语言学教程》，商务印书馆1980年版，第287页。

度上得益于小品文中口语和方言的运用。口语俗语的运用,是中国现代小品文文学观由传统的载君主之道转向抒一己之情的重要因素。创作者可以以一种平等的写作姿态,将“宇宙之大,苍蝇之微”的见闻感受用富有个性化的平实、亲切、自然的语言叙述出来,可以掺杂自己的感受和富有情感色彩的评价。这种评价不会因为种种的礼教和制度的束缚和避讳而装模作样、堂而皇之,而是以一种平民的视角和口吻述说。因此,口语俗语的运用实际上使小品文从传统文学的圣殿之上走下来,走向民间;用民间的语言表达民间的思想、情感,进而把民间价值立场带进文学的殿堂。从民间的内部去理解民间的内容,依据民间的文化精神表现民间的世界,在很大程度上实现了白话文运动者最初的启蒙目的。小品文的创作者将自己的观点、见闻、感受以及先进的思想用一种平白简单抒情和记叙的个性化语言娓娓道来,给阅读者以陶冶和感染,从而达到明智的目的。口语俗语的运用不仅是创作者可以把自己的个性抒发出来“我手写我口”,是个性的流露,同时也是一种写作姿态和写作视角的变化,一种平民意识与个人意识的书写态度,隐含的是在新旧交替之际对权威的挑战。这一切都是小品文“谈话风”“絮语”式语体形成的重要原因。

另外,口语俗语的运用,使小品文的内容发生变化。以前的文学都是为了载道。所以书写的内容决定了其语言要雅正,也就是语言与内容的匹配。经书等传统典籍的语言成为模仿和采用的对象。方言俗语在这种文学态度和目的支配之下绝对没有进入文学的可能。所以陈独秀、胡适等人一再要求避古语典故。而小品文口语俗语的运用,在把口语方言的通俗、自然、亲切的乡土气息和时代气息融入小品文之中的同时也把口语方言所表达的民间风情纳入小品文的写作视野之中。于是小品文可以写“苍蝇之微”,可以写人间势态百情,可以写故乡的野菜,也可以写乌篷船,还可以写草木虫鱼、吃茶聊天、初恋和记忆,内容驳杂斑斓,上至历史,下至民谣传说,都可以成为“谈话”“絮语”的内容,将人性、社会性与大自然调和起来，而它们因为口语俗语的运用都带了一幅亲切的面孔。

三、欧语的运用与小品文文体的现代性

中国现代文学的现代性的发生是和语言的现代性联系在一起的。所谓现代性，目前为止有许多的解释，但在这里暂且运用这样一个解释："现代代表的是一个断代的概念，现代指的是一种文学的作用，传达了理性、人文精神、进步以及西方文明"[①]。福柯认为，现代是指对于现时性的一种关系方式：一些人所做的自愿选择，一种思考和感觉的方式，一种行动、行为的方式。它既标志着属性也表现为一种使命。当然，它也有一点像希腊人叫作"ethos"的东西。简而言之，它就是一种特殊的哲学气质，即批判的精神。王瑶先生对文学现代性有着这样的解读："现代文学"是一个揭示这一时期文学的"现代"性质的概念。所谓"现代文学"，是"用现代文学语言与文学形式，表达现代中国人的思想、感情、心理的文学"。文学现代化所发生的最深刻的变革并具有根本意义的变革是文学语言形式与形式的变革，以及与此相联系的美学观念与品格的变革"[②]。早在晚清之时，王国维、梁启超等人就认识到传统的文言已经不适应表达日益变化的新思想了，因此从严复开始运用新的外来名词来表达新的事物和新的名词。人们感觉到白话干枯、贫乏，不能满足现代思想、复杂情感的表达。到了五四时期，五四新文化运动的倡导者对此达成共识。大家认为白话文词汇贫乏，已经不能够适应时代的变化，须借助西方语言补救；而随着西方思潮的进入，西方的精密的逻辑思维和科学精神要求与之相适应的语言来表达，但传统汉语的感性、模糊性、整体性等诗意特征已经不能够胜任

---

① 王德威：《被压抑的现代性》，王晓明主编：《二十世纪中国文学史论》，东方出版中心2003年版，第35页。

② 钱理群、温儒敏、吴福辉：《中国现代文学三十年》（修订本），北京大学出版社1998年版，前言。

这项任务。而能够表达这种严密思想和逻辑的语言只有西方语言,所以不但要学习西方的思想文化,同时还要学习西方的语言言说方式。傅斯年在1919年2月《新潮》1卷2号上刊发《怎样做白话文?》,副题为"白话散文的凭藉——一,留心说话,二,直用西洋词法"。他明确指出:照我回答,就是直用西洋文的款式、文法、词法、句法、章法、词枝(Figure of Speech)一切修词学上的方法,造成一种超于现在的国语,欧化的国语,因而成就一种欧化国语的文学。胡适也认为只有欧化的白话方才能够应付新时代的需要。周作人、鲁迅等人也对此进行了明确的论述。所以,白话文运动的最终结果是形成了以口语、俗语、文言文和欧化语为元素的现代汉语,是一种欧化的白话文。它将西洋语言细密的结构借鉴过来,使我们的文字能够传达复杂的思想、曲折的理论。大量的新名词、新概念进入汉语之后,大量欧化句法、欧化修辞手法的革新文体现象也随之涌入。欧化成了补救白话的办法。

欧化的汉语促成了中国文学的现代性。现代汉语的最为重要的特征应该是"欧化"。语言的现代性是构成新文学现代性的深层基础,正是包括新的文学概念、术语、范畴和话语方式等新的语言体系改变了思想和思维方式,从而改变了文学内容和文学的艺术精神。中国现代小品文作为现代文学的一部分,其现代转型也是和语言转型联系在一起的。从周作人的散文语言观中,我们也可以看到小品文语言的是口语、欧化语和文言三者结合的。如果说口语俗语的运用使小品文具有了本土性,文言的运用使小品文保持和继承了中国传统的审美因素,那么欧化语的运用则使小品文从内容到形式与社会时代甚至世界接轨。其中的术语、概念、范畴和话语方式以及背后的西方思想直接被转化为相对比较中性的白话文。其思想以白话的术语、概念、范畴和话语方式表现出来,并因此走进了世界文学的视野。这是小品文完成现代性的主要因素。

首先,新名词、新术语、新概念影响了小品文创作者的思维方式,从而影响了小品文的创作观念，改变了小品文的思想内容，使小品文走出了传统的思想樊篱。其中科学、民主、人权、自由、理性、社会进化论等思想，改变和冲击着人们的思想观念。这些翻译者和接受者一方面通过接受这些思想观念建构自己新的人生观和价值观，一方面以此来完成对旧的思想观念的涤荡。新文化运动和新文学运动的发动者和倡导者有很多是从国外留学归来的知识分子。西方的理性、科学、民主、人权、进化等观念改变了他们的话语方式和思维方式。一些新的事物名词也和抽象的思想名词一起涌进中国，从而走进中国现代小品文的表现范畴。这种夹杂着新名词的书写，不仅是作者对新事物的描述和介绍，而且还包含着其面对新事物时所产生的前所未有的体验与慨叹。这种体验和慨叹是源自作者内心世界和精神层面的触动，有时足以更新作者的观念意识与情感认知。这些代表新事物的新名词标识着作者眼界的开阔与精神体验的拓展。那些表示新思想、新观念的新名词则更能够昭示出小品文创作者的认知领域、情感与体验的变动，从而能够更充分地反映出小品文的思想意境与情感范畴的嬗变。语言不仅仅是交流的工具和信息的载体，而是一种文化和思维方式。当这些新的名词被小品文创作者接受并运用到自己的创作之中的时候，这些名词所代表的意识形态和思维方式也被纳入了小品文的表现范畴，影响了他们的文体意识，如"民主""科学""平等""进化"等概念名词实际上已经影响了创作主体的创作思想和审美趋向的变化。小品文的谈话风和絮语风，不仅仅是一种言说方式，更是一种人生观和价值观，是一种平民意识和平民视角的体现。于是这种变化使小品文有了"独抒性灵"的洒脱和自由，有了对传统载道的疏离和背叛。小品文的取材发生了很大的变化，"苍蝇之微，宇宙之大"都可以入文，生活艺术化，处处有性灵和生命的趣味。所以小品文当之无愧地实践了五四新文化运动的初衷：创造"人的文学""活的文学"。这些新的名词和概念输入，从观念上改变了小品文的传统创作思想，使其从属于一部分特权阶级的知识分子手里解放出来，成为大部分人能够接受和欣赏的一种文体；同时，前所未有的平等、民主、人权思想使小品文处处闪现着人性的光辉，文学的审美视野也开阔而敏感了。林语堂对国人人性的解读，朱自清对小情景和小景色的带着生命印记的琢磨体验，周作人对女人和儿童的发现、民谣的活泼与生动、日常生活和平民百姓的点点生的诗意，都被纳入其小品之中。读之韵味无穷，给人以全新的审美体验。这是一种小的、瞬间的、感性的又有着节制的感悟和思考。所以说，汉语的欧化是小品文从传统走向现代的主要原因。

其次，欧化使汉语的语法发生很大的变化，从而影响了小品文的表达方式，使中国现代小品文的表述趋向精密和细腻，更加具有感染力。什么是语法？刘半农在《中国文法通论》中认为：所谓某种语言的文法，就是根据了某种语言的历史或习惯，寻出个条理来，使大家可以知道，怎样的采用这种语言的材料，怎样的把这种材料配合起来，使他可以说成要说的话。前面已经论述过，中国的语言和文字是以单音词为主的，缺乏线性语法和谓述词，具有空间性的特征，因此表达严密的逻辑关系的主语和系词是被忽略的。中国传统的语言能够用最少的字表达最丰富的思想，而这些思想是需要感性的体验和联想的。西方思想需要严密的逻辑和精确的表述，所以其语法也相应的严密而繁琐。随着汉语的欧化，汉语的传统特性发生了变化，语法发生了变化。王力先生认为，汉语白话文发生欧化现象主要有六种表现：(1)复音词的创造，(2)主语和系词的增加，(3)句子的延长，(4)可能式、被动式、记号的欧化，(5)联结成分的欧化，(6)新替代法和新称数法。这些变化表现在文学创作中首先是句式复杂和多样化。汉语句子的主谓关系较以前明显，主语使用的频率增高；逻辑关系严密，明显在语言表层，有别于传统隐含这种关系的意合方式，即多用表示句子逻辑关系的连词(如果、因为、假如、当时、作为等)。这一变化，使语言的表述更加细腻、明确，使情感的表达更加真挚形象。这一变化具体体现在小品文的创作中，造就了中国现代小品文的表达方式的转变和主体性的凸现。因为主语和谓语的关系比较明显，连词用得较多，所以文学的主体性得到了强调，其思维过程变得明确而细腻，所以小品文的主体性和情感性较之传统文学更加突出。我们看林语堂的《买鸟》中的一个句子："假使我是那婴孩的母亲，我便会相信他们都在称赞我的婴孩了，可是我既然是个男人，所以我晓得，他们是在称赞笼里的鸟，这种鸟可真这么稀罕吗？"很明显，这是一个完全欧化的长句。"假使""可是""既然"这些连词的运用使作者的思维过程严密细腻。每一短句中的"我"的运用实际上凸现了"我"的主体性。"我"是一个不容忽视的大大的形象。因此，其思想和行动也得以凸现。这一句式使这一思想情感较之传统的表达方式更加细腻、严密，主体性更强。同样形式的句式在周作人、梁遇春等人的小品中也时时见到踪迹。"北平的春天似乎已经开始了，虽然我还不大觉得"（《北平的春天》）简单的句子，每一句的主语都非常明确，"北平的春天"和"我"之间就这样有了关系，"虽然""还"，严密的逻辑和细腻的情感都表达出来。在朱自清、徐志摩等人的作品中这一倾向和效果更加明显。尤其是徐志摩，起句法的欧化，使其语言色彩浓烈，华丽而热烈。其情感表述有着细腻、浓烈、感人。

欧化的语法使小品文句序变得灵活多样，影响了中国现代文学的语言发展，使中国现代小品文的语体具有了现代性。汉语中的因果、条件、假设和时间状语子句，通常是子句在前，主句在后，按时间顺序的原则支配，而英语等西方语言相对灵活。因此，类似英语的句序灵活的句子也出现在小品文创作者的笔下，使小品文的语言有了与传统文学不同的句式，给读者以全新的审美体验。1939年4月郭绍虞在《文学年报》第5期刊发长文《新文艺运动应走的新途径》，专论"欧化问题"与"欧化句式的利弊问题"：新文艺有一点远胜旧文艺之处，即在创格，也即是无定格。欧化所给与新文艺的帮助有二：一是写文的方式，又一是造句的方式。写文的方式利用了标点符号，利用了分段写法，这是一个崭新的姿态，所以成为创格。造句的方式，变更了向来的语法，这也是一种新姿态，所以也足以为创格的帮助。这即是新文艺成功的原因……论到句式的欧化，我以为也是新文艺所以能成为创格的一种原因。大凡一种新文体之建立，必有其特殊的作风，而此特殊的作风即建筑在句子的形式上面。欧化，也造成了新文艺的特殊作风。白话文句式假使不欧化，恐怕比较不容易创造他文艺的生命。"我站在树旁"的确不如说"站在树旁的我""许多人从大礼堂出来"的确不如"大礼堂吐出了许多人""泪光滢滢，似表谢意"的确不如"从两眼滢滢的泪光中，射出感谢我的笑意"。郭绍虞认为欧化的语法使文艺有了新的生命。实际上就是说，这种欧化的语法创造了汉语的不同的言说方式，给生活在汉语中的读者一种全新的审美体验。由于主语位置的不同，所强调的主体也不同，其表现效果也不同。句序不同，要表达的重点也不同，产生的效果也不同。周作人的《北平的春天》"布衲摊在两肩，穷人该有欣欣向荣之意"，强调的是穷人的特有打扮，其形象打扮突现在读者眼前，因而忽略了其他诸如容貌等信息。朱自清的《荷塘月色》"曲曲折折的荷塘上面，弥望的是田田的叶子"，映入眼帘的首先是荷塘的形态：曲曲折折。因荷塘的曲折也就使荷塘不能一览无余，所以有了后文的荷塘的朦胧之美；由曲折的荷塘看上去的荷叶也就有了不一样的风采。这种表达和"田田的荷叶在荷塘上面"的表达效果绝对是不一样的。这种因欧化而具有的灵活的句式在传统的小品文中是少见的，所以其给人的审美体验也是全新的。

另外，欧化的语法使小品文的语言表达趋向精确、细腻，从而影响了小品文文体变化，决定了小品文艺术精神上的现代性。朱自清、徐志摩与周作人创作风格和表达方式的不同，原因就在于相对于后来的小品文创作者来说，周作人传统的因素多一些，欧化的成分少一些，因此也就有了创作风格的不同。读朱自清的散文小品，可以看到他对结构的苦心经营，他的语言的典雅规范与精致的修辞手法。徐志摩的唯美小品散文被称为现代散文中的“洋”味,他的语言在白话的基础上加入欧化句、英语等多种成分,因而形成了他对自由华丽的语言追求,强调语言的音乐美、形式美,作品中出现了中国传统文学中所没有的丰富的“色彩意识流”、变形的联喻、虚幻的荒诞描写和艺术通感,因此他的文体是一种独特的文体,是诗歌、散文、小说三种文体的相渗相容。由此我们可以敏锐地感觉到,小品文文体意识的加强,能够很明显地概括出朱自清、冰心、郁达夫、徐志摩等人的小品文文体特征。这和周作人的文体意识的淡薄是有区别的。探讨其中原因,汉语的这种欧化趋向是很重要的原因。

因此,欧化的语法使小品文的情感表达发生了变化,也使小品文从短小精悍的形式走出来,为走向“中品”“大品”提供了语言和表达的基础。因此现代散文动辄几千字、上万字是有基础和前提条件的。这些新的句式和表达方式的运用,使现代小品文含蓄的美学特点有了很大程度的削弱,情感的抒发趋向直白、精确、具体。这不仅仅是写作手法的变化,也是“人”的主体性的肯定,是人对自己情感的大胆表露和抒写。所以说,文学表现手法的变化不仅有文学内部的原因,而是有着时代、社会等外部因素参与的。

总之,中国现代小品文的语体建构是其文体特征形成的主要因素。正是因为对文言的选择和继承,使小品文继承了传统文学的含蓄、典雅诗性审美特质;而对方言俗语和欧化语的运用,使小品文成为具有时代、生活和生命气息的文学体式,拉近了文学与时代、社会、生活以及作为当下存在的独立个体的距离。于是小品文成为一种亲切、自然而又朴素、淡雅的文学类型。对这些语言因素进行选择运用,选择合适的组合以及表达方式,就是对文体策略的选择和运用。对不同的因素进行选择运用,也就是文体策略不同,作品的美学风格就会不同。后来的小品文创作在选择文体策略的同时就形成了小品文内部不同的美学风格。

第四章　中国现代小品文文体策略的选择与流变

中国现代小品文作为一种重要的时代文体，其发展和繁荣往往给人一种适合整个时代和整个社会的错觉。韦勒曾经说过，文学文体变化的一个重要方向就是从雅变俗。小品文也会给人一种这样的误解。在一定程度上，比起传统的"载道"文学，小品文在思想内容和语言表达上确实是走向了通俗化，但小品文的通俗化是有一定的限度的。与同时代的文学相比较，中国现代小品文其实还是一种相对典雅的文学文体。周作人在小品文开创之初，就很明确地提醒："中国现在成了民国，大家都是公民……除却当时的境遇不同以外，思想趣味，毫不相同，所以在人物一方面上，分不出什么区别"，但"平民文学绝不是通俗文学。白话的文学比古文原是通俗，但并非单以通俗为唯一目的。因为平民文学，不是专做给平民看的，乃是研究平民生活——人地生活——的文学。他的目的，并非将人类的思想趣味，竭力按下，同平民一样，乃是想将平民的生活提高，得到一个适当的位置"。[①]这一理论开端，就决定了中国现代小品文的发展方向，是写平民的人生，但绝不是以原生态或者说后来的称为现实主义的手法去如实地照搬，而是将"平民的生活提高，得到一个适当的位置"。虽然在开始周作人天真地认为民国的到来已经消灭了阶级，所以全是国民了，但后来他不得不承认在思想、趣味和对人生的认识

---

① 鲍林、林青编选：《周作人作品精选》，长江文艺出版社2003年版，第11、13页。

能力方面的不同,并因此修改了自己的"人的文学观"的内涵。他认为开始提出的"人的文学"的"人类主义"中的人类就有区别:"现在的个人虽然原也是族类的一个,但他的进步的欲求,常常超越族类之先,所以便由他代表族类了。""但如爱自由,求幸福,这虽然也是人类所共具有的,但因为没有十分迫切,在群众每每忍耐过去了;先觉的人却叫了出来,在他自己虽然是发表自己个人的感情,个人的欲求,但他实在也替代了他以外的人类发表了他们自己暂时还未感觉到,或没有才力能够明白说出的感情与欲求了。"[①]这里实际上就暗含着他自己没有明确概括、后人的研究也容易忽略的一个概念:"超平民人类"。小品文就是这一部分人用他们超越普通民众的才能来表达进步的带有一定理性调剂的感情与欲求。后来他就提出了"平民精神,贵族的洗礼"。这就决定了小品文的创作主体的特殊性。这绝不是一个普通的群体,而是有着进步的欲求和感觉的先觉者。这是一个对人类的欲望和进步有着清醒而超前意识的群体。这一点决定了小品文的创作方向和审美品位。

在"人的文学"理论指导下小品文的创作内容和方向也与通俗文学和写实文学不同。这种"人的文学"的"人",应该不仅仅是从"动物"进化来的,更重要的是从动物"进化"来的。这是人道主义文学,我们前面称之为人生的文学,或理想主义的文学;名称尽有异同,实质终是一样,就是个人以人类之一的资格,用艺术的方法表现个人的情感,代表人类的意志,有影响于人间生活幸福的文学。也就是说,中国现代小品文写的是有着人道主义情怀和艺术修养的创作者心目中理想的普遍人类的理想生活。这就超越了通俗文学和写实文学,带有浪漫主义色彩。

中国现代小品文的审美要求也是不同于通俗文学的。周作人在探寻适合中国现代文学的语言的时候,就提出语言不应该仅仅是白话就

① 鲍林、林青编选:《周作人作品精选》,长江文艺出版社2003年版,第22页。

可以了,还要重视趣味、风致,同时讲究人情物理;确定了文言和方言俗语、欧化语结合的现代文学语言观,将文言的典雅、含蓄、诗意,方言俗语的生活化、亲切、生动以及欧化语的细腻精密纳入小品文创作中,形成了中国现代小品文独特的美学特点。同时他又主张"思想之美":"这是以科学常识为本,加上明净的感情与清澈的理智,调和成一种人生观,以此为志,言志固佳。以此为道,载道亦复何碍。""新散文里的基调虽然仍是儒道二家的,这却经过西洋现代思想的陶熔浸润"[①],理智和知识与感情结合起来,形成小品文的审美要求。这种审美要求不是普通的通俗文学所能够达到的:用具有审美意蕴的白话,调和西方的先进的科学思想,表达先于普通平民的先进的人道主义的个人愿望和感情。

因此,中国现代小品文对创作主体的要求,对内容的独特规定性和美学追求,影响了后来小品文的文体嬗变。而文体的嬗变直接外显就是文体策略的选择和变化。最直接和明显的影响应该是20世纪30年代京派散文中的诗化小品和乡土散文。诗化小品注重语言之美,挖掘汉语中的诗性特质,选择诗性语体,是周作人"诗与散文之间的桥梁"的最好的注释。以周作人为开辟者的乡土小品,用或远观回忆的他者视角,或在场的口语诉说的亲在视角,将朴素的民俗和传统的抒情结合在一起,创造了独特的中国现代乡土散文的源头。最后是学者散文。以梁实秋、钱钟书、王了一等人为代表的一部分学者,将中国现代小品文的知识之美、思想之美、理智之美与个人情感的艺术方式用于自己的创作之中,形成了学者散文流派。当然,文体之间没有绝对的界限,其他的散文流派与中国现代小品文之间也有着千丝万缕的联系。

---

① 周作人:《〈中国新文学大系·散文一集〉导言》,王景科编著:《中国现代散文小品理论研究十六讲》,山东文艺出版社2009年版,第23页。

第一节 京派诗化小品的白描式语言选择与意境营造的追求

京派诗化散文指从20世纪20年代开始形成的，一部分被称为“京派作家”的作家受中国现代小品文对审美的追求，尤其是对语言之美和意境营造的追求的影响而形成的把散文当诗一样写的一个新的散文流派。他们是中国现代散文的第二代。30年代中期是京派散文的繁盛时期，被称为中国现代散文的又一次活力喷发。其独具特色的审美魅力首先来源于对“白描式语言”的选择。前面已经论述过，王一川先生认为，“白描式语言”作为汉语的一种重要形态的美学特点就是典雅。而“白描式语言”是指那种力求以简练或素淡笔墨描摹事物本相直达“传神”境界的汉语形态。它并非单纯的语言“技法”，而是文艺领域的依托着深厚的古典宇宙观和美学精神的基本表现形式——自无而有、虚中见实、以形写神、以少总多，气韵生动等原则正是其追求方向。他们对感情、个性的审美心理结构的追求，选择强化抒情并注重营造意境以及对精致、含蓄、典雅的古典诗一样的语言之美文体策略来营构文本，反映了中国现代小品文的影响。其中最突出的是何其芳、李广田、废名等的诗化小品。这一类散文实际上是小品文文体的直接嬗变。

一、个性和个人情感的表达

周作人的小品文有着鲜明的个性化审美特色。他在《文艺上的宽容》中把小品文定位为“个人文学的尖端”，是个人情感的承载。“文艺以自己表现为主体”，“依了个人的趣味随意酌定，没有什么一定的规律……大家要说什么都是随意，唯一的条件是大胆与真诚”（《答伏园论“语丝的文体”》）。林语堂的“以个人为中心，以闲适为格调”的个人化宣言，将小品文定位为言个人之志的散文。他们认为“个性”是小品文的灵魂，同时强调对个人情感的抒发。“平民文学应以真挚的文字，即真挚的思想与事实”，“只须以真为主，美在其中”(《平民的文学》)。在此基础上，周作人主张自由和宽容的态度。他在《文艺上的宽容》中指出：文艺的生命是自由不是平等，是分离不是合并，因此文艺应该是自由思想、独立判断、和美的生活的创作理念。这一理论直接影响了京派散文中的抒情散文。京派散文家废名则表达了对符合自己个性趣味的题材的偏爱：别方面的东西我也能够写，但写的时候自己就没有兴趣，独有这一类兴趣非常大。京派散文重感情、重自我。沈从文曾经说：生命中还有比理性更具势力的“情感”。何其芳更是将“自我”推到极致：生活在自己的白日梦里；我沉醉，留连于一个不存在的世界。何其芳的《画梦录》是中国现代散文中继鲁迅孤独的独语者之后的又一个独语者。不过，鲁迅的独语是对社会和时代、民族、人类生存充满了愤懑的哲理性的诘问，而何其芳的独语却充满了个人被群体所隔离的孤独感和排解不开的忧伤。所以，何其芳的独语是真正的“个人”的孤独，而鲁迅的独语是个体对群体以至整个人类的心灵和哲学的对话和追寻。京派诗化散文作家对个性以及个体的张扬和追求，在继承了中国现代小品文对个性的强调的基础上，实际也发生了很大的变化。因为创作主体的阅历和所处的时代背景不同，他们对个性以及情感的强调同样发生了变化。现代小品文不但强调个性以及情感，同时强调要将情感和理性结合起来，认为小品文是在传统文学儒道思想的底子上加上了西方科学思想的套熔洗练，与晚明小品相比，要有科学与理性的成分在。所以要有思想之美。在中国现代小品文的文体建构中，抒情和议论结合在一起，感情和理性是统一的。而在京派散文作家的笔下，尤其是诗化小品的创作追求中，这种统一变成了对立。他们笔下的“情感”和“个人”是与“社会”“道德”“伦理”向背离的。他们的情感处于一种无节制状态，没有现代小品文的节制和中庸。

二、意境的营造与新文体策略运用

前面已经论述过中国现代小品文基于汉字的诗性特质之上的意境的营造以及小品文的表现功能。正是因为对汉字的诗性特质的挖掘和继承，使中国现代小品文有了传统的审美特色。周作人的“趣味”、王国维的“境界”等传统的意境带给文学的审美特色被京派散文家继承。这一点在京派散文的诗化小品中得到了继承和发展。何其芳本身是一个诗人。因此，他把诗的抒情手段嫁接到散文中来，想为抒情的散文找出一个新的方向。何其芳、废名把散文当诗一样写，所以把诗对意境的追求也带到对散文的创作中。何其芳说自己企图以很少的文字制造出一种情调：有时叙述着一个可以引起许多想象的小故事，有时是一阵伴着深思的情感的波动，正如以前写诗一样入迷，追求着纯粹的柔和，纯粹的美丽；一篇两三千字的文章的完成往往耗费两三天的苦心经营，几乎其中每个字都经过自己的精神的手指的抚摸。“诗的暗示能”和“诗的思维术”成为他组合意象和营造意境的手法，加入戏剧式的独白和对话，营造一种虚实交织的孤独寂寞的意境。王兆胜这样评价《画梦录》：“《画梦录》最擅长、最喜爱的是‘梦’。就如《画梦录》这个书名所表达的那样，‘梦’也成为何其芳诗的散文的中心意象之一”。范培松认为“《画梦录》善造境。它造境有两种情况，一种是寓情于景，情景和谐……另一种是对一些人和事的实写造境。”[①]范培松特别看重他的第二种意境的营造法，认为比起与传统比较接近的第一种意境营造法，第二种更有创新性。废名很受周作人的喜欢。因为他觉得废名的作品有意味，有意味、风致和情趣，也就是对意境的营造。废名的作品中处处有意境，而且情与景和谐自然地融合在一起，个人之情隐含在景物之中；“个性”的情感淡化成一绺一绺的诗意。另外，李广

① 范培松：《中国散文史》，江苏教育出版社2008年版，第355页。

田、缪崇群、丽尼和陆蠡等人的散文也大量借助意象、象征、梦幻，通过声音和色彩来叙事抒情。虽然他们的文字没有何其芳和废名的文字那么意象化，但对意象和意境的追求也多少可以说是诗意化的。

如果说，周作人等人的小品文对意境的营造是更多地利用了汉字汉语的诗性特质，继承更多的是传统的意境营造手法，如情景交融、“有我之境”和“无我之境”等方法；而京派散文的诗化小品的意境营造却在传统的基础上融入了现代的手法。这种文体策略的选择和变化是诗化小品具有新的美学魅力的重要因素。从何其芳的《画梦录》中我们能找到唯美主义和现代派的影响，有很多意象的选择都不能够从传统的思维方式来理解，所以造成了他的散文的飘忽和神秘。如《黄昏》中的句子：“马蹄声，孤独又忧郁地自远至近，撒落在沉默的街上如白色的小花朵。”“马蹄声”和“忧郁”“沉默”联系在一起，和中国的传统表达有了距离；“枯藤、老树、昏鸦，古道、西风、瘦马”，也是一个孤独的意境，但情感的把握是隐在文字的后面的。而何其芳却将声音和感觉联系在一起，给人一种陌生的审美感觉。最奇特的是“马蹄声”最后与“白色的小花朵”联系在一起。听觉、感觉、视觉跨越界限地组合在一起，超越了传统的理解逻辑，使这种孤独和寂寞有了很大的张力。声音本是动的，但动的声音与“忧郁”“沉默”的感觉联系在一起，于是寂寞的强大能够消解意象的动感和声音。而把“马蹄声”与“洒落在沉默的街上如白色的小花”联系在一起，在这种超越正常逻辑的比喻中有了另一种美感：白色的小花，洒落在沉默的街上。那么孤独无助，那么凄美，又给人忐忑不安的心理感受：洒落在街上的小花，会是什么样的命运呢？所以，这种超越传统手法的意象的选择和意境的营造，使他的散文有了更多解读空间和审美张力。这是《画梦录》在意境营造的匠心之外的另一层魅力。废名也是如此。废名的作品在美的评价之外有“晦涩”的评价。原因之一就是这种超越传统意象、意境手法的运用。他在某些方面借鉴了西方的现代手法，与后来的海派文学中的现代感觉派的手法有相似之处。如在《碑》中有这样的句子:“他(小林)走在和尚前,和尚的道袍好比一阵云,遮得放马场一步一步的小,渐渐整个的摆在后面。”这纯粹是一种感觉的描写,而且是从孩子的角度来感觉;一种普通的感觉,有了缥缈的诗化感,而这种感觉是传统的文字里面找不到的。京派散文的诗化散文一方面继续选择小品文的对意境的营造的文体策略追求,一方面进行着更现代化的改造和实践,所以二者的意境有很大的不同。

三、对精致、典雅的“白描式语言”的语体追求

中国现代小品文对语言的选择和追求,是有趣味和思想味。虽然是白话语言,但传统的有生命力文言也被吸收进来。所以小品文的作者非常注重对语言的推敲和锤炼。周作人的作品开了先河,后来趋向抒情的朱自清、冰心的文字更是精美、漂亮。冰心的散文更是将诗化的语言用于散文创作。而这一趋向在京派散文的诗化小品中走向了极致,形成一种被王一川先生称之为“白描式语言”的独特诗性语体:力求以简练或素淡笔墨描摹事物本相直达“传神”境界的汉语形态,深厚的古典宇宙观和美学精神的基本表现形式——自无而有、虚中见实、以形写神、以少总多,气韵生动等原则正是其追求方向。何其芳本来是一个诗人,所以他除了把诗的意境营造手法带入散文创作,而且将诗的语言标准也带入散文创造;他的语言虽然是现代的,但对汉字和汉语的诗性、感性特征进行了充分的利用,所以他的文字是散行的诗;一个个汉字意象组合成整个文章的意象,又组合为一个个悠远的意境,所以,他的语言选择更加趋向于表现的诗性功能,选择一个个一个诗意的意象,用一种诗性思维,创造出一种简约、空白的语言诗学的魅力,将中国传统绘画的写意手法运用到文学散文创作中来,达到“传神”的目的。这正是“白描式语言”的特征。“初秋的薄暮。翠岩的横屏环拥出旷大的草地,有常绿的柏树作天

幕，曲曲的清溪流泻着幽冷。以外是碎瓷上的图案似的田亩，阡陌高下的毗连着，黄金的稻穗起伏着丰实的波浪，微风传送出成熟的香味。黄昏如晚汐一样淹没了草虫的鸣声，野蜂的翅。快下山的夕阳如柔和的目光，如爱抚的手指从平畴伸过来，从林叶探进来，落在溪边一个小墓碑上，摩着那白色的碑石，仿佛读出上面镌着的朱字：柳氏小女铃铃之墓。”（《墓》）线性的语言流动，诗意的意象组合，白描形式的韵味，表现对象的意气风神，给人以“唯美”的印象。这种印象不是浓妆艳抹、娇奢华丽，而是给人以素雅、提炼、超脱的印象，是一种“素雅之美”。因此，诗化小品的情感表达是诗意的、写意的、含蓄和典雅的。废名不但在每个句子中选择一个个合适的意象，而且更喜欢炼字，常常将一个汉字用在意想不到的地方，令人忽然耳目一新，产生新奇的审美感受。如《芭茅巷》中的句子：“同时芭茅也真绿，城墙上长的苔，丛丛的不知名的紫红花，也都在那里哑着不动。”其中的“哑”字的用法独特新奇，不说是“静”或者“沉默”，而是用了形容人的不能发声的“哑”。于是，这种意境就有了层次感，首先是安静的审美感觉，接下来是意境的可爱和生命力的审美感觉：本来大约是热热闹闹吵吵嚷嚷的，绿的芭茅、城墙上的苔以及丛丛的不知名的紫红花，色彩的搭配就给人美丽又多姿的感觉，让人感觉到勃勃的生命力，而现在都“哑”了，闭嘴了，不说了；不是一种真正的无生命力的静，而是一种充满的蠢蠢欲动的生命力的暂时的静止。这种文字的锤炼和追求使他们的诗化散文更具有诗的特质。这种对语言的锤炼和追求是诗化小品的一种文体策略选择。他们将汉字和汉语的诗性特质挖掘出来，使行文充满了无限的张力，同时又达到“言有尽而意无穷”的审美效果。这是诗化小品之所以被称为诗化小品的重要原因之一。虽然是散行的看似随意的文字，但每一个文字都锤炼得典雅、精致。于是这些文字呈现给读者的是一个又一个审美意象，给人无限的审美空间。这种语言的编码方式，就是一种文体策略的选择和运用。而这种文体策略的运用,成就了诗化小品的独特审美意蕴。

四、诗化小品的发展与生存

京派散文的诗化散文在20世纪30年代后期和40年代的抗日战争背景下,渐渐消失了存在的条件。20世纪60年代杨朔再一次提出把散文当诗一样写的主张,并且创造的景—人—理的固定模式,但这种模式的追求却极大地破坏了文章的诗性与审美性,使这一文体走向僵化,所以很快就消失了。直到有了汪曾祺、何伟以及贾平凹的散文写作,诗化散文才重新出现。他们将汉语的诗性特质又一次挖掘出来,并且使其有了和五四时期不同的优越感。他们不但锤炼语言,营造意境,而且在世界视野下提出了汉语的主权概念,使汉语在嘈杂的时代中焕发出沉静典雅的魅力。在新的时代特质下,他们的作品以一种安静、超然的含蓄与美丽重新唤起人们对传统语言的思考。

第二节 乡土小品的叙述视角变化

在京派散文中有另一个流派,就是乡土散文流派。因文章一般比较短小、自由,所以很多人把其中与小品文相近的一些作品称为乡土小品。自五四白话文学运动开始,以周作人为代表的中国现代散文大家就把目光投向或远或近的故乡,寻找从封建重压下生存的美丽而自然的“人性”;同时也把自己的困顿和疲惫搁置在这片故土之中,故土成了灵魂的休憩之所,是乱世中的世外桃源。周作人等小品文作家对方言和民俗的重视,对平常人的日常生活方式及民间歌谣、传说的研究,造成了乡土题材作品的大量涌现。这主要体现在普遍重视民俗事象的描写,立足于周作人提倡的代表人类普遍情感的真善美的道德诉求和审美情趣的需要。尤其是京派作家倾心于乡村世界的艺术再现,用醇风美俗构筑起对现代文明反思与批判的价值立场，使这一文体的出现有了超越时代的价值。20世纪二三十年代，在周作人的倡导下，鲁迅、郁达夫、沈从文、废名等人将民间的朴素风情与旧式的抒情方式交织，形成了中国现代文坛上一种独具魅力的散文体式——乡土散文，创作了一批乡土散文佳作。周作人的以故乡为题材的小品文开创了中国现代乡土散文的先河。其后在民族救亡的三四十年代，这种纯文学的小品文形式退到时代的边缘。故乡已经是战火纷飞，美丽的乡村意象变成了对民族重生的一个饥渴憧憬。故乡在文学中，尤其是散文中变成了民族苦难的象征，承载着民族的爱国情怀。到了新时期，乡土意象才再一次迟疑又羞涩地走进文学的视野。新时期散文中的乡土如田野中的庄稼和花草树木一样焕发了勃勃生机。我们才又一次看到故乡的质朴和诗意、丰收和纯净。汪曾祺的乡土散文给中国文坛带来了故乡的独特魅力。在这种稳定的社会背景下，作家才能以在场的叙述方式，慢慢地咀嚼和品味着故乡的宁静和厚重、质朴和悲凉。随着社会的转型和经济的发展，中国这个传统的农业大国在慢慢改变，乡村城镇化的经济模式使古老的乡村慢慢地消失在人们的视野中；随之消失的，不仅仅是一处处村庄，而是寄托在村庄之上的乡村文化。于是，乡村的文化意蕴也慢慢消失。

一、远观的他者回忆视角——周作人乡土小品

周作人对小品文的贡献是毋庸置疑的，其中尤以故乡为题材的一系列小品为注目，开创了乡土中国现代散文的乡土题材的先河，将故乡的形象以一种时间和空间的远距离视角拉入文学的视野。他在《贵族的与平民的》中强调以平民的精神为基调，再加以贵族的洗礼，才能够造成真正的人的文学。对民俗趣味的感知，体现了周作人美学追求；这一点，影响了京派散文的创作：禅宗之于废名，民间工艺之于汪曾祺。民俗生活演绎了平和自足的心态，代表了中国传统乡土性的一脉；《故乡的野菜》《喝茶》

《乌篷船》以及“草木虫鱼”等故乡系列，包藏着深刻的意味，具有“明净的感情与清澈的智理”的“雅趣”。周作人的小品文实际上是一种将文学的审美性和文学性作为文学追求的一种文体，是一种脱离了功利主义的纯文学形式，是其“人的文学”理论主张的文学实践；故乡意象成为一种对“人间本位主义”的“人性”的发现和肯定。在解读周作人乡土小品构建的故乡意蕴时我们不能不注意他的独特的语体特点。他用白话口语、俗语俚语、欧化语与文言结合的“美文”语言作为叙述语言；他的散文小品语言的组合方式以及质朴简洁、幽默含蓄、富有情趣美、理趣美、音乐美的语言艺术都成为中国现代散文语言运用的典范。周作人把白话调节糅合使之进入文学的殿堂，在对故乡的叙述和回忆中，以一个回忆和旁观者的角度来介绍和描写故乡的风土景物和人事风俗。其语言特色是克服了口语的粗陋和直白，把欧化语的精密和文言的诗意含蓄结合起来，构成了美而明的文学语言，使其乡土意象有了独特的文化内涵。欧化语的精密叙述方式使周作人的故乡情感带有一种文人的体验方式；在平淡的叙述中显示了一个远离故土的文人对故乡的回忆和娓娓叙述；叙述者以一种不在场的姿态向朋友或者一个不相关的人介绍着、解说着故乡的引起自己回忆和欣赏的风土人情。在这种解说中，读者感觉到的是时间和空间的距离感。这种欧化的语言的精确和精密化语言言说是最大的原因。文言的诗意含蓄形象审美特点的介入，使对故土的叙述又有了一种远观的品味和陶醉；故乡在其文字后面变成一幅幅中国传统的写意画，你触摸到的不是切身的感受和体验，不是具象的一草一木。叙述者不是一个故乡生活的在者，而是一个回忆者和远观者。以欧化的语言介绍着故乡的轮廓秩序，以诗意的汉语水墨的手法点化构图，最后引入方言和俚语，进行画龙点睛的刻画；方言俚语的运用使我们在远观这幅水墨画的同时切身体会到一点乡土的气息；一种淡淡的亲切感和生动色彩使写意的故乡有了地域色彩和泥土气息。在这种叙述方式中，我们感觉到的是对故乡民俗的欣赏和肯定，是对故乡人的生的欲望的喜爱；一种从封建律令下解脱的人性的率真和自然。“夜间睡在舱中，听水声橹声，来往船只的招呼声，以及乡间的犬吠鸡鸣，也都很有意思。雇一只船到乡下去看庙戏，可以了解中国旧戏的真趣味，而且在船上行动自如，要看就看，要睡就睡，要喝酒就喝酒，我觉得也可以算是理想的行乐法。”①“个人主义的人间本位主义”的人性自然对有关自然生活的一切都是肯定的，水橹声、招呼声，甚至犬吠鸡鸣都以写意的方式悠然地呈现出乡土中生的气息。那《故乡的野菜》中的荠菜也别致地戴在妇女的发髻，黄花麦果在故乡的童谣中散发着淡淡的香气，紫云英也作为华美的背景让故乡浓艳了一笔；喝茶时那黝黑的寻常的豆腐干也因茶的清远而有了高雅的味道；一个菱角，一角娱园，一个瘦弱并不美丽的女孩，都带着生的愉悦和气息，散发着“人间”的气息，充满了对自然人性的喜爱，绅士的品味和纯真的喜爱融合在一起；似乎置身世外的人文氛围和字里行间隐现出的亲和而安稳的生命脉动，强烈的感官刺激是没有的，只有沁入灵魂的会通与共鸣。在这种语言的叙述方式之下，我们感觉到的是情感的淡化，没有对故乡的刻骨铭心的浓浓思念甚至热爱；故乡在此只是作为“人间”的“人”的憩息之所，甚至是一种对外界的逃避那淡淡的叙述者以旁观的姿态引导你去寻找体验一点生机和活力。故乡是作为自然人性复苏的背景——一个写意的背景出现的。这是中国现代散文开端中故乡的纯美形象。

二、在场的诗化口语诉说——汪曾祺乡土小品

周作人开始的乡土散文，得到了20世纪30年代京派散文的传承和变革，到40年代，汪曾祺深得老师沈从文的影响，把这种传承和变革渗透到自己的散文创作中去。周作人在乡土散文的民俗生活的感知和体验来中

① 周作人：《乌篷船》，载《泽泻集》，北新书局1933年版，第63页。

领悟到“朴素之中自有真味”。他在《文学与道德》中指出“艺术的道德化之力……在于他的超过我们经验以外的能力,能够满足而且调和我们本性中不曾充足的活力”。《故乡的野菜》《喝茶》《乌篷船》以及“草木虫鱼”等,“用平淡话,包藏着深刻的意味”。周作人的这一审美倾向影响了京派乡土散文家的创作。其中最醉心于民间工艺和风土人情的,又将中国的乡土用中国传统的语言和审美意境表达出来,使故乡以纯文学的平淡形式呈现给我们的,应该是汪曾祺。

汪曾祺的乡土散文可以称为乡土散文小品。他自己也是如此定位自己:我的气质,大概是一个通俗抒情诗人;我永远是一个小品作家;我的一切,都是小品。他细细回忆和琢磨着故乡的风俗文化,以亲在的方式把握故乡中的小人物、小掌故、小风情,以及琐琐碎碎的花鸟虫鱼、瓜果食物;在这些民俗风情中,体验着生的欣悦和自在。汪曾祺认为:民俗,不论是自然形式的,还是包含着一定的人为成分,都反映了一个民族对生活的挚爱,对“活着”所感到的欣悦;把生活中的诗情用一定的外部形式固定下来,并且互相交流,融为一体。这种对民俗的观点实际上就是他对故乡的感觉:对生的挚爱和“活着”的欣悦,生是一种诗意的活。他在叙述方式上继承了小品文所继承的传统文学的含蓄、写意,但同时又把自己对故乡的感受和体验写得细腻婉转又明白如话。把对故乡的深情藏于对人、景物的精雕细刻之中、渗入字里行间,是一种可感不可触摸的体验,延续周作人的冲淡平和之外的质朴亲切,以一种和欧化语背离的诗化口语来娓娓诉说故乡的风土人情。李陀曾经说汪曾祺的白话文给人一种解放感,是一种“写话“的境界。但这种简洁浅晰的白话却传承了汉语的含蓄、诗意的传统意蕴;不讲究欧化的语法,语词极其组合不受形态成分的制约随上下文的声气、环境而自由运用,汉语富有弹性和张力的特点使其文章有一种“沧海月明、蓝天玉暖,不能自已”的美感。这种文体风格使汪曾祺对故乡的描摹有了一种疏朗的亲切感。“我”在故乡琐琐碎碎的一切之中,故乡的琐琐碎碎也在“我”之中。可是你又找不出具体哪一处、哪一点！一种人生和生命的自在和妥帖在这诗意化的口语中渗出来。故乡的一切是那么真实亲切，亲切到他很多的篇幅都用了童真的视角！以一种稚子的心态来体会和琢磨故土，一种源于生命深处的陶醉浸透在字里行间。这是汪曾祺对故乡的真实感受。《端午的鸭蛋》中“筷子头一扎下去，吱——红油就冒出来了”这种语言是不能用欧化的精确的语法来规范的，但字里行间的童趣和真情却以一种可感可触的形式显现。《夏天的昆虫》中“叫蚰子（蝈蝈的俗称）是可以吃的。得是三尾的，腹大多子。扔在枯树枝火中，一会儿就熟了。味极似虾”没有语法的精确，只有童真思维的顺序，简洁明了又馋态可掬。在这些文字后面隐藏的是巨大的写意空间。童年的欢乐和自由，人与故乡的相偎相依，都在这几句白话之后站立。所以说，汪曾祺的乡土意象是一种童真的在场解读，同时又是一种与故乡融为一体的自在：故乡孕育了我的一切，我在故乡的一切之中，故乡是我灵魂永远神游的地方，表达的是一种人际间现世的温情与欢悦；故乡和我同样以主角的形式出场；我的自在也是故乡的自在，这时的中国乡村是一种自在的社会存在状态。

三、乡土小品的生存价值

中国历史的现代转型，实际是把一个传统的自给自足的相对封闭的农业大国转变为向全球开放的现代化强国。在这样一个历史变革过中，作为历史基本因素的文化、政治、经济等方面就必然面临着不断的选择和变化。在某一特定的历史阶段，其中任何一个因素的侧重都会以另一个或几个因素的弱化为代价的。而城镇化的经济模式，对传统的农业文化造成了怎样的冲击，引起一代一代的文学家用自己的作品来思考和追寻。作为中国乡土散文的的代表，周作人、汪曾祺的乡土散文一脉相承。他们在各自的时代用自己独有的叙说方式来记录、思考，以故乡意象为切入口为农村文化的发展和变化作了文学的诠释。这应该是中国现代小品文在纯文学性和非功利性的追求时得到的一个具有本体意义的哲学、社会学收获。对“人性”的思考和存在的追问成为乡土散文能够超越时代的存在根源和意义。

第三节 文化小品的情理交融与理趣之美

从中国现代小品文的文化本体来看，小品文是一种以文人的视角体验平民人生的文体，即周作人所谓的“以平民的精神为基调，再加以贵族的洗礼，这才能够造成真正的人的文学”。这种贵族的洗礼实际上指的是创作主体深厚的文化底蕴与艺术素养。刘成章曾经说过，散文开始就是文人的创作，有比较纯粹的文人因子，其内核透露出的是文人的人格消息。曹文轩也曾经说过，散文本就是一种最典雅、最有教养与风范的高贵文体。文化修养是小品文创作的重要动因。前面已经论述过，中国现代小品文是一种最具有传统审美品格的文体。这种传统审美品格的养成需要长时间的浸润和熏陶，而由此体现在创作中就是要有境界。这种要求创作主体首先要有超凡的人格修养和艺术素养，文化修养越高，其心态和境界也就更高更自由；同时，小品文作为表现个性和抒发感情的文体，其“涩味”不是仅仅建立在简单的抒情之上的，而是把对人生、社会的深沉思索和对人生的深刻体验感性化，在情感的背后蕴含着的是新颖独到的见解和人生的智慧。也就是说，中国现代小品文不是直白简单的抒情散文，其情感的基调是平和、含蓄、中庸的。周作人认为，“人的文学”即具有才力的先觉者表达普遍人类的先进的思想和欲望的文学。这要求创作主体有深厚的文化修养，同时能够用理智节制情感，以防止情绪化、滥情化倾向。五四小品文大家都具有深厚的文化底蕴，兼具中西方广阔的文化视野，在思维方式、情感方式、审美意识、知识结构方面，大多有深厚的传统文化修养，又有留学的背景，大部分学贯中西，身份大多数是学者。一方面，传统文人的文化修养积淀在其人格的雍容纯净之中，另一方面，先进开阔的国际视野增加了其文化气魄，其散文中透射出浓郁的文化气息。

周作人在提出中国现代小品是晚明小品与英国小品的结合的时候，已经把“知识味”与“趣味”作为小品文审美特质。同时，他又一再强调小品文的思想之美，认为思想之美是“以科学常识为本，加上明净的感情与清澈的理智，调和成功的一种人生观”。他的文章趣味本身已逐渐转向兼及“文”与“学”的“学者之文”。另一小品家梁遇春也提倡小品文的“思想之美”。他认为：理想的文体是种由思想内心生出来的，结果和思想成为一整个，互为表里，像灵魂同躯壳一样地不能离开。他的小品文在表面的任心而谈中蕴藏着对人生的敏锐观察和深刻思考。后来在小品文沉寂之后文坛出现了将“学”与“文”结合起来的以文化和思想为主要表达内容的学者散文，其实是小品文文体的一种延续和变化。这种散文将小品文所推崇的“知识味”与“趣味”作为重要的审美品格，将文化、历史、思想和时代有机地结合起来，成为一种独特的散文文体。这一创作倾向，在20世纪40年代得到了继承和发展。钱钟书、梁实秋、王了一等人以学者的身份进行散文创作。其创作因其学者身份以及审美趣味和创作特点的相近被称为学者散文。因为其散文以文化为主要内容，也被称为学者文化小品。学者文化小品是对中国现代小品文的“理趣之美”的继承和变革。范培松在《中国散文史》中认为，学者散文的历史渊源是周作人的“自己的园地”的“言志”散文理念：

> 二十年代初，周作人通过散文创作，形成了他独特的散文理念，其理念核心是自由“言志”。……力主“言志”，并把“言志”推崇为散文的“极致”。学者散文正是继承了这种理念和实践。

> 不管怎样，这三位学者在散文创作中，王了一的"我之所以写'小品文'，完全为了自己"的声明，代表了他们的创作理念，这些理念或多或少是从五四的文学革命，尤其是周作人把散文作为《自己的园地》的实践中获得灵感。①

所以在后来的许多研究中，他们的散文有时候直接被称为"学者小品"。可见，二者的承继关系是得到研究者肯定的。事实上，这些学者在创作的时候，也是把自己的文章当作小品来写。所以其抒发个人感受的"言志"创作态度、对"人性"的追求和思考，家常絮语的语言表达方式、对平凡题材的选择以及由此而体现的思想和智慧之美等方面都与小品文有着相同的因素，是对小品文的直接继承，但同时能够看到学者散文作为一个独立的派别所独有的特征：抒发感受更加自由酣畅，表达更加细腻形象，文化色彩更加浓厚。学者散文就以这种特质影响了散文的发展。我们从今天的文化散文可以找到传承的因素。

一、抒发个人感受与"言志"的主体创作态度

周作人认为，小品文是"个人文学的尖端"，是言志的散文。林语堂提倡"以个人为中心，以闲适为格调"，小品文成为自我抒发性灵的载体。学者散文继承了这一点。范培松认为，"这三位学者不谋而合的是远'道'避'道'。厌'道'恶'道'似乎是一种被动，但它促使学者们实现'自我'和独立，精神的独立，精神的独立，最终寻求的是文学的独立"②。王了一公开声称"我之所以写'小品文'，完全是为自己"。所以他把学者散文称为是精神的狂欢。尽管在这种自由的背后是更多的对时代和战争的无奈的躲避和不得已的选择，但自由的表达自己的看法、感受，用个性化的语言来

①② 范培松：《中国散文史》，江苏教育出版社2008年版，第482页。

表达与时代主流所不同的话语，是学者散文的共同追求。这种个人感受的抒发和“言志”与周作人等人的小品文相比，个人化色彩更加浓厚一些。他们对感情的抒发虽然也讲究节制，但这种节制的作用较小品文是要轻微的。钱钟书的《写在人生边上》，语言幽默到了尖刻的程度，对人性的丑的揭露毫不留情，有见血封喉之效。梁实秋虽然强调“美在适当”，但对人性之恶的表达也是毫不掩饰，任自己的情感恣肆，如《汽车》中对人的势力的描写，《谦让》对让座者表面的谦和背后的心理揭示，无不是酣畅淋漓。而王了一的感受抒写也是开放而自由的，比较钱钟书和梁实秋，他的语言更加酣畅，自己的感情常常有收不住的感觉。因此，他们对个人情感的抒发，更加大胆和自由。他们的散文就没了小品文的“涩”味，没有了周作人的欲说还休的滞涩。这也许就是范培松先生认为是他们的自由精神狂欢的原因吧。

二、对平凡题材的选择和家常絮语式的表达方式的运用

小品文的选材范围是“苍蝇之微，宇宙之大”。因为是“人生艺术派”的文学，所以写平凡人的真情实感是他们的题材追求；因为题材的平凡和篇幅的短小，小品文也因此被命名为“小摆设”。小品文创作者，因为取的是人道主义文学观，所以他们喜欢平等而又自由随意的絮语式表达。学者散文也继承了这一点。他们继承了周作人的“人”是“人类的一个”的观点，写人性常常是模糊了阶级性和差别的人，在字里行间流露的是一种跨越时代和阶级的人文关怀，取材也是“家常事家常情”（范培松语），尤其是梁实秋和王了一。梁实秋的《雅舍小品》写男人、女人、厌客、汽车、请客让座、爆竹等，把这些平凡甚至繁琐的题材用絮语式的语言表达出来，如同和朋友话家常，平淡、亲切、自然又趣味盎然，让人忍俊不禁。王了一在阐述自己的创作动机的时候，就表明自己是“完全为了几文稿费”，“好好地弄一顿家常便饭”。所以他的取材更加倾向于读者的喜好，因此日常生活

琐事成为他的取材对象，写《乡下人》，写日常所见《劝菜》，写《骑马》《辣椒》《失眠》，等等，以一个人道主义的观点和立场来观察世态人情，尤其是和他当时接触比较多的穷苦人，文字明白、亲切、通俗又带有一股隐隐的书卷气，字里行间流露出人道主义的真诚、善良。

三、思想、情感与学识结合的文化之美的美学特色

中国现代小品文追求思想和趣味的结合，追求抒情、议论相结合。他们认为小品文应该是科学的思想和明净的情感的调和，因此，以带有个人情感色彩的语言来发表自己的见解，成为小品文"思想之美"的美学特色。学者文化小品将这一特点继承并进一步发展。他们把自己渊博的知识和开阔的视野带进自己的散文创作。这些创作主体都学贯中西，而且所处的时代远离封建制度，所以他们的视野比较小品文的创作者更加开阔和自由。因此，他们的作品处处流露出自己的学识见解，旁征博引，古今中外，开合自如，尤其是王了一，常常有"掉书袋"之嫌；但正是这一特点，使他们的创作比较小品文书卷气和文化气息更浓厚，从而体现出一种文化之美。因此，思、情、识三位一体的内容特色造就了文化小品的独特文体风格，使文化小品文独具文化之美的审美特质。

四、学者文化小品的发展与生存

在平凡的题材中加入文化的因素和文化色彩的解读，使学者文化小品后来能够得到延续，到了20世纪80年代中期出现了以余秋雨为代表的大文化散文，是以学者身份写散文的学者散文的传统延续。他们依然坚持抒发个人的思想情感，但他们的取材却发生了变化，不再是凡琐的家常小事，而是文化冤案、文化人格以及文化探寻。从"个人为中心"走向了"以文化自我为中心"。而学者文化小品散文在我国香港、台湾等地依然存在，并且繁荣。余光中、董桥、梁锡华、张五常纷纷出了自己的专集，将

学者散文的“个人情感的抒发”“血、史、情”的合一等素质继承下来,使学者文化散文放射出灿烂的光彩。

历经流变的中国现代小品文,曾经成为中国现代文学最美丽的收获。周作人曾经说过,小品文的兴盛和繁荣应该是在和平时代。作为和平时代的今天,是否会成为中国现代小品文又一次繁荣与兴盛的又一个黄金期呢？小品文是否会成为现时代的主流文体呢?

结语　小品文的边缘化趋向

社会文化背景的转变导致思维方式和语言的转变。语言是一个动态的系统。小品文的文体发生转变是必然的。从散文文体的发展来考虑，小品文的文体建构有其独特的贡献，尤其是在和平环境里，小品文的独特魅力就会再一次被体验和推崇。郁达夫就曾经说过：清淡、闲适与幽默，何尝也不可以随时代而进步呢？但是，文体是有时代性的。一个时代有一个时代的文体，除了文学所反映的内容发生了变化之外，最重要的因素是审美趣味的变化。一种文体繁荣与否在很大程度上取决于现时代读者的接受与否。小品文独特的静态的审美心理需求伴随着时代的变化也影响了小品文的生存和发展。

一、时代审美心理变化的影响

童庆炳先生说过，文体功能是作者赋予作品的语言秩序以独特的意义，以及这种意义对读者所产生的效能。也就是说，一种文体其功能的产生，与读者的接受与否密切相关。这与接受美学理论是一致的。接受美学理论家姚斯认为，每个读者在接受活动中，都是以自己的“期待视野”为基础，也就是从自己的所受教育水平、所处的地位和境况、生活经验、性格、气质、审美趣味以及人生观、价值观为出发点来理解作品。这些因素的不同，使不同读者对阅读对象产生了不同的需求。作品的意义等于作者所赋予的意义和读者接受所赋予的意义的总和。另外，海德格尔的解释学也认为，理解不是主观随意的，总是受到所处时代思想文化传统的制约和影响。一种文体的兴盛与否很重要的一个标志是要看它拥有的读者群和读者对他的感情程度。不同时代有着属于自己时代的审美心理和审美趣味。小品文的兴盛与五四时期读者审美要求是一致的。首先,五四文学的通俗化和自由化打破了传统文言散文只属于少数高层知识分子特权的局面,读者群扩大。其次,那些泛滥于报刊的鸳鸯蝴蝶派小说的虚假、空洞以及远离时代社会使读者有了审美疲劳。那些观点尖锐、态度鲜明,不讲究文学性的杂文又使一部分读者感到没有美感。中国现代小品文在“五四”时期以及三四十年代,因为和时代审美趣味的协调而得到读者的认同和追捧。到了现代,因为其文体风格的雅致含蓄有趣,从而受到一部分有着传统文化积淀和能够抛开喧嚣的物质需求而追求精神境界和情趣的学人、作者的喜爱。小品文的典雅之美、空灵之美适合了一部分追求心灵体验和精神境界的小众人物的“期待视野”。加达默尔说过“只有期待下的才能被理解”。今天随着读者审美趣味和读者群的变化,小品文因为其特有的以传统文化和审美心理为基础的领悟和体验、涵泳的品鉴方式而失去了“期待”的读者,从而也不能被热衷于感官、直观的大众文化的读者群所理解和接受。所以小品文不可避免被小众化和边缘化。

二、大众文化的冲击和小品文的边缘化命运

所谓大众文化,就对象而言,主要是指近年出现的,通过印刷、光电等现代大众传播媒介手段所大量复制,供大众阅读、消闲、欣赏需求的各种文艺制品的总和,如畅销书、通俗小说、通俗性的电视连续剧、网络文学等以及由此构成的文艺和文化现象。在国内外,也有人称之为消闲文艺、通俗文艺、流行艺术。大众文化借助市场经济的推动,形成日臻完备的生产能力和流通渠道,并以现代化的技术手段加速更新换代,成为无法忽视的社会文化潮流,而包括纯文学在内的精英文化则有被边缘化倾向。影像文化、网络文化和消费文化等深刻地改变和影响着我们日常生活方式和

价值观念,同时也引发文学艺术自身的变革。

随着大众文艺的繁盛膨胀,尤其是电子传媒、网络文化,以其迅速、通俗、直白、娱乐化受到了大众的欢迎与接受,通过感官的直接接受,深刻地影响着整整一代人的生活方式和价值观念,塑造着人们的审美心理和接受心理。也就是说,大多数人价值观和审美观的形成是由这些浅显、直白、感性、通俗的非理性的大众文艺塑造而成。而大众文艺缺少对美的品味和涵泳,对传统的含蓄隽永的审美因素是排斥的。一切以感官的直接体现为标准。大众文艺在现代大众文化中有着无可替代的重要地位。大众文艺作为社会和公众的一种阅读行为,形成了群体无意识。在纯文艺中被视为末流的娱乐性、消费性、故事和悬念,都成为大众文艺的基本要素;而纯文学所追求的文本的精美和语言的锤炼,在这里都成为次要因素,甚至成为阅读和接受的障碍。在这种形势下,带有中国传统审美因素的中国现代小品文自然就受到了冲击,甚至到了淘汰的地步。小品文是一种纯文学,是一种精英文化,在大众文化面前,在电子媒介文学面前,注定被边缘化甚至被淘汰。随着电子媒介文学的经济化、商业化,小品文所蕴含的人文精神被搁浅在欲望的边缘。

三、汉语的成熟和小品文边缘化的趋向

诗人桑克认为,20世纪初的白话文运动使古典汉语时代终结,开辟了现代汉语时代:不到百年的现代汉语发展中预示了现代汉语发展的巨大潜力,现代汉语是一种“未完成”的语言。

汉语经过近半个世纪的发展演变,作为文学载体的以白话为基础的汉语也随着文学命运的多舛而时时被戴上各种面具。文学语言日渐贫瘠,其自身的优雅和魅力被反复蹂躏践踏。直到20世纪80年代随着文学的回归,文学语言才开始真正渐渐以真面目示人。伴随着人性的解放,作为思维载体的语言也发生了巨大的变化。伴随着20世纪西方哲学史的

“语言转向”,文学研究也开始关注作为形式因素的现代汉语。而词汇之丰富,词汇繁衍功能之迅速,语法与修辞功能随着社会节奏和人们生活视野的变化而发生巨大变化,使汉语迅速走向成熟和繁荣。20世纪90年代以后,中国作家的文学创作又一次为中国现代汉语的成熟作出了贡献。这次文学创作对现代汉语的影响具有语言实践的历史性意义,是继五四白话文运动以来汉语语言经历着的又一次相当巨大的语言变革。早在1990年就有学者提出中国文学必将进入“后白话”时代,从而认为“90年代汉语文学的更新的发展”将是“后白话”的“真正的成熟和发展”。亦有学者认为“我们正在悄悄地经历一场语言现代化的转变”。前面已经论述过,语言的变革在深层次上是思想和文化的变革。比较中国现代汉语这两次变革,其第一次变革,由文言到白话,由文言到欧化,实际上是一种建立于汉语的自卑感的基础上的“反传统”“科学化”“世界化”并且以“形成现代民族国家的普遍语言”目的,是一种对传统的否定和挣扎,但丝毫不能否认,它是在传统的基础上诞生的,传统是其诞生的土壤。其传统的血液还是或多或少流淌在现代汉语的缝隙之中。所以传统的审美因子成为当时现代汉语的一个重要的美的因素。在新文学运动之初,胡适等人的绝对的口语所创造的文学之所以缺少文学性,很明显的原因在于口语的工具性,缺少文学语言所应该具有的诗性特质。而中国现代小品文的成功,很大的原因在于继承了汉语的传统诗性特质,传统文学的审美因素也有所改造地出现在小品文的创作之中,使那些刚刚从封建意识走出来的读者很自然地接受和认同。20世纪90年代以来的中国作家的文学创作对中国现代汉语的改变与五四时期的语言变革有着截然不同的深层基础。他们最为突出的语言意识是重新恢复对于汉语的语言自信以建立充分的“汉语主体性”。语言实践的最终指归,也不再指向“现代民族国家的普遍语言”的建设。他们的语言实践目的,不再仅仅是建立一种言文合一的“国家普遍语言”。于是,他们的语言实践就不再仅仅是“国语”,而是

“汉语”,是建立在民族自信基础上的与我们的生存和体验真正统一并且是我们的生命所寄寓的“母语”。如果说五四时期的语言变革是对传统的否定和挣扎,那么这一次的语言的变革却是一种对传统的寻找、肯定和回归。这种寻找、肯定和回归不是简单地回归到文言之中,而是在已经被充分欧化工具化的与口语有着紧密联系的白话之中寻找传统的因子。五四时期汉语现代性过分强调对于汉语传统的断裂,把对“世界”的归趋以“形成现代民族国家的普遍语言”作为自己的语言目标。这一断裂和趋并所隐含的内在的语言风险具体地呈现为民族国家对于语言的工具化要求以及在此要求下的对于汉语的巨大损伤。所以说,20世纪90年代的汉语现代性所强调的是“汉语主体性”,而不是“国语主体性”。这样的语言自觉所思考的语言问题,也是真正意义上的汉语的“本体”问题。20世纪90年代的汉语现代性变革,是以广阔、深厚而又相当独特的个体经验作为表征基础,通过众多的语言实践主体对于以创造性和差异性作为基本特征的“辨证的个体语言”的自觉追求。而以个体经验为基础的语言内涵又在很大程度上与个体的文化修养和个人素质联系在一起。生活在20世纪90年代的作家,尤其是一部分青年作家,其文化素养中传统文化的因素是不能和五四时期的知识分子相比较的。因此他们的语言实践目的在于寻找传统汉语的魅力和生命力,可是语言背后作家自身对传统汉语的浸润和体会的缺失又使这一努力显得苍白无力。于是,中国现代汉语在走向成熟的同时也走向了生活化和时代化。而这种生活化和时代化是以越来越远离传统为特征的。因此,作为与生活语言和时代语言结合在一起的白话语言走向了它的成熟期。其词汇之丰富、语法之完善使汉语的表达能力达到了前所未有的精确和繁盛。但是不容置疑的是,一种语言走向了逻辑和精确的同时就是含蓄诗性因素的减失,以此为载体的文学就会发生语体的变化,从而引起文体的变化。语言和文化思维是联系在一起的。因而依附于这种语言的思维方式也会相应地发生变化。所以说文体的发展变化是必然的。中国现代小品文是建立在五四时期白话汉语不成熟的基础之上的,汉字和汉语的简洁含蓄诗性特征是构成小品文独特审美因素的基本条件。小品文由于汉字的表意象形,在欣赏上就有一个感性的品味层次,多一层与整体语句中的个别交谈,领悟其语言在情与景中建构的东方意境所特有的含蓄,从而达到悠然会心、妙处难说的审美效果。这是一种对传统汉族文化、传统审美心理认同和理解的品鉴、欣赏。在忙于追求功利的现代社会中人是很难保持这种精神追求和素养的。一旦汉语的这种特点发生了变化,小品文这种文体所赖以产生的语言条件就相应发生变化。所以说,汉语的成熟是小品文这种文体走向边缘化的一个重要原因。不管鲁迅和周作人怎样强调小品文是一种和平时期的文体,那也只能说是一个特定的和平时期的文体,而不属于所有的和平时期。尤其到了今天的网络时代,网络语言的对中国现代汉语又一次产生了巨大冲击。网络语言的简单化和进一步工具化,使寻找汉语魅力和自信的努力受到很大的冲击,语言的含蓄成为网络表达的阻碍,因此汉语的诗性特质不可否认地在减少甚至消失。以汉语的诗性特质为文体魅力的小品文的命运自然会随着汉语的又一次变化而被搁浅时代的边缘。

四、立于时代边缘的传统魅力

范培松把百年散文划分为从五四时期到20年代末的"异军突起"、20年代末到40年代中的"裂变分化"、40年代中期到80年代中期的"消融聚合"和80年代中期到90年代末期的"和而不同"四个时期。五四时期,是散文的发生期"异军突起"。五四后期和30年代,是散文的发展期"裂变分化"。在这两个时期中,散文本体从无到有,从有到多元交错,为现代散文奠定了基础。其核心价值是人的发现、人格的张扬、个人的自我表现和文体的多元开放。对"裂变分化"时期,推崇其艺术成就的异彩纷呈,京派散文、论语派散文、性灵小品、书斋小品、郁达夫的游记、海派散文、学者散文……这一时期的散文,出现了文体的裂变和分化。而小品文是其中很重要的收获。到了十七年文学时期,“把散文当通讯一样写形成风气”,“题材趋同和单一”,“创作手法的粗犷化”等,倾向性是不言而喻的。小品文的独抒性灵、个人化语言风格、个性的张扬受到了遏制和批判,小品文的言近旨远的文体风格消失殆尽。可以说,这一时期是小品文的失语期。我们在孙犁、汪曾祺、张中行、贾平凹等散文创作中可以隐约地看到小品文的一些影子,抒发自己的真情实感、讲究语言的随意和深远的文体风格有所呈现。到了“和而不同”时期,五四散文文体建构中的核心价值“主体复活张扬”“重塑自我灵魂的狂欢”似乎重现,出现了社会派、抒清派、回忆派、都市散文、乡土散文、田园散文、学者散文、江南斜姿散文、文化散文、西部散文、女性散文、台湾散文、香港散文。从根本价值上来说,归结于“重塑自我灵魂的狂欢”,既是五四散文价值的回归,又是五四散文文体的突破。但在小品文文体的特意研究和创作方面没有可喜的成绩。大家似乎已经模糊了散文的各种文体的分类,一概称之为散文。我们很难分清哪是小品文,哪是杂文,而是纷纷避开文体的差别和特点,从文学的外在因素命名:学者散文、女性散文,是作者的身份而言;社会派、回忆派、都市、乡土、田园、文化,又似乎是从内容来分;江南、西部、台湾、香港是以地域为划分标准。唯独没有从文体特征来划分。我们找不到小品文的独立地位,在众声喧哗中难觅小品文的声音。是小品文真正的消失还是因为界定的困难而人为遮蔽?

20世纪90年代,贾平凹在1992年《美文》杂志创刊时提出“大散文”概念。他说:“我们确实不满意目前的散文状态,那种流行的几乎渗透到许多人的显意识和潜意识中对于散文的概念,范围是越来越狭小了,含义是越来越苍白了……”因此,“我们杂志挤进来,企图在于一种鼓与呼的声音:鼓呼大散文的概念,鼓呼扫除浮艳之风,鼓呼弃除陈言旧套,鼓呼散文的现实感,史诗感,真实感,鼓呼更多的散文大家,鼓呼真正属于我们身处的这个时代的散文”,在此基础上的“大散文”概念是“散文是大而化之的,散文是大可随便的,散文就是一切的文章”。我们通过仔细研究分析可以明白,贾平凹的“大散文”观只是在提倡一种散文写作态度,一种散文写作的评价标准,并不是散文创作方法的技术层面的概念,而是一种散文导向性概念,是针对当时流行于社会的那些仅限于花花草草、借景抒情的抒情散文的。这是一种风气,一种关注社会的境界。这一点和鲁迅当时对小品文的主张不谋而合。这实际上又一次提出了小品散文的时代生存要求:“不仅仅是抚慰和麻痹,它给人的愉快和休养,是劳作和战斗之前的准备。”但在这种散文观中,小品文的地位何在?我们可以看到一些散文动辄上万字,如李存葆的《鲸殇》《祖槐》等,单从篇幅上讲,就不属于小品,是一种篇幅上也“大”化了的散文。

“大散文”观之后不久,刘锡庆在《当代散文:更新观念,净化文体》中提出了“净化文体”的观点,认为:散文的文体特点是“自我性”“内向性”“表现性”,“创作主体以第一人称写法和真实、自由笔墨,用来抒发感情,表现感情,裸露心灵的艺术性散文体短文,即谓之散文”。同时,他提出散文审美特征的四个特点:“篇篇有‘我’,个性鲜明”,“外物内化,以小见大”,“真实自然、笔墨自由”,“纸短韵长,风格各异”。这些主张是与周作人、林语堂的小品文观点的一脉相承的,同时又是一种对小品文文体的重新强调。这种追求和中国传统小品文尽量契合的艺术途径,既是不自觉的又是不得不出现的一种妥协。是一种艺术净化观。所谓艺术上的净化,就是不侧重于强调这方面的新的追求和探索,不侧重于强调由此引发出来的增添作品更多的生活和思想容量,而更多地追求被传统的审美趣味认同。如果从这样的角度来说,就可以充分证明五四散文创作尽管开始于对旧文学的突破,然而它后来发展的轨迹又与中国传统散文艺术渐渐地接近或平行。新的媒体和网络时代的到来,引起了文学的又一次巨大变革。媒体和网络这种新的文学书写方式和传播方式的运用,使文学又一次发生了令人惊异的变化。这是对印刷文化的颠覆。这些新的因素挑战作品的典律性。网络书写对散文的本体性将构成又一次的冲击。其文本的目的在于世俗性和娱乐性,市场化和商业化意识在其写作目的中占有很大成分,因而影响了文学的本体特质。文学性和审美性不再成为他们创作的追求,而吸引他人眼球、创收点击率的市场意识成为他们的追求。在这种文化背景下,散文的创作,尤其是小品文的创作几乎成为奢望。小品文这种基于汉语言的传统审美特质的文体就更加难以生存。传统审美成为时代的奢望,更是小品文生存的奢望。令人可喜的是,在2001年扛着一把铁锨,从《一个人的村庄》走出来的刘亮程,将迷失在网络和媒体中的诗意和审美,以及人的作为脱离了物质和欲望束缚的对生存的灵魂体验带回了散文之中,以久违了的审美自性的回归,标志着文体自律的复活;以诗意的文化视角和水灵灵的形而上高度,回归了中国现代小品文创作的被称为"诗与散文的桥梁"的语言模式。散文与诗歌在深层次的文体打通和澄澈的话语体系又一次令散文创作看到了小品文隐约存在的背影。

文学是有时代审美特征的,文体的演变与时代有密切关系。"文章体制,与时因革",文体的转变与时代审美观的变化紧密结合。中国现代小品文的审美实际上是以传统的静态审美观作为审美标准的。而今天的审美观已经发生了很大的变化。我们如果继续死守着传统的审美观来界定小品文并以之作为创作的标准,是跟不上时代进步的。王国维曾经提出"一时代有一时代之文学"的著名文学进化观。小品文的当下生存和发展应该在继承和超越的基础上以新的风格和新的写法,将艺术追求与思想追求紧密结合在一起,将文体研究与内容趋向结合在一起。周作人在梳理小品文的源与流的时候,认为:小品文"是一条古河,却又是新的";这"风致是属于中国文学的,是那样的旧而又这样的新";小品文与晚明小品在“风致”上是相同的，在吸收了西洋的文学主张和新的哲学思想内容的背景下，其语言和思想发生了巨大的变化。所以说，如果认为小品文在现时代还有生存和发展的空间，那么其语言和思想应该和现时代相适应。如果说20世纪二三十年代的小品文内容是“人性的回归”“个性的张扬”以及“太平人的寂寞与悲哀”，那么今天的小品文应该是具有时代特征的“人性”怎样在经济大潮下保持其独立性和完整性，应该探讨在传统农业文明、宗族意识削弱甚至消失的形势下人性的信仰和人文回归问题。而其语言和形式应该是具有时代特点的语言与传统的审美风格相结合，而不能仅仅局限于白话文运动时的语言，近百年的历史进步应该在语言的成熟和变化中有所体现。这一点在小说的发展和变革中运用得很好，已经取得了巨大的成就。所以小品文如果要在现时代生存和发展，如果不想被时代淘汰，就必须具有时代特征的形式和思想。而小品文基于汉字的诗性特征的独特静态审美品质要求阅读者有超越于各种浮华和功利的心态，能够对汉字的写意有一种超然物外的心灵体验和感悟。而现时代的快餐文化和传媒文化，很明显是排斥这种慢节奏的感悟和体验的阅读方式的。一种遍及全社会的浮躁和功利心态使人们喜欢简单浅浮的阅读。什么淘宝体、凡客体、约会体等时尚言语方式是以排除文学性为目标的，汉语仅仅作为表意的工具被利用，汉语的艺术性又一次受到了前所未有的排斥。在这种形势下，以报刊为生存空间的中国现代小品文就没有了生存和繁荣的物质空间。所以，梳理和研究小品文独特文体特征，探讨小品文独特的魅力，已经成为一项历史使命。

参考文献

[1]阿英编选．中国新文学大系·史料索引集[C]．上海：上海文艺出版社，2003.

[2]阿英编．现代小品十六家[C]．天津：古籍书店，1990影印．

[3]周作人．鲁迅的青年时代[M]．石家庄：河教育出版社，2002.

[4]周作人．中国新文学大系·散文一集[M]．上海:上海文艺出版社，2003.

[5]周作人．中国新文学大系的源流[M]．上海：华东师范大学出版社，1995.

[6]蔡元培等．中国新文学大系导论集[C]．上海：良友图书印刷公司，1940.

[7]郁达夫．中国新文学大系．散文二集[C]．上海：良友图书印刷公司，1935.

[8]中国新文学大系（1937—1949）·杂文卷[C]．上海：上海文艺出版社，1985.

[9]胡适学术文集[C]． 北京：中华书局，1993.

[10]胡适．中国新文学大系·理论建设卷[C]．上海：良友出版公司，1935.

[11]郑振铎选编．中国新文学大系·文学论争集[C]．上海：上海文艺出版社，2003.

[12]袁勇麟．当代汉语散文流变[M]．上海：三联书店，2002.

[13]姚鹏、范桥编. 胡适散文(一)[M]. 北京:中国广播电视出版社,1992.

[14]吕若涵. "论语派"论[M]. 上海:三联书店,2002.

[15]阿英文集[C]. 北京:三联书店,1981.

[16]鲁迅杂文全集[C]. 郑州:河南人民出版社,1993.

[17]夏晓虹. 梁启超文选[C](下). 北京:中国广播电视出版社,1992.

[18]林非. 中国现代散文史稿[M]. 北京:中国社会科学出版社,1981.

[19]郭绍虞. 中国历代文论选[C]. 上海:上海古籍出版社,2001.

[20]〔美〕黄仁宇. 万历十五年[M]. 北京:中华书局,1982.

[21]朱奎菊. 中国传统哲学[M]. 北京:中国和平出版社,1991.

[22]谢冕主编. 百年文学总系[M]. 济南:山东教育出版社,1998.

[23]柯灵主编. 中国现代文学序跋丛书·散文卷[C]. 海南人民出版社,1988.

[24]语丝[J]. 上海:上海文艺出版社,1982年影印版.

[25]论语[J]. 上海:上海时代图书公司,1932—1949.

[26]新青年[J]. 北京:群益书局,1917,3.

[27]新潮[J]. 北京:北大新潮社,1919,1.

[28]陈望道编. 小品文和漫画[M]. 上海:上海生活书店,1935.

[29]冯三昧. 小品文研究[M]. 上海:世界书局,1933.

[30]冯三昧. 小品文作法[M]. 上海:大江书铺,1932.

[31]石苇. 小品文讲话[M]. 上海:上海光明书局,1933.

[32]李宁编. 小品文艺术谈[M]. 北京:中国广播电视出版社,1990.

[33]夏丐尊、刘熏宇. 文章作法[M]. 杭州:浙江文艺出版社,1983.

[34]夏征农、征农文艺散论集[C]. 上海:上海文艺出版社,1982.

[35]李素伯. 小品文研究[M]. 南京:江苏教育出版社,1996.

[36]鲁迅全集[C]. 北京:人民文学出版社,1981

[37]周作人. 泽泻集 [C]. 上海:北新书局,1933.

[38]周作人. 谈龙集[C]. 上海:上海书店,1987年影印.

[39]周作人. 艺术与生活[C]. 上海:群益书局,1931.

[40]鲍风、林青选编. 周作人作品精选[C]. 武汉:长江文艺出版社,2003.

[41]朱自清散文[C]. 北京:人民文学出版社,2005.

[42]天水、杨健选编. 林语堂作品精选[C]. 武汉:长江文艺出版社,2003.

[43]何其芳全集[C]. 郑州:河北人民出版社,2000.

[44]朱光潜全集 [C]. 合肥:安徽人民出版社,1993.

[45]梁永安主编. 徐志摩散文全编[C]. 上海:学林出版社,2010.

[46]林语堂. 吾国与吾民[C]. 北京:华龄出版社,1995.

[47]废名散文选[C]. 天津:百花文艺出版社,1990.

[48]梁遇春散文[C]. 北京:中国广播电视出版社,1993.

[49]沈从文文集[M]. 广州:花城出版社,1984.

[50]梁遇春. 春醪集[C]. 天津:天津教育出版社,2007.

[51]中国当代散文作品集. 汪曾祺散文[C]. 南宁:广西人民出版社,2006.

[52]郁达夫全集[C]. 杭州:浙江文艺出版社,1992.

[53]梁实秋. 雅舍小品[M]. 台湾:正中书局,1949.

[54]李广田. 画廊集[M]. 上海:商务印书馆,1936.

[55]王兰馨编. 李广田散文选[C]. 昆明:云南人民出版社,1980.

[56]王国维文学美学论著集[C]. 太原:北岳出版社,1987.

[57]王国维学术经典集(上)[C]. 南昌:江西人民出版社,1997.

[58]姚春树、袁勇麟. 二十世纪中国杂文史[M]. 福州:福建人民出版

社,1997.

[59]黄科安.现代散文的建构与阐释[M].福州:海峡文艺出版社,2000.

[60]俞元桂.中国现代散文理论[M].南宁:广西人民出版社,1984.

[61]梁向阳.当代散文流变研究[M].北京:中国社会科学出版社,2007.

[62]范培松.中国散文批评史[M].南京:江苏教育出版社,2000.

[63]方遒.散文学综论[M].合肥:安徽教育出版社,2005.

[64]陈平原.中国散文小说史[M].北京:北京大学出版社,2010.

[65]王景科主编.中国散文创作艺术论[M].济南:山东教育出版社,1999.

[66]欧明俊.现代小品理论研究[M].上海:上海三联书店 ,2005.

[67]杨安翔.现代散文话语形态与审美[M].南京:东南大学出版社,2006.

[68]陈德锦.中国现代乡土散文史论[M].北京:中国社会科学出版社, 2004.

[69]陈蒲清.晚明小品与现代散文序[M].长沙:湖南人民出版社,2004.

[70]吴承学.晚明小品研究[M].南京:江苏古籍出版社,1998.

[71]吴承学.中国古代文体形式研究[M].广州:中山大学出版社,2002.

[72]俞兆平.现代性与五四文学思潮[M].厦门:厦门大学出版社,2002.

[73]张毅.文学文体概论 [M].北京:中国人民大学出版社,1993.

[74]陶东风.文体演变及其文化意味[M].昆明:云南人民出版社,1997.

[75]李荣启. 文学语言学[M]. 北京:人民出版社,2005.

[76]王一川. 汉语形象美学引论[M]. 广州:广东人民出版社,1999.

[77]王德威. 抒情传统与中国现代性[M]. 北京:三联书店,2010.

[78]王飚、关爱和、袁进. 探寻中国文学从古典到现代的转型历程[M]. 上海:上海古籍出版社,2000.

[79]庄锡华. 二十世纪的中国文艺理论[M]. 上海:三联书店,2000.

[80]钱中文. 全球化语境与文学理论的前景[M]. 文学评论,2001,(3).

[81]冷成金. 中国文学的历史与审美[M]. 北京:中国人民大学出版社,1999.

[82]陈思和主编. 中国当代文论选 [C]. 上海:上海教育出版社,2010.

[83]王一川. 中国现代性体验的发生[M]. 北京:北京师范大学出版社,2001.

[84]南京大学、中国现代文学研究中心编. 中国现代文学传统[M]. 北京:人民文学出版社,2002.

[85]张首映. 西方二十世纪文论史[M]. 北京:北京大学出版社,1999.

[86]孔范今主编. 中国现代新人文文论[C]. 济南:山东文艺出版社,2005.

[87]叶秀山. 美的哲学[M]. 北京:人民出版社,1991.

[88]姜亮夫. 古文字学[M]. 杭州:浙江人民出版社,1984.

[89]郑敏. 结构——解构视角:语言. 文化评论[M]. 北京:清华大学出版社,1998.

[90]刘庆俄. 汉字学纲要[M]. 北京:中国和平出版社,1994 .

[91]唐兰. 中国文字学[M]. 上海:上海古籍出版社,2001.

[92]申小龙. 汉语与中国文化[M]. 上海:复旦大学出版社,2003.

[93]许慎.说文解字[M].南京:江苏古籍出版社,2002.

[94]李敏生.汉字哲学初探[C].北京:社会科学文献出版社,2000.

[95]何新.龙的神话与真相[M].上海:上海人民出版社,1989.

[96]孟华.汉字、汉语和华夏文明的内在形式[M].北京:中国社会科学出版社,2004.

[97]李泽厚.美学四讲[M].天津:天津社会科学院出版社,2001.

[98]李泽厚.华夏美学[M].天津:天津社会科学院出版社,2004.

[99]蔡江珍.中国散文理论的现代性想象[M].北京:中国社会科学出版社,2006.

[100]吴晓.意象符号与情感空间[M].北京:中国社会科学出版社,1990.

[101]〔美〕黄仁宇.中国大历史[M].北京:生活·读书·新知 三联出版社,2003.

[102]陈子展.中国近代文学之变迁 [M].上海:上海古籍出版社,2000.

[103]钱理群. 周作人研究二十一讲[M].北京:中华书局,2004.

[104]钱理群.周作人传[M].北京:十月文艺出版社,1990.

[105]钱理群.周作人论[M].上海:上海人民出版社,1991.

[106]舒芜.周作人的是非功过[M].沈阳:辽宁教育出版社,2000.

[107]佘树森.现代作家谈散文[C].天津:百花文艺出版社,1986.

[108]傅德岷.中国新时期散文理论集萃[C].武汉:武汉出版社,2006.

[109]李晓虹.中国当代散文审美建构[M].深圳:海天出版社,1997.

[110]陈平原.中国小说叙述模式的转变[M].北京:北京大学出版社,2010.

[111]良春等编.中国现代文学思潮流派讨论集[C].北京:人民文学出版社,1984.

[112]户晓辉. 中国人审美心理的发生学研究[M]. 北京:中国社会科学出版社,1996.

[113]尹康庄. 中国文学主流话语研究[M]. 北京:中国社会科学出版社,2006.

[114]刘勇. 中国现代文学研究的视域与形态[M]. 北京:北京师范大学出版社,2008.

[115]王蒙、何向阳主编. 文学评论精选[C]. 武汉:长江文艺出版社,2009.

[116]庄汉新. 中国二十世纪散文思潮史[M]. 北京:学苑出版社,2005.

[117]周策纵. 胡适与近代中国[C]. 台北:时报文化出版公司,1991.

[118]周宪. 文化现代性与美学问题[M]. 北京:中国人民大学出版社,2005.

[119]陈万雄. 五四新文学的源流[M]. 北京:三联书店,1997.

[120]高玉. 现代汉语与中国现代文学[M]. 北京:中国社会科学出版社,2003.

[121]朱恒、何锡章. "五四"白话文运动的语言学考辨[J]. 文学评论,2008(2).

[122]〔英〕卜立德. 英国随笔与中国现代散文[J]. 中国现代文学研究丛刊,1989(3).

[123]丁晓原. 论晚清散文与"五四"散文的结构性逻辑[J]. 文学评论,2008(5).

[124]丁晓原.《语丝》:现代散文文体自觉的代码[J]. 江汉论坛,2003 (1).

[125]王瑶. 中国现代文学与古典文学的历史联系[J]. 北京大学学报〔哲学社会科学版〕,1986.

[126]蔡江珍. 论英国ESSAY与中国散文现代性理论的关系[J]. 福

建论坛(人文社会科学版),2007(3).

[127]王兆胜.当前中国散文理论建设中的盲点[J].学术研究,2004(11).

[128]旷新年.胡适与白话文运动[N].中国现代文学研究丛刊,1999(1).

[129]安文军.周作人对现代散文内在规定性的理论贡献[J].重庆社会科学,2006(6).

[130]王士民."五四"时期周作人散文的文体风格[J].徐州教育学院学报,2007(1).

[131]陈剑晖.论现代散文的文体选择与创造[J].文学评论,2007(5).

[132]陈剑晖.论20世纪90年代中国散文的文体变革[J].中国社会科学,2001 (5).

[133]郜元宝.音本位与字本位—在汉语中理解汉语[J].当代作家评论,2002 (2).

[134]张玉金.论传统思维方式对汉字的影响 [J].辽宁师范大学学报社科版,1989 (2).

[135]李陀.汪曾祺与现代汉语写作[J].花城,1998 (5).

[136]朱立元.超越二元对立的思维方式[J].文艺理论研究,2002.

[137]孙绍振.百年散文史:文体建构的曲折和辉煌[J].文学评论,2009 (1).

[138]钱理群.关于周作人散文艺术的断想[J].江海学刊,1988,(3)

[139]江力、琼虎.中国散文论坛[C].北京:北京大学出版社,2003.

[140]周海波.现代传媒与散文的文体功能辨析[J].山东社会科学,2004 (6).

[141]王兆胜.关于散文文体的辩证理解[J].文艺争鸣,2004 (2).

[142]成复旺主编.中国美学范畴辞典[M].北京:中国人民大学出版社,1995.

[143]胡纬.文心雕龙字义通释[M].香港:文德文化出版社,1997.

[144]叶朗.美学原理[M].北京:北京大学出版社,2009.

[145]袁枚.随园诗话[M].哈尔滨:哈尔滨出版社,2004.

[146]王晓明主编.二十世纪中国文学史论[C].北京:北京大学出版社,2005.

[147]陈剑晖.中国现当代散文的诗学建构[M].南昌:江西高校出版社,2004.

[148]雷颐译,周明之.胡适与中国知识分子的选择[M].桂林:广西师范大学出版社,2005.

[149]周荷初.晚明小品与现代散文[M].长沙:湖南人民出版社,2004.

[150]林非.中国现代散文史稿[M].深圳:海天出版社,1997.

[151]黄子平.幸存者的文学[M].台北:远流出版公司,1991.

[152]丁帆.中国乡土小说史论[M].南京:江苏文艺出版社,1992.

[153]〔德〕伽达默尔著、王才勇译.真理与方法[M].沈阳:辽宁人民出版社,1986.

[154]〔德〕恩斯特·卡西尔著、甘阳译.人论[M].上海:上海译文出版社,2003

[155]〔瑞士〕沃尔夫林著、杨蓬勃译.艺术史的基本原理[M].北京:金城出版社,2011.

[156]〔美〕拉尔夫·科恩主编、程锡麟等译.文学理论的未来[M].北京:中国社会科学出版社,1993.

[157]〔俄〕别林斯基著、满涛译.别林斯基论文学[M].上海:上海译文出版社,1979.

[158]〔法〕达维德.方丹著、陈静译.诗学[M].天津:天津人民出版社,2003.

[159]〔保〕尼科洛夫著、张凡琪译.人的活动结构[M].北京:国际文化出版公司,1988.

[160]〔意〕克罗齐著、朱光潜、韩邦凯等译.美学原理·美学纲要[M].北京:外国文学出版社,1993.

[161]〔美〕马克·波斯特著、范静晔译.第二媒介时代[M].南京:南京大学出版社,2001.

[162]〔苏〕巴赫金著、李辉凡、张捷译.文学中的形式主义方法[M].桂林:漓江出版社,1989.

后 记

我从小就喜欢汉字，在印象中汉字总是和过年连在一起。首先是贴在门上的对联，用大红的纸作底子，毛笔的墨汁饱饱的，端庄而有力。那些字虽然没有书法家的讲究和布局，可是有一种朴实厚重的真实感，那感觉和过年的欢悦合在一起，渗入我的灵魂深处。还有那黑黑的小屋子，石头垒成的，沂蒙山区的那种简单的小屋，因为父母乡亲们抽的纸烟以及柴灶的烟熏火燎，一年下来，墙壁都是黑的。但每到过年，父母总是把房间大扫除一番，所有的破破烂烂、坛坛罐罐都搬出来，擦洗干净，把灶间用新的黄泥水沾着扫帚刷一遍。而睡觉的房间则是要重点打扮的，小小的木窗户要用雪白的窗户纸糊好，再贴上红红的窗花，窗子的两旁则要贴上藕荷色的花纸。黑黑的墙和顶棚则要重新糊上新买来的废报纸。一张一张糊好，然后在新的报纸上面贴上漂亮的花花绿绿的年画。于是，我们每年都感觉自己住着新房子，尽管在应该休息玩乐的大年初一，老爹和老娘往往都是累得倚在炕上，可是我们五个孩子的心里却装满了新年的快乐和喜悦。大年夜坐在暖暖的炕上，小小的屋子在温暖的灯光下显得格外干净清新，而那些报纸上的汉字也就充满了屋子，满屋子都是字。我从刚刚认字就爱坐在炕上，或者自在地躺着，看着自己能认识的字，一点点地看过去。至于那些字的意思似乎没有一点印象，也许是小小的自己压根不知到什么意思，可是心里总是装满说不清的喜悦。到年夜十二点的时候，黑黑的夜空响起噼噼啪啪的鞭炮声，老娘总是很准时地从她忙着的事情中抽出身来跑到暖暖的屋里，笑着轻声对她的孩子们说：快去读书，现在看书一年脑子好使。于是我们姊妹兄弟五个个顶个拿起一本带字的书，煞有介事地认真看起来，连最淘气的哥哥在内。因为过一个年就要长一岁，所以汉字和我的成长就这么坚硬而温暖地长在一起，在那个偏僻的沂蒙山村蓬蓬勃勃地对抗着蓬蓬勃勃的贫穷。

对联成了我的启蒙读物，每年连不识字的老娘都会对着红红火火的对联念叨：忠厚传家远，诗书继世长；一夜连双岁，五更分二年。多了记不起来了，记忆深刻的是这两副。还有一副让我一生都不能忘记，很奇怪地就那么顽强地印在心里了。记得那是要过年的时候，老爹兴冲冲地从集上买来对子纸，就是红红的对联纸，请来本村的一个远房叔，他是我们村毛笔字写得最好的，老爹说他自己作了一副对联，让我的那个叔给写下来。我围在旁边悠游地看，似乎手指头还在嘴里含着。那叔把纸折好，在面板上铺好，饱蘸了墨，一笔落下去，老爹满面笑容，似乎带着一点羞涩，又带着一股我当时说不清的豪情：政治上扬名四海，思想上振兴中华。那叔一笔一笔地写好，每写一个字都要起身端详，我现在想来，那些大书法家就是这么写的吧。写完了他们两个欣赏一番，都笑嘻嘻地，我也跟着笑嘻嘻地。实际上我那时不知道老爹没上过学，我更不知道那副对联是什么意思，只知道它和别的对联不一样，因为平日忙碌的不苟言笑的老爹的那种不寻常。于是我超强的记忆力一下子惊呆了我的老爹和那个叔，他们读了一遍，我就把含在嘴里的手指拿出来大喊："政治上扬名四海，思想上振兴中华"，跳着叫着跑了。后面没有动静，我好奇地回头一看，老爹和叔笑着一言不发地看着我。现在随着老屋的消失，童年的顽皮和记忆都一一消失了，可是那副今天看来不成对联的对联却推开一切名言名句蹲在我的脑海里，刻在心上，刻在灵魂里，成为我生命的印记。那是一个不识字的十六岁就入党的老农民作的一副对联。

于是，我们家的孩子就这么不同异常地和汉字粘在一起，老娘的话是：看书去，学习去，识字，不识字就是睁眼瞎。往往她说这些的时候，锅里还没有下一顿要吃的红薯。最聪明的老哥最顽皮，到了不可救药的地步，他像着了魔一样迷上了写字画画，毛笔字钢笔字写得无人能比，数理化能考满分，可是英语是个位数。我好像天生就是汉字的一部分，对语言文字有着不可救药的偏爱。等我终于给了老爹一点安慰，考了个大学中文系的时候，忽然感觉汉字一下子渗入我的灵魂。那是一段寂寞和孤独的青春岁月，第一次离开那个小山村的我在孔子的故乡一笔一笔地写着一个字"等"。我不知道自己在等什么，可是我一笔一笔地重复着，书法课上、晚自习的教室，我选择了颜体，可是我老是写不好。我在日记本上写下了一句诗，自己不懂，别人也不懂：古寺，竹林，世人在等。我只知道，我是把一个"等"字拆开来，至于我在等什么，一片茫然。可是那个被竹林环绕的古寺，青青的竹叶，透过竹叶筛下来的月影，寺里传来的隐隐的磬声，还有一缕若有若无的香火气息，一直伴随着我的大学时光。一份静谧，一份超然，几份并不慌张的茫然成了我的青春记忆。今天我依然在写着这个"等"字，就当作一首生命的诗，每当我在等待什么，那古寺的隐隐的钟声，那茵茵的竹林带来的凉爽，还有那份静谧就袭上心头，于是，那些焦躁和不安，那些欲望和迫切都悄悄溜走。我坦然地接受一切，痛苦、劳累、贫穷、失意，还有收获、喜悦、幸福。只是那一份等待的诗意从来不曾离开。于是，一切的一切都在竹林的月影之下，在隐隐的古寺的钟声之中，有着一份无可言说的美丽和静谧。

年近不惑，依然痴迷于汉字，在没完没了的生存挣扎中坚守，等待。

忙碌的老公，乖巧的女儿，都在努力为我营造学习、修订书稿的条件和氛围。年迈的父母那深情的目光和鼓励的话语，还有我所有亲人的期待，都给了我在痛苦中坚持下去的勇气。

深深的爱意和感激！

透过汉字的诗意，我看到灵魂深处老爹的那副对联后硬硬地站着的贫穷和大气，还有那满墙满屋的汉字后蕴藏在贫穷中的温暖、倔强和希望。我想,这些解读应该是先人造字时的原来和真实。

陈艳丽

2022-04-20